BRANS VERFÜHRUNG

DIE CADE-BRÜDER

JULES BARNARD

PROLOG

Den Blick auf den Perserteppich geheftet, der sich den Flur zu Club Tahoes Ballsaal entlang erstreckte, schüttelte Bran Cade den Kopf über die Richtung, die sein Leben eingeschlagen hatte. Er hätte im Leben nicht damit gerechnet, dass seine Brüder und er Club Tahoe leiten würden, nachdem ihr Vater gestorben war. Und doch feierten sie heute, dass sie das angesehene Resort vor einem Jahr geerbt und übernommen hatten – obwohl sie das niemals gewollt hatten.

In Gedanken versunken bemerkte er nicht, dass ihm jemand entgegenkam, bis er beinahe mit der Frau zusammenstieß, der er schon seit Monaten aus dem Weg ging.

Ireland hob theatralisch die Arme, als müsse sie sich erst wieder fangen. »Oh, Bran ... Tut mir leid. Ich habe nicht aufgepasst, wo ich hinlaufe.«

Wenn sie nicht ebenfalls nach unten geschaut hatte, konnte sie gar nicht so blind gewesen sein.

Sie trug ein langes, marineblaues Kleid, das ihren Porzellanteint so richtig strahlen ließ. Gegen seinen Willen wanderte Brans Blick tiefer. Irelands rotes Haar fiel ihr in weichen Wellen über die Stirn, umspielte ihren Hals und streifte den Ansatz ihrer Brüste. Brüste, die offenbar einen Push-up-BH bis zur Oberkante ausfüllten und momentan drohten, ihm aus ihrem Kleid entgegenzufallen.

Seine Brüder nannten ihn gern einen Mönch, aber Bran war ein Mann wie jeder andere. Er sah sehr wohl hin. Er erkannte außerdem falsche Brüste, wenn er welche sah.

Ireland war der Typ Frau, dem Bran seit fast zehn Jahren aus dem Weg ging. Leichtlebig, verführerisch und oberflächlich. Frauen, die sexy und schön waren, machten ihn schwach.

»Kein Problem.« Er wollte an ihr vorbeigehen, da legte sie sanft ihre Hand auf seinen Arm.

Seit sie einander begegnet waren, hatte sie ihm immer wieder Blicke zugeworfen, und er wollte nichts davon wissen. Bran entzog ihr seinen Arm.

»Habe ich irgendetwas getan, weswegen Sie beleidigt sind?« Sie klang verletzt.

Klar hatte er sie verletzt – ihren Stolz hatte er verletzt. Eine Frau, die so attraktiv war wie Ireland, hatte ganz sicher noch keinen Tag ihres Lebens gelitten. Sie würde seine Abfuhr pikiert verbuchen und sich dem nächsten Kerl zuwenden.

»Nein.« Er marschierte mit Riesenschritten davon, registrierte aber sehr wohl den Schmerz in ihrem Blick.

Na gut, vielleicht waren ihre Gefühle tatsächlich echt, zumindest teilweise. Spielte gar keine Rolle.

Bran betrat den Festsaal, der sich am Ende des Flurs auftat, und blickte sich abwesend um. Ob er Ireland verletzt hatte oder nicht, sie so abblitzen zu lassen, fiel ihm nicht leicht. Brans Brüder waren der Meinung, er würde sich niemals verabreden. Da irrten sie sich. Er mochte Frauen ebenso gern wie seine Herumtreiber-Brüder, aber er suchte sich eben ganz andere Frauen aus. Er ging nicht mit den Damen aus, die sich in Bars an ihn heranmachen wollten. Und er ging grundsätzlich nicht mit auffällig ausstaffierten, schönen Frauen aus. Punkt.

Schöne Frauen machten nur Ärger, und ganz tief in seinem Innern fühlte er sich immer noch schwach, was solche Frauen anging. Und deswegen tat er, was er konnte, um ihnen zu entgehen und sich an die Regeln zu halten, die er sich selbst gesetzt hatte. Keine leichtlebigen Frauen. Immer Kondome benutzen. Wenn er überhaupt mal einer Frau soweit über den Weg traute, dass es zum Sex kam.

Bran drückte mit den Fingern gegen seine Stirn und versuchte, die Begegnung im Korridor zu vergessen.

Drinnen war die Party in vollem Gange, und Brans Kumpel Jaeg stand mit seiner Verlobten Cali nahe der Tür.

Jaeg trat auf ihn zu und schüttelte Bran die Hand. »Tolle Leistung, Mann. Ich dachte, ihr Jungs würdet nach spätestens sechs Monaten das Handtuch werfen und eine Managementfirma beauftragen, den Laden zu schmeißen.«

»Tja, das haben alle gedacht«, erwiderte Bran und setzte rasch ein Lächeln auf. »Wir werden sehen, wie das nächste Jahr läuft.« Er lehnte sich hinüber und umarmte Cali zur Begrüßung.

Sie erwiderte die Umarmung, aber ihr Blick ging über seine Schulter hinweg. »Hast du meine Cousine gesehen?«

Brans Auge zuckte. Ireland war Calis Cousine. »Wir sind uns im Flur begegnet. Naja, eher zusammengestoßen.«

Jaeg lachte leise. »Ein bisschen kurzsichtig ...«

Cali stieß Jaeg ihren Ellbogen in die Rippen, und er zuckte zusammen.

Es war echt witzig, die beiden zusammen zu sehen. Mit seinen 1,98 Metern war Jaeg der größte von Brans Freunden, und seine Freundin war ziemlich klein. Oder vielleicht war sie auch guter Durchschnitt, aber neben Jaeg wirkte sie eben winzig. Und dennoch war Jaeg Wachs in ihren Händen.

Jetzt warf er seiner Verlobten einen bedeutsamen Blick zu, den sie ebenso nachdrücklich erwiderte. »Ireland ist ein bisschen ungeschickt, das ist alles«, erläuterte Cali. »Sie ist noch immer recht neu in der Stadt, und ich möchte sichergehen, dass sie Spaß hat. Sie schien nicht allzu glücklich, als sie eben zur Toilette ging.«

Bran ließ den Blick über die Menge schweifen. »Ireland scheint doch offen zu sein. Ich kann mir gar nicht vorstellen, dass es ihr schwerfällt, Freunde zu finden.« Das war noch untertrieben. Diese Frau wusste doch genau, was sie tat, wenn sie so zufällig in ihn hineinrannte. Und ihm bei jeder Gelegenheit interessierte Blicke zuwarf.

Ja, sie war eine von denen, denen er aus dem Weg gehen musste.

»Oh, gut«, kommentierte Cali fröhlich. »Ich schule sie nämlich gerade.«

Brans Blick huschte zu der hübschen, erdbeerblonden Frau. »Sie schulen?« Cali war keine klassische Schönheit wie Ireland, aber er bemerkte die Familienähnlichkeit. Rotes Haar schien dominant in ihren Genen zu liegen. Selbst Calis Bruder Tyler besaß einen Rotstich in seinem braunen Haar. Aber Ireland war die einzige echte Rothaarige.

Jaeg stöhnte auf. »Cali ist der Meinung, dass Ireland mehr Aufregung in ihrem Leben braucht.«

»Nun ja, das tut sie ja auch«, bekräftigte Cali.

»Baby, weißt du nicht mehr, wie das beim letzten Mal gelaufen ist, als du einer Freundin helfen wolltest, Männer kennenzulernen?«

Bran verbarg sein Lächeln. Darüber hatte er schon

einiges gehört. Ursprünglich hatte Cali versucht, Jaeg mit ihrer besten Freundin Gen zusammenzubringen. Stattdessen hatte sie sich selbst in den Kerl verliebt. Ihr Liebesradar war nicht der effektivste.

Cali wischte seinen Einwand beiseite. »Das ist etwas ganz anderes. Ireland ist schüchtern und hat während des Studiums in mehreren Jobs gearbeitet; sie hatte ja gar keine Zeit und Gelegenheit, viele Leute kennenzulernen. Jedenfalls keine guten Leute, also arbeiten wir daran jetzt.«

Bran fing den Blick der Kellnerin ein, mit der er sich schon seit Monaten immer wieder locker unterhielt. Der Anflug eines Lächelns huschte über ihr Gesicht. Dann wandte sie den Blick rasch ab.

Diese Frau war schüchtern. Und genau sein Typ. Er brauchte und wollte keine aggressiven, direkten Frauen. »Würdet ihr mich entschuldigen? Ich sehe jemanden, dem ich hallo sagen möchte.«

»Klar, bis später«, meinte Jaeg, während Cali weiterhin über Ireland sprach.

Bran hörte gar nicht mehr hin, sondern ging zu der Kellnerin hinüber. Er wollte nichts über die ›ungeschickte‹ Rothaarige wissen. Die Kellnerin, mit der er sich gern unterhielt, war hübsch und nett. Schlicht. Natürlich hatte Bran noch nicht den ersten Schritt gemacht, sich noch nicht dazu aufgerafft, sie um ein Date zu bitten. Und genau deswegen wusste er, dass sie keine Gefahr darstellte.

Sein Verstand schaltete sich nicht ab, wenn er sie sah, und seine Libido übernahm auch nicht die Kontrolle, wenn sie sich unterhielten.

Sein Begehren würde ihn nie wieder beherrschen.

KAPITEL 1

W eil ihre Cousine Cali sie unsanft anstupste, wäre Ireland beinahe vom hölzernen Barhocker in der Pizzeria gerutscht.

Cali hob ihr Kinn und nickte in Richtung eines Tisches auf der anderen Seite. »Sieh mal, wer hier ist.«

Ireland holte ihre Brille aus ihrer Handtasche und setzte sie auf.

Und zog sie sich augenblicklich wieder von der Nase, um sie in die Tasche zurückzustopfen. Dann wandte sie sich wieder dem Auseinanderzupfen ihrer Papierserviette zu. »Ich bin den Cade-Brüdern schon ein halbes Dutzendmal begegnet. Ich weiß doch, wer sie sind.«

Cali blinzelte, starrte auf Irelands Handtasche. »Aber gesehen hast du sie nicht, oder? Als ich meinte, du solltest es mal ohne deine Brille versuchen, dachte ich, du würdest dann Kontaktlinsen tragen. Du bringst dich noch um, wenn du nichts siehst.«

»Meine neuen Kontaktlinsen reizen meine Augen. Und es ist ja nicht so, als würde ich ohne Brille Auto fahren.«

Cali wirkte nicht überzeugt. »Hast du schonmal drüber nachgedacht, sie lasern zu lassen?«

Ireland zog die Brauen zusammen. »Würdest du wollen, dass dir jemand in den Augapfel schneidet?«

Cali rümpfte die Nase.

»Ganz genau«, sagte Ireland. »Sollte ich mich irgendwann trauen, meine Augen lasern zu lassen, sage ich dir Bescheid. Außerdem kann ich mir das gerade sowieso nicht leisten.«

»Na, dann setz' doch zumindest bis dahin deine verdammte Brille wieder auf, denn da drüben sitzen gleich zwei Cades, die nicht nur Singles sind, sondern auch scharf. Ich finde, du solltest es bei einem von denen versuchen.«

Ireland verdrehte die kurzsichtigen Augen. Sie brauchte gar nicht klarer zu sehen, denn ihr war auch so nur allzu bewusst, was für tolle Kerle die Cade-Brüder waren. »Ich weiß es wirklich zu schätzen, dass du mir helfen willst, mich mit Männern zu verabreden, während ich in Lake Tahoe bin. Du hast Jaeg hier gefunden, und er ist, naja, *Jaeger*, aber ich habe doch nie so ein Glück wie du. Außerdem wünsche ich mir, dass sich eine Beziehung ganz unbefangen von selbst ergibt. Eben so, wie es bei dir und Jaeg war.«

Kurz huschte ein undeutbarer Ausdruck über Calis Gesicht. »Ich würde nicht behaupten, dass die Dinge zu Beginn so glatt gelaufen sind mit Jaeg, aber wir haben es hingekriegt. Und zugegeben, als Liebhaber ist er unglaublich.« Sie wackelte mit den Brauen.

Ireland drückte ihren Nasenrücken mit Daumen und Zeigefinger zusammen. »Das will ich gar nicht hören, Cali.«

Ihre Cousine stupste sie erneut in die Schulter. »Da wir gerade von meinem scharfen Verlobten reden, er ist doch mit den Cades befreundet. Die sind schon in Ordnung; du solltest wenigstens einem von ihnen eine Chance geben.

Deine Herangehensweise ist Mist. Von wegen, es soll einfach so passieren. Du hattest noch kein einziges Date, seit du hier angekommen bist.«

Ireland zog die Brauen zusammen. »Ich habe die letzten sechs Jahre damit verbracht, mir den Arsch abzurackern, umgeben von ungeselligen, ungeschickten Männern. Mit einem auszugehen, steht nicht sehr weit oben auf meiner Liste. Nicht, dass ich nicht ab und zu mal einen Kerl attraktiv fände.« Zum Beispiel einen der Cade-Brüder, aber sie würde nicht erwähnen, welchen. Denn dann würde Cali sich bloß aufregen.

»Und genau deswegen ist es höchste Zeit, dass du öfter rauskommst und mit normalen Typen ausgehst. Alle Männer, mit denen du gearbeitet hast, waren doch sicher solche Technik-Nerds ohne Umgangsformen, oder?«

»Nicht alle. Und wenn das Nerds sind, dann bin ich auch einer.«

»Dir gehört der Nerd-Ausweis abgenommen. Du hast ja noch nicht mal eine von den Apps installiert, mit denen du online mit Single-Männern chatten kannst.«

»Wozu auch? Damit ich mich mit einem Fremden verabreden kann, der sich dann als Soziopath herausstellt?«

Cali lehnte sich zurück. »Verdammt. Diese Scheißfirma hat dich echt verbrannt.«

»Was hat das mit meinem Liebesleben zu tun?«

»Naja, nach dem Wenigen zu urteilen, was du mir erzählt hast, waren die Typen, mit denen du gearbeitet hast, alle Ärsche. Ich glaube, das hat tiefe Narben bei dir hinterlassen.«

Das würde sie nicht bestreiten wollen.

»Ich will, dass du den Laden vergisst. Das war nicht normal. Du bist jetzt in Lake Tahoe, und hier laufen die Dinge anders. Entweder gehst du einfach mal auf Leute zu –

probierst es bei einem der scharfen Cade-Brüder –, oder du lädst dir eine Dating-App runter. Was besser funktioniert.« Cali grinste. »Wir wissen schließlich beide, dass es deinem Liebesleben nicht gutgetan hat, so lange mit diesen IT-Nerds eingepfercht gewesen zu sein.«

»Ich arbeite in einem der elegantesten Casino-Hotels in Lake Tahoe. Einige der Männer dort sind wirklich nett.«

»Zu mir hast du gesagt, dass die guten Typen alle verheiratet sind.«

Das hätte sie wohl nicht erwähnen sollen.

»Die Cade-Brüder allerdings ...« Cali ließ den Blick zu den beiden hinüberwandern. »Das ist natürlich eine Liegenschaft in der obersten Preisklasse.«

»Hast du sie gerade ernsthaft mit Immobilien verglichen?«

»Na und? Sie sind echt scharf.«

Die Cades waren attraktiv, keine Frage. Vor allem einer von ihnen. Der null Interesse für Ireland zeigte. »Die interessieren sich doch nicht für mich.«

Cali legte sich den Handrücken vor die Stirn. »Himmel, Ireland, hast du mal in den Spiegel geschaut?«

»Das habe ich, ja. Brille, blasse Haut, leuchtendrote Haare.« Ireland hob den Blick in Richtung Decke, als müsse sie nachdenken. »Ein bisschen breiter in der Hüftgegend.«

Cali schüttelte den Kopf. »Das nennt man Kurven, und du kannst froh sein, dass du welche hast. Manche Frauen haben dieses Glück nicht.«

»Attraktivität ist sehr subjektiv«, gab Ireland zu bedenken. »Ich persönlich würde mich irgendwo in der Mitte des Spektrums verorten.«

»Wir sind ganz offensichtlich verwandt, denn du bist echt stur. Ireland, du bist klug und hübsch. Hast du überhaupt mal in Betracht gezogen, einen Kerl an dich heranzulassen, nachdem du den Mist im Silicon Valley nun hinter dir gelassen hast?«

Ireland dachte an die Jubiläumsparty des Clubs zurück, die sie gemeinsam mit Cali und Jaeg besucht hatte. Und an ihren Versuch, ein Gespräch mit Bran anzufangen. »Ja. Und wenn du noch immer von den Cades sprichst, dann ist das ein Nein. Zumindest von deren Seite.«

Cali kniff die Augen zusammen. »Also gefallen sie dir durchaus. Welcher gefällt dir? Einige sind ausgeschieden, haben jetzt Freundinnen oder Frauen oder was weiß ich, aber die restlichen beiden? Die nur ein paar Meter weit entfernt von uns sitzen?«

»Bran hat kein Interesse. Er sieht mich immer ganz finster an.«

Cali schürzte die Lippen. »Soweit ich das beurteilen kann, scheint Bran generell kein Interesse zu haben, mit irgendjemandem etwas anzufangen. Was ich für eine echte Schande halte, denn er sieht zum Anbeißen aus. Was ist mit Hunt?«

»Dem Aufreißer?«

»Ach, Aufreißer – wen juckt das schon? Er sieht wahnsinnig gut aus, und ich bin sicher, dass man mit ihm viel Spaß haben kann. Du musst dich erstmal aufwärmen, nachdem du dich sechs Jahre lang im IT-Knast abgerackert hast, und Hunt ist genau der Richtige, um den Ofen einzuheizen.«

Ireland starrte sie bloß an. »Ist das eine Anspielung auf meine Eierstöcke?«

Calis Lippen formten eine stumme Frage, dann schlug sie vor: »Sieh es doch als Übungs-Date. Wie lange ist es her, dass du mit einem Kerl ausgegangen bist?«

Ein Jahr? Zwei? »Eine Weile.«

»Siehst du, deswegen. Du musst ausgehen, damit du

dich eingespielt hast, wenn der Richtige auftaucht und dich von den Socken haut. Du bist manchmal ein wenig ...«

Ireland seufzte. »Sag' es ruhig. Ich bin unbeholfen.«

»Aber nur, wenn du nervös bist«, schickte Cali rasch hinterher.

»Und das bin ich immer, wenn ich mit Leuten zu tun habe, die ich nicht kenne.«

Cali verzog den Mund. »Das erfordert eben Übung. Nicht jeder fühlt sich in Gegenwart Fremder auf Anhieb wohl.«

Oder in Gegenwart attraktiver Männer, dachte Ireland.

»Wenn du ein paar unverbindliche Dates ohne Druck hast, wird dir das helfen, nicht mehr so nervös zu sein.«

Leider sagte Cali da etwas Richtiges. »Na schön. Du hast ja recht.«

Ihre Cousine grinste, aber diesmal war es nicht an sie gerichtet.

Ireland zog sich schnell die Brille auf und starrte in dieselbe Richtung wie Cali.

Jaeg hatte das Restaurant betreten und kam nun auf sie zu. Ireland steckte ihre Brille wieder weg. »Dein Liebhaber ist da.«

Ein Schnurren löste sich aus Calis Kehle, denn ihre Sinne hatten seine Gegenwart bereits gespürt. Ihre Pheromone mussten in dem Moment Alarm ausgelöst haben, als er das Lokal betrat.

Diese beiden. Sie war froh, dass das Gästezimmer von Cali und Jaeg auf der anderen Seite des Hauses lag. Ireland schlief mit Ohrstöpseln, um nicht aus Versehen irgendwas mitanzuhören, das sie nicht hören wollte.

Jaeg kam an ihren Tisch, beugte sich herunter und küsste Cali auf den Mund. »Guten Abend, die Damen. Wie geht's, wie steht's?« Er setzte sich auf den Stuhl neben Cali und legte den breiten Arm über ihre Stuhllehne. Währenddessen grinste sie zu ihm hoch, als hätte sie ihn wochenlang nicht gesehen. Dabei war es nur seit heute Morgen.

Cali bekam ihren Verlobten sowieso viel mehr zu Gesicht als die meisten anderen Frauen, denn er arbeitete von zu Hause aus, in der Holzwerkstatt auf seinem Grundstück. Man sollte meinen, die Glut ihrer Leidenschaft wäre inzwischen ein wenig gedämpft, aber dem war nicht so. Wenn die beiden einen Blick teilten, löste das bereits einen Feueralarm aus.

Was sich irgendwie schön anhörte.

Ireland war nicht eifersüchtig. Kein bisschen.

Na gut, sie beneidete sie ungemein.

Ireland war noch nie mit einem Mann ausgegangen, mit dem die Chemie so sehr stimmte. Sie gönnte Cali ihr Glück, aber sie müsste lügen, wenn sie behaupten würde, dass sie sich nicht etwas Ähnliches wünschte. Und genau deswegen dachte sie nun ernsthaft darüber nach, mit diesem Hunt auszugehen, auch wenn er ein Aufreißer war. Auch wenn es eigentlich sein Bruder Bran war, der sie interessierte. Cali hatte recht – Ireland musste sich zunächst einmal wieder ans Daten gewöhnen, und Bran stand sowieso nicht auf sie.

Schon vor langer Zeit hatte sie gelernt, dass eine Beziehung mit einem Mann, der bestenfalls lauwarmes Interesse an ihr hatte, die Sache nicht wert war.

»Bist du sicher, dass Hunt mit mir ausgehen würde?«, wollte Ireland jetzt wissen. »Ich steige nicht mit ihm in die Kiste, falls das nötig sein sollte, um bei ihm zu landen.«

Cali wurde aus ihrer Jaeg-Trance gerissen, und sie drehte den Kopf wieder in Irelands Richtung. »So einer ist Hunt doch gar nicht. Er ist einfach gern in weiblicher Gesellschaft und mag alle Frauen. Außerdem muss der sich doch gar nicht anstrengen, um Sex zu bekommen. Die

Frauen lassen ja schon ihre Höschen runter, wenn sie ihn bloß sehen. Ein Date mit dir wäre für ihn wie eine Erholungspause.«

Jaeg kaute auf einem Stück Pizza, das sie übriggelassen hatte, und wischte sich dann den Mund ab, stützte sich mit dem nackten Unterarm auf dem Tisch ab. »Stehst du auf Hunt?«

»Nicht unbedingt«, erwiderte Ireland.

»Ireland muss einfach ...« Cali ließ ihre Finger abwesend seinen Arm hinabgleiten, hielt inne und strich ihm dann mit der flachen Hand über den muskulösen Unterarm, drückte ihn.

»Cali«, fuhr Ireland ihr über den Mund.

»Zur Stelle.« Cali zog ihre Hand von ihrem Kerl weg. »Wie gesagt«, begann sie erneut, sah Jaeg aber dann an, als hätte sie ihn nicht gerade noch betatscht, »Ireland muss mal ein oder zwei Dates haben, um den Bann zu brechen. Sie war zu lange mit Videospiel-Nerds ohne Sozialkompetenz eingepfercht.«

Ireland hob den Zeigefinger. »Ich spiele doch selbst auch ganz gern. Und meine Sozialkompetenz ist ebenso schwach wie die meiner männlichen Ex-Kollegen.«

»Eben«, tönte Cali. »Es ist, als wolle ein Blinder den anderen über die Straße führen. Und in deinem Fall meine ich das sogar wortwörtlich.«

Wohl wahr. Ohne ihre Brille sah Ireland so gut wie gar nichts. Aber sie versuchte schließlich gerade, ihr Image aufzubessern, nicht mehr wie ein totaler Nerd zu wirken, sondern nur noch leicht nerdy. Und was die Kontaktlinsen anging, hatte sie nicht gelogen. Die reizten ihre Augen wirklich wie verrückt. Bis sie sich neue besorgte oder eben doch den Mut für eine Operation zusammennahm, war sie blind wie ein Maulwurf.

»Wenn du mit Hunt ausgehen möchtest, kann ich ein gutes Wort für dich einlegen«, schlug Jaeg vor und genehmigte sich dann einen Schluck von Calis Bier. Auf das letzte Stück Pizza hatte er es auch abgesehen. Offenbar hatten große Männer auch einen großen Appetit, denn Jaeg schien eigentlich ständig zu essen. Ireland und Cali waren selbst keine Kostverächterinnen, aber Jaegs Appetit ließ sie wie schlechte Esserinnen aussehen.

»Nein.« Ireland schüttelte den Kopf. »Das ist mir zu peinlich.«

»Er muss gar nicht viel sagen«, behauptete Cali und warf Jaeg einen Blick zu. »Nicht wahr?«

»Nee«, bekräftigte der. »Ich mache es natürlich nicht offensichtlich. Ich werde ihm sagen, dass wir dir deine neue Stadt schmackhaft machen wollen, und ihn fragen, ob er ein paar Ideen hat, was man machen könnte.« Ireland faltete die Serviette, an der sie schon die ganze Zeit herumzupfte, wieder zusammen. »Ich schätze, das wäre okay.«

»Siehst du?« Cali drückte ermutigend ihre Hand. »Das wird total locker. Hunt ist doch ein netter Kerl.«

———

»Wann hast du zum letzten Mal eine abgekriegt?«, wollte Hunt wissen.

Brans Brüder löcherten ihn ständig, was sein Privatleben anging, und diese Gespräche nervten ganz schön.

Er zog den Schirm seiner Baseballkappe tiefer. Er konnte gerade noch unter der Kante hervorlugen und sich in dem vollbesetzten Pizzaladen umschauen. »Ich brauche keine abzukriegen. Ich bin allein ganz zufrieden.«

Hunt schnaubte. »Zufrieden ist Bockmist. Hast du denn gar nichts aus dem Schicksal unserer Eltern gelernt? Das

Leben ist viel zu kurz. Du musst es auskosten, solange du kannst.«

Bran, Hunt und ihre drei Brüder hatten ihre Mutter schon als Kinder verloren. Der arme Hunt war noch ein Kleinkind gewesen. Und nachdem der Vater nun – ebenfalls noch vergleichsweise jung – an Krebs gestorben war, gab es nur noch die fünf Brüder. Keine Tanten, Onkel oder Cousins, an die man sich wenden konnte, weil ihr Vater nach dem Tod ihrer Mutter den Kontakt mit dem Rest der Familie abgebrochen hatte.

Bran warf Hunt einen kritischen Blick zu. »Ich will aber nicht die Art von Spaß, die du ständig hast.«

»Was soll das denn bedeuten?«

Bran legte den Kopf in den Nacken und blickte zur Decke hinauf. »Mal sehen ... also, da war zunächst mal Levis Freundin.« Hunt hatte mit der festen Freundin seines ältesten Bruders geschlafen, als er gerade mal 18 Jahre alt gewesen war. Ein Albtraum.

Hunt rutschte unruhig auf seinem Stuhl herum. »Das ist doch schon ewig her, und Levi hat mir verziehen.«

»Weil er sich in Emily verliebt hat.«

»Ganz genau.«

Bran schüttelte den Kopf. Emily hatte ihrem ältesten Bruder Levi definitiv den Kopf geradegerückt, ihn weicher gemacht und ihm klargemacht, wie wichtig die Familie war. Sie hatte auch dabei geholfen, die Sache zwischen Levi und Hunt aus der Welt zu schaffen. Dennoch ... »Dann wäre da noch die Tatsache, dass du mit allem schläfst, was zwei Beine hat.«

Hunt fletschte die Zähne. »Das ist jetzt aber echt unverschämt. Ich habe schon gewisse Ansprüche.«

Bran hob eine Braue.

»Zugegeben, es sind nicht die gleichen Ansprüche wie

deine, aber du hast ja auch seit Jahren keine Bettakrobatik mehr erlebt. Wir sind alle neugierig, wie hoch die Latte bei dir hängt, denn sie hält dich ja offensichtlich davon ab, deine Latte auch nur in die Nähe des anderen Geschlechts zu bringen.«

Bran hatte seinen Bruder nicht um dessen Meinung gebeten, aber das spielte gar keine Rolle. Er bekam regelmäßig Feedback, ob er das wollte oder nicht.

Es ging auch gar nicht so sehr um irgendwelche Ansprüche oder Maßstäbe, die er seinem Leben anlegte. Aber er wägte seine Handlungen eben sorgfältig ab, um auf keinen Fall etwas Dummes zu machen.

So wie damals in der Highschool.

Das hatte seine Sicht auf die Welt verändert.

Aber Bran würde sich nicht die Gelegenheit entgehen lassen, Hunt ein wenig aufzuziehen. »Meine Maßstäbe sind ganz einfach. Ich nehme lieber dezent als auffällig.«

Hunt zeigte auf Bran. »Und das ist genau dein Problem, Alter. Was ist verkehrt an auffällig? Macht doch Spaß. Erinnerst du dich, was das ist, Bruder? Spaß? Ich meine, mich an eine Zeit zu erinnern, als du gewusst hast, was Spaß ist, aber das ist so lange her, dass meine Erinnerung mich auch täuschen mag.«

Es war tatsächlich schon eine ganze Weile her, dass Bran sich zuletzt gehen lassen hatte. Weil das seiner Erfahrung nach immer mit Ärger einherging. Was er erlebt hatte, hatte ihm bewiesen, dass seine Selbsteinschätzung nicht die beste war, also ignorierte er lieber alles, was man gemeinhin unter ›Spaß‹ verstand. »Worauf willst du hinaus?«

»Findest du nicht, es wäre an der Zeit, dich auch mal locker zu machen?« Hunt hob die Achseln wie ein Boxer, der sich zum Kämpfen bereitmacht. »Ich will dich ja nur ungern als verklemmt bezeichnen, aber ...«

Bran verdrehte die Augen und ließ den Blick durch das Lokal wandern, um die Kellnerin auszumachen. Wo zum Teufel blieb denn sein Bier?

Sein Bruder Wes stand plötzlich vor ihm, versperrte die Sicht und zog sich einen Stuhl heran. »Ich kann nicht lange bleiben. Kaylee ist völlig erschöpft, und ich muss gleich Babydienst schieben, damit sie sich auch mal ausruhen kann. Was habe ich verpasst? Habe ich richtig gehört; ihr habt gerade über Spaß geredet?«

Gleich darauf tauchte auch ihr Bruder Adam auf, der neugierig zwischen Wes und Bran hin und hersah. »Bran hat Spaß? Mit wem?« Adam winkte die Kellnerin mit einer Bewegung seines Handgelenks, das wie üblich in Armani steckte.

Auf der Arbeit trug Adam Tag für Tag schicke Anzüge, und das machte ihm auch gar nichts aus. Bran und der Rest seiner Brüder dagegen bevorzugten legere, lässige Klamotten, während Adam auf Designerware stand.

»Nein, hat er nicht, und genau darin liegt das Problem«, erklärte Hunt und reckte den Hals. »Wo bleibt Levi?«

Sie starrten alle in Richtung Eingang, als Levi auch schon gemeinsam mit seiner Freundin Emily, die ebenfalls im Club Tahoe arbeitete, hereinkam.

Na großartig. Jetzt waren sie alle da und drauf und dran, Bran wieder einmal auf den Sack zu gehen.

Levi und Emily nahmen ihm gegenüber Platz. »Wir können nicht lange bleiben«, verkündete Levi als Erstes.

»Erzähl' mir was Neues«, brummelte Hunt. »Mit keinem von euch kann man noch Spaß haben. Erinnert mich bloß daran, niemals solide zu werden. Denn ihr seid damit alle gleichzeitig auch Langweiler geworden.«

Levi funkelte Hunt böse an. »Das hat überhaupt nichts mit ›solide werden‹ zu tun, auch wenn es kein Fehler wäre, wenn du mehr arbeiten und dich weniger herumtreiben würdest. Einige von uns kümmern uns darum, dass der Laden läuft, und geben alles, damit es hier viele Arbeitsplätze für die Menschen aus der Stadt gibt. Ach ja, und wir sind gereift mit zunehmendem Alter. Aber ich schätze, davon hast du nicht die geringste Ahnung.«

Levi und Hunt mochten ja einige Brücken gebaut haben, um ihr Verhältnis wieder zu normalisieren, aber manche Dinge änderten sich eben nie. Sie gingen einander immer noch rasch auf die Nerven.

»Mehr arbeiten?«, echote Hunt und ignorierte geflissentlich den Teil mit dem Erwachsenwerden. »Ich arbeite genau wie du in Vollzeit im Club. Aber nach Feierabend genieße ich eben das Leben. Weil ich immer noch weiß, wie man Spaß hat, im Gegensatz zu euch armen Würstchen.«

Levi schüttelte den Kopf und wandte sich an Bran. »Bei dem ist Hopfen und Malz verloren. Was ist mit dir? Funktioniert das neue Bestellsystem, wie es soll?«

Weil er den Umsatz der Restaurants in dieser stark vom Wettbewerb geprägten Resortlandschaft ankurbeln wollte, hatte Bran Levi überzeugt, einen Haufen Geld in neue Technologie für die Lokale zu investieren. Bran hatte die Leitung aller vier Restaurants im Club Tahoe inne und hatte ausgerechnet, dass sie mit der neuen technischen Ausstattung deutlich mehr Bestellungen verarbeiten konnten. Allerdings bedeutete das System eine steile Lernkurve für die Belegschaft.

»Größtenteils ja«, berichtete Bran. »Die Angestellten befinden sich aber immer noch in der Einarbeitung.«

»Wie steht es mit dem technischen Support seitens der Firma? Greifen die euch unter die Arme?«

»Die helfen uns, aber ich habe mehr als 60 Vollzeit- und

Teilzeitangestellte unter mir. Ist ein längerer Prozess, die alle auf den neusten Stand zu bringen.«

»Ist registriert.« Levi sah Emily an, während er seine Hand besitzergreifend auf ihr Bein legte. »Hast du dir das System mal angeschaut?«

Emilys Augen leuchteten auf. »Aber selbstverständlich. Du weißt doch, wie sehr ich mein Tablet liebe. Und die Tablets für die Tische im Restaurant sind schicker als meins, mit einer ganzen Menge cooler Funktionen, um die Gäste bei Laune zu halten. Wir sehen bereits einen merklichen Anstieg in den Affiliate-Einnahmen aus der neuen Keno-App, die wir im System installiert haben.«

Die Kellnerin brachte Levi sein Bier, und er nahm einen Schluck. »Gute Entscheidung, Bran. Solange nichts schiefgeht, sehe ich nicht, wie das dem Club zu Schaden gereichen könnte.«

Bran rieb sich das Kinn. Die neue Technologie war wirklich vielversprechend, aber ihm fiel es schwer, seinen Instinkten zu vertrauen, und diese Investition gründete auf reinem Bauchgefühl. Wenn die Sache sich am Ende doch nicht lohnte, bliebe der Schwarze Peter ganz allein bei ihm hängen.

»Seht mal, wer da ist«, meldete sich Hunt plötzlich mit einem Grinsen zu Wort und stand auf, um Jaeg die Hand zu schütteln.

Jaeg setzte sich zu Bran und seinen Brüdern, und Bran spürte ein unangenehmes Prickeln im Nacken. Wenn Jaeg zum Essen hier war ...

Er blickte sich im Lokal um und entdeckte Jaegs Verlobte. Mit ihrer Cousine Ireland.

Verdammt.

Jaeg und Bran unterhielten sich kurz über das Kunsthandwerk, für das der Club ihn angeheuert hatte. Seine nächsten Kreationen waren für das Steakhaus bestimmt. Sie machten Pläne, wann Bran vorbeischauen konnte, um sich die Sachen anzuschauen.

Jaeg nickte Hunt zu. »Und was treibst du im Augenblick so?«

»Nicht viel. Wieso, hast du etwas Bestimmtes vor?«

»Cali möchte ihrer Schwester mehr von der Stadt zeigen. Wenn du demnächst irgendwas vorhast, dann ruf uns doch an. Wir würden gern mit dir auf Entdeckungsreise gehen.«

Hunt funkelte Bran und den Rest der Bagage an. »Na also, das hört sich doch ganz nach meinem Geschmack an. Jaeg und Cali wissen immerhin, wie man Spaß hat.«

Ireland demnach wohl auch, dachte Bran.

Sein dauergeiler, jüngster Bruder wäre der Ausgleich in dem Grüppchen, damit Ireland nicht ständig das fünfte Rad am Wagen spielen musste.

Bran spannte die Kiefermuskeln an. Ihm gefiel der Gedanke an Ireland mit anderen Männern nicht, schon gar nicht mit einem seiner Brüder. Und die Tatsache, dass ihn der Gedanke so störte, machte ihn nur noch wütender.

KAPITEL 2

Ireland saß am Küchentisch und trank ihren Morgenkaffee, als Cali in ihrem kuscheligen Bademantel den großzügigen Raum betrat. Das Kleidungsstück war mit Zeichnungen von Dackeln bedruckt, was noch lustiger war, weil Cali ihren eigenen Dackel, der auf den Namen Buddy hörte, auf dem Arm hatte.

»Morgen.« Cali nieste und nestelte ein zerknittertes Taschentuch aus der Tasche ihres Morgenmantels. Buddy schleckte ihr über die Wange. Ihre Nase war ganz rot und ihre Haut ansonsten unnatürlich blass. »Geht es dir gut?«, fragte Ireland.

»Ja, klar. Bin nur ein bisschen krank.«

»Sterbenskrank!«, rief Jaeg aus dem Schlafzimmer.

Cali warf einen Blick zurück und zog die Brauen zusammen

»Aber ich kann heute Abend trotzdem gehen«, sagte sie beschwichtigend zu Ireland. »Also mach' dir keine Sorgen.«

Ein genervtes Stöhnen ertönte im Flur.

Ireland starte an Cali vorbei, als Jaeg mit einem missmutigen Gesichtsausdruck in der Küche erschien. »Wenn du dich nicht gut fühlst«, wandte sie sich an Cali, »können wir doch absagen. Hunt wird das sicher verstehen.«

An dem Abend in der Pizzeria hatte sich Hunt letztendlich zu ihnen gesetzt, nachdem Jaeg zu den Cades an den Tisch gegangen war. Hunts Brüder hatten sich verabschiedet, aber Hunt war bei ihnen geblieben, und sie hatten sich unterhalten, während Ireland, Cali und Jaeg ihr Bier tranken. Er hatte sie zu einer seiner abendlichen Bootstouren mit Alkoholausschank eingeladen. Solche Touren machte er einmal die Woche, und heute Abend war es mal wieder soweit.

»Nein!«, widersprach Cali vehement, aber ihre Stimme war nur ein Krächzen. »Ich schaffe das doch.«

Jaeg stemmte die Hände in die Hüften, die muskulösen Arme zeigten seitlich nach außen. »Cali.«

Sie blickte sich zu ihm um. »Was denn? Ich habe es Ireland versprochen.«

»Wenn es um mich geht«, ging Ireland dazwischen, »ich habe kein Problem damit, zu Hause zu bleiben.« Sie würde sich die Kuschelsocken überziehen und in eine Jogginghose schlüpfen, und dann könnte sie mit Cali zusammen den ganzen Abend Lieblingsserien schauen. Vorzugsweise irgendwas mit heißen, verschwitzten Wikingern.

Cali zog die Brauen zusammen. »Nun hast du endlich mal ein Date ...«

Ireland wurde sofort puterrot. »Es ist doch gar kein Date!«

»Und du willst das absagen?« Calis Gesichtsausdruck wirkte, als täte ihr der Gedanke beinahe körperlich weh.

War Ireland in ihren Augen denn so bemitleidenswert? Ja, offenbar schon.

Seit sie hier war, war sie jedes Wochenende zu Hause geblieben – außer an den Tagen, an denen Cali und Jaeg sie mitgeschleppt hatten –, und nun wollte sie die Gelegenheit verstreichen lassen, endlich mal rauszukommen und sich etwas zu trauen.

Sie stützte sich mit dem Ellbogen auf den Esstisch und legte das Kinn in die Hand. »Ich schätze, ich könnte auch allein gehen.«

Calis Gesicht hellte sich auf, und sie reichte Buddy an Jaeg weiter, der sich den kleinen Hund wie einen Football unter den Arm klemmte, mit ihm zum Kühlschrank ging und ihr ein Glas Orangensaft einschenkte. »Trink das, mein krankes Mädchen.«

Cali nippte am Orangensaft und setzte sich neben Ireland an den Tisch. »Das wäre doch perfekt. Auf der Bootstour sind noch andere Leute, und ohne mich wirst du dich mit ihnen unterhalten müssen. Außerdem kannst du etwas Zeit mit Hunt verbringen und Spaß haben.« Sie zwinkerte ihrer Cousine zu, die prompt zusammenzuckte.

Es war ja nicht so, dass Ireland etwas dagegen hatte, sich mit Leuten zu unterhalten, oder dass sie etwas gegen Hunt hatte; sie war lediglich besorgt, dass sie sich wieder ungeschickt anstellen würde. Aber Cali hatte schon recht.

Ireland war nach Lake Tahoe gezogen, um sich ein besseres Leben aufzubauen. »Ich werde allein gehen; ich kriege das schon hin. Du bleibst zu Hause und kurierst dich aus.«

Hinter Calis Rücken sandte Jaeg ihr ein stummes ›Dankeschön.‹

———

Ireland ging am Poolbereich des Clubs vorbei zum Strand. Sie blickte über den langen Sandstreifen in Richtung Pier und hielt sich die Brille vor die Augen. Dort ankerte ein restauriertes Boot. Klassisch und elegant, ein Drittel wunderschön mit Holz verkleidet.

Alles an Club Tahoe war elegant und stilvoll. Ethan Cade, der Patriarch, hatte keine Kosten und Mühen gescheut, als er diesen Ort entworfen und gebaut hatte.

Ireland war sich wegen ihres Outfits nun nicht mehr so sicher und sorgte sich, dass sie zu leger gekleidet war. Sie trug eine weiße, abgeschnittene Jeans und ein blaues Jeanshemd über ihrem lavendelfarbenen Bikini. Der Beschreibung nach hatte der Ausflug nach einem Saufgelage auf dem Wasser geklungen, aber das Boot strahlte würdevolle Eleganz aus.

Ursprünglich hatte Ireland sich das Jeanshemd bis obenhin zugeknöpft, aber bevor sie das Haus so verlassen konnte, hatte Cali die Hälfte der Knöpfe wieder geöffnet und den einen Hemdenschoß vorn in ihre Shorts gesteckt. So zeigte sie mehr Taille und viel zu viel Brust. Zumindest war das Irelands Meinung. Aber als sie versucht hatte, die Knöpfe wieder zuzumachen, hatte Cali ihre Hand mit einer lässigen Geste weggeschlagen.

Schlussendlich hatte sie sich gesagt, dass sie im Bikini ja sowieso noch mehr zeigen würde, und achselzuckend nachgegeben.

Ireland hob die Hand über die Augen und musterte ein letztes Mal das Boot, bevor sie ihre Brille zurück in die Tasche stopfte. An Deck saß niemand, aber in dem Teil mit Überbau stand ein Mann, der nach vorn gebeugt irgendwo herumkramte.

Musste wohl Hunt sein.

Ireland zog die große Strandtasche höher auf die Schulter. Diese Expedition konnte sie nur mit der passenden Ausstattung antreten, daher hatte sie als Rothaarige literweise Sonnenmilch und einen riesigen Sonnenhut mitgebracht.

Ireland biss sich auf die Lippe. Als erste anzukommen, war immer unangenehm. Hunt schien ja ein netter Kerl zu sein, aber sie war noch nie mit ihm allein gewesen. Was, wenn sie einander nichts zu sagen hatten?

Sie ließ sich Zeit mit dem Weg den Pier entlang, weil sie hoffte, dass bald weitere Teilnehmer der Bootstour auftauchen würden.

Aber das Glück schien nicht auf ihrer Seite zu sein. Und war das nicht typisch? Als sie sich dem Boot näherte, war sie immer noch der einzige Mensch auf dem gesamten Pier. Und jetzt drückte sie sich hier herum wie ein Depp.

Sie straffte die Schultern. »Hallo?«

Hunt hatte sich aufgerichtet und starrte aufs Wasser des Sees hinaus, eine Baseballkappe tief in die Stirn gezogen. Als er ihre Stimme hörte, drehte er sich um.

Es war nicht Hunt.

Scheiße.

Selbst ohne Brille erkannte Ireland den strengen Mund, die kerzengerade Haltung mit den breiten Schultern, den markanten Kiefer. Was tat Bran denn bloß hier?

»Warum sind Sie hier?«, fragte er und echote damit ihre eigenen Gedanken, schaffte es aber, dass sie diejenige war, die sich dumm vorkam.

Trotz des harschen Tonfalls wanderte sein Blick interessiert ihren Körper entlang, was sicher Calis gekonnter Inszenierung ihrer Kleidung zu verdanken war.

Ireland seufzte. Sie hatte keinen Schimmer, was sie getan hatte, um Brans Zorn zu erregen, aber ihre übliche Reaktion auf eine Konfrontation war, diese mit Liebenswürdigkeit im Keim zu ersticken.

»Hunt sagte, dass für die heutige Bootstour noch Plätze

frei seien«, erklärte sie fröhlich. »Cali und ich haben Karten gekauft, aber jetzt ist sie krank ...« Sie blickte sich suchend um. »Wo ist Hunt denn?«

Brans Schultern versteiften sich, und er schob seine Hand in eine große, holzverkleidete Kühlbox. »Der liegt flach und behauptet, krank zu sein.«

Cali war erkältet, und nun sollte Hunt auch noch krank sein? »Das ist ... aber schade.« Ireland verzog den Mund. Es war verdammt schade, denn Hunt war der freundliche Bruder. »Da muss wohl wieder mal etwas umgehen.«

Bran warf ihr einen harten Blick über die Schulter hinweg zu. »Glauben Sie das wirklich?«

Ireland kniff die Augen zusammen. Gemeinhin hielt man sie für einen lieben Menschen, aber mit seinem Arschlochverhalten strapazierte Bran langsam wirklich ihre Geduld. Wie sollte sie denn diese Bootsfahrt überstehen, wenn er der Skipper war? Er hasst sie ja geradezu.

Aber sie konnte jetzt auf keinen Fall wieder gehen. Cali würde sie umbringen, wenn sie davonlief.

Ireland platzierte Hände und Füße strategisch, um nicht die Balance zu verlieren, als sie an Bord des Bootes kletterte, das unter ihrem Gewicht schaukelte. Die anderen würden bald auftauchen. Sie würde das hier schon hinkriegen.

Bran bereitete das Boot vor, und nach einigen Minuten starrte Ireland den Strand hinauf, hielt Ausschau nach den Mitfahrern. »Soll der Ausflug denn nicht um zwei beginnen?«

Bran richtete sich wieder auf und fuhr sich mit der Hand über das Gesicht. Er blickte erneut aufs Wasser hinaus. »Die Sechsergruppe hat abgesagt.«

Was zum Teufel! »Entschuldigen Sie mich bitte«, wollte sie leichthin sagen, aber ihre Stimme zitterte. War sie nun die einzige, die diese Bootstour machen wollte? Allein mit Bran?

Nein. Oh nein, oh nein, oh nein.

»Sie können gern von der Tour zurücktreten.« Er grinste zufrieden, als hätte er ihre Gedanken gelesen. »Ich erstatte Ihnen die Kosten für das Ticket. Ist ja nicht so, als hätte ich nichts Besseres zu tun. Ich leite ja auch bloß vier Restaurants.«

»Sicher, dann ...« Moment mal, sie konnte doch jetzt nicht hinwerfen, nachdem sie Cali versprochen hatte, das hier allein hinzukriegen. Das würde ihre Cousine ihr ewig vorhalten. Außerdem hatte sie aus naheliegenden Gründen – nämlich wegen seiner beschissenen Attitüde – wenig Interesse daran, Bran zu geben, was er wollte.

Ireland mochte sich bei Konfrontationen unwohl fühlen, aber sie hatte es auch extrem satt, von Männern ständig wie ein Fußabtreter behandelt zu werden. »Schon gut. Ich bleibe. Ist doch okay.«

Sie machte es sich auf der weißen, ledergepolsterten Bank bequem und holte ihren Sonnenhut aus der Tasche. Unter der breiten Krempe spähte sie zu Bran hoch.

Er spannte die Kiefermuskeln an. »Wenn Sie meinen. Ich kann allerdings nicht versprechen, dass ich zum Alleinunterhalter tauge.«

»Wann haben Sie sich überhaupt mal unterhalten?«, murmelte sie.

Er kniff die Augen zusammen.

Er hörte offenbar sehr gut. »Wie kommt es, dass niemand anderes die Tour übernehmen kann? Dürfen nur Sie und Hunt ans Steuer?«

Bran schob die Ärmel seines Langarmshirts hoch. Heute Morgen war es bereits warm für Tahoe gewesen, und jetzt, so kurz nach Mittag, lag die Temperatur bei knapp 30 Grad.

»Levi hat strikte Regeln, was die Boote angeht. Er will nur Leute am Steuer, die sich mit Schiffssicherheit auskennen, das gelernt haben und auch Erste Hilfe und Reanimation beherrschen. Wir hatten bisher noch keine Zeit, irgendjemanden entsprechend auszubilden. Ich kann ihm die Strenge auch nicht verdenken. Im Sommer sind einfach immer wieder zu viele Idioten auf dem See unterwegs, da ist es besser, auf Nummer sicher zu gehen.« Er löste das Seil, das am Dock befestigt war, und fügte hinzu: »Hauptsache, ich bin rechtzeitig zurück für den Andrang der Dinnergäste.«

Es war also gar keine große Sache für ihn, diese Bootstour zu übernehmen; er stellte sich bloß an. Na großartig.

Ireland warf einen Blick in die Kühltruhe. »Sind diese Biere für mich?«

Bran ließ den Nacken knacken und funkelte sie an. »Bestimmt nicht alle. Ich habe keine Lust, nachher eine Betrunkene den Strand hinaufzutragen.«

Sie verdrehte die Augen. »Ich bin 1,72 groß und wiege 66 Kilo. Ich vertrage ein bisschen was.«

Er ließ den Blick über ihren Körper wandern, als hätte sie gerade etwas Reizvolles gesagt und nicht etwa zugegeben, dass in ihrem Kleiderschrank keine Größe 36 hing. Sie war nicht übergewichtig für ihre Körpergröße, aber gertenschlank war sie ganz sicher auch nicht.

Ireland rutschte nervös zur Seite, weil er sie immer noch anstarrte. Und sie hatte das Gefühl, dass er es gar nicht merkte. »Was steht denn nun heute auf dem Programm?«

Endlich hob er den Blick und reichte ihr ein Bier aus der Kühlbox. Sie registrierte, dass er sich selbst keins nahm. »Es gibt kein Programm. Wir drehen eine große Runde. Sie trinken ein oder zwei Biere. Wir fahren wieder zurück.«

Ireland entging der Befehlston nicht, in dem er ihr klarmachen wollte, wie viele alkoholische Getränke sie konsumieren durfte, als hätte er das zu entscheiden. Sein Ton gefiel ihr nicht. Überhaupt nicht. Diese Ausflüge wurden schließlich nicht umsonst auch ›Booze Cruise‹ genannt, verflixt nochmal. Wo lag denn bitte sein Problem?

Die Bootsfahrt würde ungefähr so viel Spaß machen wie ein Doppeldate mit einem älteren Bruder. Tja, Bran würde sich damit abfinden müssen, dass sie so viel trank, wie sie wollte.

Ireland hob ihr Corona an die Lippen und nahm einen kräftigen Schluck. Cali und sie hatten von Anfang an vorgehabt, einen Uber zu rufen, um nach Hause zu fahren. Sie würde sich jetzt entspannen und Spaß haben. Um ihren Käpt'n zu ertragen, brauchte sie ganz sicher mehr als ein Bier.

Bran machte sich irgendwo zu schaffen und bereitete wohl alles fürs Ablegen vor, während sich Ireland großzügig mit Sonnenmilch eincremte und ihre blasse Haut dabei noch einen Ton weißer machte. Aus dem Augenwinkel betrachtete sie Bran.

Na gut, sie gaffte ihn an. Auch wenn seine Einstellung zu wünschen übrigließ, war er unglaublich sexy, wie er so professionell mit dem Bootskram hantierte. Die hochgeschobenen Ärmel seines T-Shirts brachten seine sexy Arme zur Geltung, und die Boardshorts gaben den Blick auf seine muskulösen Waden frei. Er war mehr als ansehnlich.

Sie betrachtete das Muskelspiel seiner Schultern und seines Rückens, während er irgendwelche Dinge verräumte und Taue in den dafür bestimmten Fächern verschwinden ließ.

Dann blickte er sich nach ihr um. »Sind Sie bereit?«

Irelands Blick riss sich von seinem Hintern los und huschte zu seinem Gesicht. »Bereit, wenn Sie es sind.«

Er begab sich in den überbauten Teil des alten, hölzernen Bootes, und dann erwachte der Motor dröhnend zum Leben. Ireland schaute seitlich aufs Wasser hinaus und betrachtete das Brodeln, das die Schiffsschraube ins klare Blau zauberte.

Sie schüttelte die Flipflops ab und hob die Füße auf die Bank, machte es sich gemütlich. Wieso auch nicht. Sie legte den Kopf zurück, um in den blauen Himmel hinaufzustarren, aber doch nicht zu weit zurück, denn auch Lichtschutzfaktor 100 konnte nur bedingt zaubern.

Vielleicht würde sich dieser Ausflug ja doch noch zu etwas Nettem entwickeln. Wie schlimm konnte das schon werden, mit einem Bier in der Hand auf einem wunderschönen See eine Runde zu drehen?

Offenbar sehr schlimm.

KAPITEL 3

Nun war er hier ausgerechnet mit Ireland gefangen.

Das war allein Hunts Schuld. Der hatte ihn schon die ganze Zeit damit genervt, dass er doch endlich mal mit einer Frau ausgehen solle, und jetzt das? Bran wusste nicht, wie sein Bruder es angestellt hatte, aber schlussendlich hatte er ihn dazu gebracht, eine Bootstour allein mit Ireland zu machen.

Bran war für alle vier Restaurants verantwortlich. Er musste sich mit eigenen Augen von der sogenannten ›Krankheit‹ seines Bruders überzeugen, bevor er zwei Stunden seines Lebens investierte, Hunt auszuhelfen. Also tat er, was ein gewissenhafter Bruder eben tat: Er bewegte seinen Hintern zu Hunt nach Hause, um ganz sicherzugehen, dass der Spinner auch wirklich krank war. Aber als Hunt ihm die Tür öffnete, war seine Nase knallrot, seine Augen wässrig und sein Gesicht ganz blass. Bran musste einsehen, dass sein Bruder nicht gelogen hatte, was aber seinem Frust keinen Abbruch tat. Erst recht nicht, als er Ireland erblickte, die auf das Boot zusteuerte.

Herrgott nochmal.

Bran hatte sie schon mehrfach in schönen Kleidern gesehen, mit diesen großen Brüsten, die seinen Blick magisch anzogen. Er hatte sich stets an seine Regel gehalten, niemals etwas mit sexuell allzu aufreizenden Frauen anzufangen, weil er um seine eigene Schwäche für diesen Typ wusste. Aber Ireland versuchte ja gar nicht aktiv, sexy zu sein. Sie war es einfach. Heute blinzelte ihr Bikini unter dem geknöpften Oberteil hervor. Und das machte ihn verrückt.

In der letzten halben Stunde war es ihm gelungen, sie abzulenken, indem er das Boot langsam an einigen schönen Stellen des Sees vorbeisteuerte; gerade langsam genug, dass sie von ihrem Platz am Heck eine gute Aussicht hatte. Solange sie einander körperlich nicht zu nahekamen, war alles in Ordnung. Aber wenn er die übliche Route fuhr, müsste er gleich an der Emerald Bay haltmachen und ihr ein paar Snacks und ein neues Bier anbieten. Und die Gelegenheit, eine Runde schwimmen zu gehen.

Was bedeutete, dass sie höchstwahrscheinlich die Kleidung ablegen und noch mehr verführerische Haut zeigen würde. Das fehlte ihm gerade noch.

Er zögerte den Stopp so lange wie möglich hinaus, drosselte dann endlich den Motor an einer unberührten Stelle in der Nähe der Insel in der Mitte der smaragdgrünen Bucht.

Er stellte den Motor ab und umfasste das Steuerrad so fest, dass seine Knöchel weiß hervortraten.

»Ist alles in Ordnung?«, rief Ireland zu ihm herüber.

Er lockerte seinen Griff und stand auf. »Ich dachte, Sie hätten vielleicht Lust auf einen Snack und eine Runde Schwimmen.«

»Oh.« Ihre Stimme war nähergekommen.

Er warf einen Blick über die Schulter und erblickte Ireland, die sich gerade duckte, um die Kajüte zu betreten.

»Essen ist eine gute Idee.« Sie hielt ihre leere Bierflasche hoch. »Und noch eine hiervon.«

Sie machte einen Schritt vorwärts, als er auf die Kühlbox zuging. Sie waren einander plötzlich viel zu nah. Aber was ihm das Genick brach, war das hohe Kielwasser, welches nun das Boot erfasste.

Bran stemmte sich mit der Hand gegen die Decke ab, aber Ireland hielt sich stattdessen an ihm fest.

Ihr üppiger Körper war an seinen gepresst, als sie hastig versuchte, ihr Gleichgewicht wiederzufinden. Bran biss währenddessen die Zähne zusammen.

Verdammte Bugwelle.

Bei einem solchen Stoß konnte jeder die Balance verlieren, aber sie ging mal wieder zu weit. Zu weit, wenn er irgendwie die Kontrolle behalten wollte. Ihr Gesicht war ja schon praktisch an seinem Hals vergraben. »Würden Sie bitte!«

Ireland zog sich mit einem Ruck von ihm zurück und hielt sich an seiner Sitzbank fest, balancierte die kleineren Wellen aus, die der ersten folgten. »Das tut mir so leid.«

Bran marschierte rasch zur Kühlbox hinüber und holte ihr eine Flasche Bier heraus, dann – scheiß drauf – auch eine für sich. Seine Brüder würden ihn umbringen, wenn sie wüssten, dass er ein Bier am Steuerrad trank. Diese Regel war ihnen allen schon als Teenager eingebläut worden. Aber wenn es je einen Moment gegeben hatte, in dem Bran ein Bier nötig hatte, dann war der jetzt gekommen.

Er öffnete die erste Flasche und reichte sie ihr. »Springen Sie ins Wasser, na los. Sie sehen aus, als bräuchten Sie dringend ne Abkühlung.«

»Was soll das denn bitte heißen?«

Er zuckte die Achseln. »Sie sehen ein bisschen aufgeheizt aus. Entflammt oder so.« Bran öffnete auch sein Bier und nahm einen tiefen Schluck, ließ sie dabei nicht aus den Augen. Tatsächlich war er eher derjenige, dem sie eingeheizt hatte.

»Wie bitte? Sie ... Sie ...« Sie stieß einen harschen Seufzer aus und atmete mit geschlossenen Augen durch die Nase. »Wollen Sie damit andeuten, ich hätte Sie mit Absicht angefasst?«

»Haben Sie nicht?«

Ihr Gesicht rötete sich. »Ich habe das Gleichgewicht verloren! Warum sind Sie bloß so gemein zu mir?«

»Sie missverstehen mein Naturell und glauben, ich würde mir etwas aus Ihnen machen.«

Er marschierte an ihr vorbei ans Außenbord. Um durchzuatmen. Und Raum zu gewinnen. Er konnte ihren Körper immer noch an seinem spüren, was Empfindungen in ihm weckte, die er unter Verschluss halten musste.

Er hörte, wie sie barfuß hinter ihm aufstampfte. Hübsche Füße hatte sie, mit rot lackierten Zehennägeln. Nicht, dass ihm das aufgefallen wäre.

Ach, scheiße. Natürlich war es ihm aufgefallen. Ihr Füße waren niedlich für eine Frau ihrer Größe.

Sie hatte ihm vorhin gesagt, wie groß sie war und wieviel sie wog, hatte es klingen lassen, als wäre das etwas Schlechtes. Sie konnte ja nicht wissen, dass sie – mal abgesehen von den Regeln, die er sich gesetzt hatte – rein körperlich die ideale Frau für ihn wäre.

Mit hübsch kam er ja noch klar. Aber eine echte Schönheit und dazu noch sexy? Nein. Das würde nicht passieren.

»S-Sie ...« Sie atmete erneut scharf ein, und er sah sich um.

»Was ist los mit Ihnen; stottern Sie, oder was?«

Sie wirkte verletzt, und nun schämte er sich plötzlich. Ihr Blick verriet ihm, dass er einen wunden Punkt getroffen hatte.

»Ja, Sie ungehobelter K-Klotz! Ich stottere. Wenn ich g-gestresst bin. Oder sauer.« Sie sah ihn böse an und wollte die Arme verschränken, schien sich dann aber an das Bier in ihrer Hand zu erinnern. Sie trank es in großen Schlucken und funkelte ihn dann erneut an.

Bran hob eine Braue. Wollte sie sich unbedingt besaufen? Von ihm aus. Sollte sie doch. Aber wenn er sie endlich wieder vom Boot runter hatte, konnte sie ihren betrunkenen Hintern selbst den Strand hinaufschleppen. Sie war schließlich nicht einmal Gast im Resort. Er musste sie nicht mit Samthandschuhen anfassen.

Normalerweise hätte er vor einer Frau wie ihr niemals sein Shirt ausgezogen, weil er auf keinen Fall falsche Signale senden wollte. Aber nach dem, was gerade passiert war, würde sie es ganz sicher nicht noch einmal bei ihm versuchen. Er hatte sie ernsthaft sauer gemacht. Er hatte sich nicht über ihr Stottern lustig machen wollen, aber zumindest würde sie jetzt nicht mehr versuchen, mit ihm zu flirten.

Er war zuversichtlich, dass es keine weiteren Versuchungen geben würde, und zog sich das Shirt vom Leib, um sich abzukühlen.

Er ließ sich auf die Bank gegenüber der, die Ireland belegt hatte, sinken und zog den Schirm seiner Kappe tiefer, bevor er die Augen schloss. Während sie aß und trank, konnte er ebenso gut eine Runde dösen.

Von der Seite hörte er es rascheln, ignorierte das Geräusch aber. Dann folgte ein Gluckern, und er nahm an, dass sie den Rest ihres Bieres hinunterkippte. Gefolgt vom

Klappern der Flasche auf einem der eingebauten kleinen Tische des Bootes. Jedenfalls nahm er das an.

Er unterdrückte den Drang, genervt den Atem auszustoßen. Sie würde es sich bald wieder gemütlich machen, und er konnte sich ein wenig entspannen, bevor es Zeit wurde zurückzufahren.

Dann hätte er dieses kleine Abenteuer auch überstanden.

Das Boot neigte sich leicht zur Seite, und dann schreckte ein lautes Platschen ihn auf.

»Hiiie!«

Bran schob hastig die Kappe hoch und setzte sich auf.

Was hatte ›Hiiie!‹ zu bedeuten? »Was machen Sie denn?«

Er konnte sie nicht sehen, und sie antwortete auch nicht. Verdammt.

Bran stand auf und spähte aufs Wasser hinaus ... die Aussicht war atemberaubend schön.

Ireland ließ sich auf dem Rücken treiben, im dunkelblauen Wasser bewegte sich ihr ansehnlicher Körper ganz sachte auf und ab, und ihr langes, rotes Haar schwebte wie ein Fächer um sie herum.

Aber sie hatte die Augen geschlossen, und ihre Zähne klapperten. Ihre Haut wirkte noch blasser als sonst.

Ohne nachzudenken, glitt Bran aus seinen Flipflops und machte einen Kopfsprung in den See. Dann tauchte er wieder auf und warf den Kopf zurück, wischte sich das Wasser aus den Augen.

Ireland starrte ihn an, paddelte jetzt aufrecht, während ihre Zähne immer noch klapperten. »W-was machen Sie ... denn hier?« Diesmal war das Stottern wohl den klappernden Zähnen geschuldet.

»Sicherstellen, dass mit Ihnen alles in Ordnung ist.« Ihre Lippen wurden bereits blau. Bran und seine Brüder waren an die Kälte des Sees gewöhnt, aber sie waren schließlich auch hier aufgewachsen.

»Ach, jetzt sind Sie plötzlich besorgt?«

»Nicht wirklich, aber ich bin dafür verantwortlich, Sie lebend zurückzubringen.«

»Arschloch.«

»Besonders einfallsreich ist das als Beleidigung aber nicht.«

»Sie arroganter, unhöflicher, dickköpfiger, baseballkappentragender ...«

»Baseballkappentragender? Versuchen Sie gerade, mich zu beleidigen, oder wollen Sie bloß eine Personenbeschreibung abgeben? Denn ganz ehrlich, so richtig gegeben haben Sie's mir bisher nicht.«

Sie machte eine kräftige Handbewegung und spritzte ihm eine Ladung Wasser ins Gesicht.

Er wischte sich mit der Hand über die Augen. »So läuft das also, wie auf dem Spielplatz?«

»Sie sind von Anfang an gemein zu mir gewesen, Sie dickköpfiger Blödmann!«

»Oh, Moment mal, diese Bezeichnung gefällt mir sogar. Fühlt sich ganz wie zu Hause an, denn so nennen mich meine Brüder auch ständig.«

Sie atmete scharf ein. »Vergleichen Sie mich gerade mit Ihren Brüdern? Mag ja sein, dass ich groß und linkisch bin, aber ich bin ganz sicher kein Mann!«

Kein was?

Es kam aus heiterem Himmel. Nicht ihre Reaktion, sondern seine. Er hätte die Sache ganz einfach aus der Welt schaffen können, indem er ihr erklärte, was er gemeint hatte. Dass ihn seine Brüder ständig einen Blödmann nannten und er das Wort daher mit liebevoller Vertrautheit assoziierte. Aber das tat er nicht. Wäre ja auch zu einfach gewesen.

Und ungefährlich.

Er kam damit klar, ihren verführerischen Körper in einem Bikini zu sehen; er kam sogar damit klar, dass sie sich an ihn zu schmiegen schien, als sie das Gleichgewicht verloren hatte. Aber als die wunderschöne Frau anfing, ihn wie ein frecher Hitzkopf herunterzuputzen, war es um seine Selbstbeherrschung geschehen.

Wahnsinn, Irelands Feuer loderte ebenso hell wie ihr Haar. Bran packte ihre Taille und zog sie an sich. In dem Moment, in dem ihre Körper aneinandergepresst wurden, landeten seine Lippen auf ihren.

Er bekam augenblicklich einen Steifen, wurde augenblicklich verrückt.

Er hatte den Verstand verloren. Und die verdammte Selbstbeherrschung, die ihn nicht mehr im Stich gelassen hatte seit ...

Seit er damals vor vielen Jahren Mist gebaut hatte.

Bran nahm den Kopf ein winziges Stück zurück. Während seine Lippen ihre kaum noch berührten, fragte er: »Ist es das, was du willst?« Er sollte aufhören und wegschwimmen, aber er hatte ihren Körper an sich gedrückt und brachte die Kraft nicht auf. Solange sie es nicht sagte. Dann würde er aufhören. Es würde ihm schwerfallen, aber er würde es tun. Das Problem war, dass sie ihn eben nicht wegstieß.

Ihre grünen Augen waren unter schweren Lidern verborgen. Himmel, war sie schön. Die schönste Frau, die er je gesehen hatte.

Er küsste sie erneut. Aber damit bestrafte er sich nur selbst, denn sie war weich und schmeckte gut, und er konnte nicht aufhören, sie zu küssen. Und sie hatte ihn immer noch nicht abgewehrt.

Ireland fuhr ihm mit der Hand durchs Haar, und er zog sie noch enger an sich.

Er hielt ihren Hinterkopf und ließ seine Zunge mit ihrer spielen, während seine andere Hand nach unten glitt und ihre Pobacke umfasste.

Sie stöhnte auf.

Das wohlige Geräusch hätte ihn aus seinem Wahnsinn herausreißen sollen. Herrgott, der totale Kontrollverlust hätte ihn in die Gegenwart zurückbringen sollen, aber sie schmeckte so unglaublich gut. Und ihr Körper fühlte sich noch viel besser an. Und er hatte sich bereits damit abgefunden, dass er den Verstand verloren hatte.

Offenbar hatte er ihren Hintern etwas zu eifrig geknetet. Sie ein bisschen zu nah an sich gezogen. Denn nun drückte seine Erektion gegen ihren Bauch, und sie versteifte sich ganz plötzlich.

Ireland stieß ihn von sich. »Was stimmt bloß nicht mit Ihnen?«

»Es tut mir leid ...« *Dass ich meinen Ständer an deiner weichen Haut gerieben habe? Dass meine Erektion allzu scharf darauf war, ins Allerheiligste einzudringen?*

Scheiße.

»Sie haben mich *geküsst*.« Sie wandte sich von ihm ab und schwamm in Richtung Boot zurück.

Das war es, was sie gestört hatte? Der Kuss war doch das Unschuldigste, was er in den letzten 60 Sekunden getan hatte. Seine Zunge in ihrem Mund war definitiv das Unschuldigste, was ihm durch den Kopf geisterte.

Sie rückte ihr Bikinioberteil zurecht und packte die Bootsleiter. »Zuerst verhalten Sie sich mir gegenüber wie ein totales Arschloch«, grummelte sie beim Hochklettern.

»Sie sind unhöflich, putzen mich vor Ihren Brüdern und meinen Freunden herunter ... und dann küssen Sie mich plötzlich, wenn niemand zusieht. Oh, aber natürlich erst, nachdem Sie mich beleidigt haben.«

Na gut, sie hatte irgendwie recht.

Er schwamm zur Leiter und sah nicht nach oben, als sie aus dem Wasser und ins Boot hinaufstieg.

Na gut, er sah sehr wohl hin und wandte seinen Blick keine Sekunde ab.

Bran kniff die Augen zusammen und stieg hinter ihr hinauf, schnappte sich an Deck augenblicklich sein Shirt. »Ich bringe Sie zurück.«

Sie griff nach ihrem Handtuch und wickelte sich darin ein, blickte ihn nicht an.

Der Schutzschild aus Kälte, den sie nun um sich zog, war genau das, was er für diese Krise brauchte, denn es war definitiv eine Krise. Er hatte heute zu viel Zeit mit Ireland verbracht, zu viel Nähe ausgehalten – und das alles nur wegen Hunt und seiner bescheuerten Erkältung.

Bran verlor nie die Kontrolle. Er hatte schon vor Jahren eine mentale Mauer gegen Frauen errichtet, die eine Versuchung für ihn darstellten. Er war jetzt ein guter Kerl. Er hatte sich darauf trainiert, einer zu sein.

Ireland war anders. Sie war eine erwachsene, intelligente Frau, aber Bran war so daran gewöhnt, sich selbst zu disziplinieren, dass sein stures Hirn ihm nicht erlaubte, die Dinge aus dem Ruder laufen zu lassen, selbst wenn sein Körper nicht gehorchen wollte.

Heute allerdings war es dennoch geschehen. Ireland war die erste Frau seit einem Jahrzehnt, wegen der er völlig den Kopf verloren hatte.

Bran konnte nicht zulassen, dass das noch einmal geschah. Er brauchte Vorsichtsmaßnahmen. Er wusste zwar noch nicht, wie diese Vorkehrungen aussehen sollten, aber er würde schon welche festlegen und dann mit aller Kraft umsetzen.

Er kramte in der großen, maßgeschneiderten Kühlbox des Bootes herum und holte den Käse und die Kräcker heraus, die das Restaurant vorbereitet hatte. Er schnappte sich auch eine weitere Flasche Corona.

Er war es nicht gewöhnt, mit heißblütigen Frauen umzugehen. Die meisten Frauen überließen ihm die Verantwortung für die gesamte Situation – ließen ihn das Tempo bestimmen. Was also sollte er jetzt tun?

Er könnte versuchen, sie mit liebenswürdigen Worten zu besänftigen, aber er war so eingerostet, was das anging, dass er nicht das Gefühl hatte, auf diese Weise irgendetwas verbessern zu können. Eine andere Möglichkeit war, ihr ein Friedensangebot in Form von etwas zu Essen zu machen. Besonders, da er schlecht weglaufen konnte, weil sie gemeinsam auf einem Boot gefangen waren.

Dann eben Essen und Bier.

Ireland starrte böse auf das Tablett, das er ihr reichte.

Diesen Blick hatte er sich verdient.

Aber dann streckte sie die Hand nach dem Essen aus und fing stumm an zu essen, während er das Boot für den Rückweg zum Club bereitmachte.

Bran ließ sich auf die Bank hinter dem Steuerrad sinken. Der Druck, den er in seiner Brust verspürte, machte ihm schwer zu schaffen. Er schlug sich ein paar Mal mit der Faust gegen die Stelle und räusperte sich.

Es würde schon alles gut werden. Er würde Ireland am Kai absetzen, sich entschuldigen – diesmal für den Kuss, nicht die drängende Erektion – und sich dann verdammt nochmal von ihr fernhalten. Endgültig.

KAPITEL 4

Er – *Grrrr!* Bran war das Letzte, das absolut Allerletzte! Ireland war so wütend, dass sie kaum geradeaus schauen konnte. Was im Klartext bedeutete, dass sie überhaupt nichts sah, weil ihre Brille sich noch in ihrer Tasche befand. Sie rieb sich die Augen, um den glasigen Schleier loszuwerden, der sich aufgrund ihres schieren Ärgers über diesen Kerl über ihre Augen gelegt hatte, und dann schob sie sich einen Kräcker mit Käse in den Mund, während Bran das Boot zurück in Richtung Club Tahoe lenkte.

Er hatte sich ihr gegenüber die ganze Zeit wie ein Riesenarsch verhalten – und sie dann geküsst. Und das war nicht bloß irgendein Kuss gewesen. Es war die Art Kuss gewesen, bei dem einer Frau das Herz in die Hose rutschte und das Bikinihöschen am liebsten ebenfalls herunterrutschen würde.

Bran hatte nie auch nur das geringste Interesse an ihr gezeigt. Und dann gab er ihr aus dem Nichts den aufregendsten Kuss ihres Lebens?

Sie wollte ihn erwürgen.

Nein, einfach *nein*. Sie hatte diese Arschlöcher so satt.

Wie war es nur möglich, dass sie immer wieder in solche Situationen geriet?

Dieses verdammte Kielwasser. Alles war in Ordnung gewesen, bis der See diese verflixte Welle gegen das Boot gedrückt und sie gegen Bran geworfen hatte.

Er war groß und kräftig gebaut – wie eine sturköpfige Ziegelmauer. Sie hatte doch versucht, sich von ihm zu lösen, aber da waren seine Muskeln gewesen, seine starken Arme, und vielleicht hatte sie einen Moment zu lange gebraucht. Und was hatte er getan?

Sie beleidigt, sich über sie lustig gemacht. Und als sie sich endlich einen friedvollen Moment erkämpft hatte, auch wenn das nur im eiskalten Wasser des Sees möglich schien, war er ihr nachgesprungen und hatte seinen Beleidigungen mit diesem Kuss die Krone aufgesetzt, dem Kuss, der ihren Körper erbeben lassen hatte wie nichts zuvor in ihrem Leben.

Bran. War. Das. Pure. Böse.

Ireland zog sich das Shirt über den Bikini und stieg in die weiße Shorts. Sie sammelte ihre Habseligkeiten zusammen und konnte es kaum erwarten, von diesem Boot zu springen, sobald es am Dock von Club Tahoe anlegte. Sie holte sogar ihre Brill heraus und setzte sie auf, um rasch abzischen zu können, ohne zu stolpern und sich selbst umzubringen.

Was machte es jetzt noch, ob Bran sie mit Brille sah? Sie hatte nicht mehr das Bedürfnis, diesen Mann zu beeindrucken. Ganz egal, was er mit seinen Lippen und seinen Händen gemacht hatte, er dachte doch eh das Schlechteste von ihr. Und sie würde sich nicht mehr mit Typen aufhalten, die sie wie Dreck behandelten. Was für ein verrückter Spinner küsste eine Frau, die er gar nicht leiden konnte? Brans Verhalten ergab absolut keinen Sinn, und das war Grund genug, ihn aus ihrem Leben zu verbannen.

Bran steuerte das Boot ganz nah an den Kai heran, und Ireland machte sich bereit, es mit einem großen Satz zu verlassen.

»Warten Sie«, sagte er, warf die Puffer über die Seite und legte am Dock an.

Sie verschränkte die Arme vor dem Körper und tippte ungeduldig mit dem Fuß auf dem Deck, weigerte sich, ihn anzusehen.

Sie schien seinen Blick zu spüren, denn sie warf einen genervten Blick in seine Richtung. »Darf ich jetzt gehen?«

Er sah sie perplex an. »Sie tragen eine Brille.«

»Ja, das tue ich. Haben Sie daran auch etwas auszusetzen? Denn ich schwöre ...«

Meistens blieb Ireland eher passiv, aber sie war durchaus in der Lage, den lodernden Zorn zu empfinden, für den ihre rothaarigen Brüder berüchtigt waren. Und Bran drückte wirklich alle Tasten, um diesen Zorn aus ihr herauszukitzeln. Sie wollte ihm gerade sowas von die Meinung sagen, als er sie unterbrach.

»Sie sehen hübsch aus damit.«

Ihr Mund öffnete sich, sie blinzelte. Dann schloss sie den Mund wieder und knurrte bloß zwischen den Zähnen hervor: »Auf Wiedersehen.«

Ireland hob das Bein, um vom Boot zu steigen, aber Bran sprang als erster hinab und bot ihr seine Hand.

Sie nahm sie aus Reflex, denn verflucht nochmal, sie mochte es, wenn Männer galante Gesten beherrschten. Aber sie ließ seine starke Handfläche sofort fallen, als sie sicher auf den Planken stand, und stürmte über den Strand, in Richtung des Hintereingangs von Hotel und Casino. Sie konnte es nicht erwarten, aus dem Club rauszukommen und wieder in ihre Welt der Stille und Versenkung hinter einem Computerbildschirm zurückzukehren.

Vielleicht brauchte sie tatsächlich mehr Abenteuer, und sie war auch völlig offen dafür, aber Bran brauchte sie ganz sicher nicht in ihrem Leben.

———

IRELAND NIPPTE AN IHREM CHAI LATTE, als sie am Montagmorgen zur Arbeit ins Blue Casino ging. Gestern war es ihr gelungen, Calis Fragen zum Bootsausflug mit der Ausrede abzuschmettern, dass sie einen Kater hatte und ihr später alles erzählen würde. Aber Ireland würde ihre hartnäckige Cousine nicht ewig hinhalten können.

Einerseits wäre Cali sicher begeistert, dass Ireland sich endlich an die hiesigen ›Liegenschaften der oberen Preisklasse‹ herangetraut hatte. Auf der anderen Seite war das Zusammentreffen zwischen Ireland und Bran eine totale Katastrophe gewesen, und das würde Cali bloß ermutigen, sie dazu zu drängen, es gleich wieder zu versuchen, um den Reinfall schnell zu vergessen. Sie wusste doch, wie ihre Cousine tickte. Cali war eine Verkupplungsmaschine, die niemals Ruhe gab, niemals aufgab.

Ireland hatte noch einige Minuten Zeit, bevor ihre Schicht begann, also ging sie in Haydens Büro, um hallo zu sagen. Hayden Cade war mit Brans Bruder Adam verheiratet, aber das konnte sie ihr kaum vorhalten. Adam war schließlich ein wirklich netter Kerl, und sie hatte sich direkt mit Hayden angefreundet, nachdem Cali ihr geholfen hatte, eine Stelle im Blue Casino zu bekommen.

Ireland blieb vor Haydens Bürotür stehen. »Klopf, klopf«, sagte sie. »Störe ich gerade?«

Hayden rieb sich die Schläfen. Sie saß mit aufgestützten

Ellbogen hinter ihrem Schreibtisch. Nun blickte sie auf und zuckte zusammen, als würde das wehtun. »Komm ruhig rein.«

Ireland betrat das Zimmer und zog die Brauen zusammen. »Alles okay?«

»Ich war gestern Abend mit Adam und seinen Brüdern was trinken und hatte ein bisschen zu viel. Wenn es doch nur Tabletten gegen den Nebel im Kopf und das Pochen im Schädel gäbe.«

Ireland nahm ihrer Freundin gegenüber Platz. »Mit einer solchen Erfindung würdest du Millionen machen, vor allem bei den College-Studenten.«

Hayden lächelte. »Oder bei Adam und seinen Brüdern. Die waren echt selten krass drauf. Und das Komischste daran war, dass Bran am meisten gesoffen hat. So habe ich den Kerl noch nie erlebt.«

Ireland versteifte sich. »Merkwürdig. Bran scheint doch eigentlich der Ruhigste von ihnen zu sein.«

Die wenigen Male, die sie in Gesellschaft der Brüder verbracht hatte, war Bran der Dezenteste von allen gewesen, aber der Bootsausflug hatte bewiesen, dass Bran längst nicht immer so locker war. Oder so nett. Und manchmal konnte er offenbar auch allzu nett sein. *Mit seinen Lippen und Händen.* Ihr Körper hatte ihm das immer noch nicht verziehen.

»Er hat gleich von Anfang an Shots gekippt.« Hayden nahm die Hände von ihren Schläfen. »Ich schwöre, der wollte einen Dämon austreiben, mit einer Überdosis Alkohol.«

Ireland rutschte unruhig auf ihrem Stuhl herum und konnte Hayden nicht in die Augen sehen. Sie war Cali bisher erfolgreich ausgewichen, dabei hätte sie wohl besser darauf achten sollen, Hayden auszuweichen.

»Stimmt irgendwas nicht?«, wollte Hayden wissen.

Ireland versuchte zu lächeln. »Nee, alles gut.«

»Wie war denn der Bootsausflug? Ich habe ganz vergessen, Hunt danach zu fragen. Hat er sich gut um dich und Cali gekümmert?«

Oh je. Ireland war grundehrlich. Sie würde ihre Freundin auf keinen Fall belügen. Aber sie hatte auch keine Lust, sie mit unnötig vielen Informationen zu belasten. »Nicht wirklich. Hunt war krank. Bran hat für ihn die Tour übernommen.«

Hayden legte den Kopf schief. »Das ist ja interessant. Hunt schien zwar ziemlich verschnupft zu sein, aber das hat ihn nicht daran gehindert, sich gestern Abend ordentlich die Kante zu geben.« Ihre Augen wurden groß. »Vielleicht war Bran deswegen gestern Abend so genervt? Er ist ja nun wahrlich nicht gerade extrovertiert. Muss ihn verrückt gemacht haben, sich um all die Leute zu kümmern, die Spaß haben wollen.« Ireland fühlte sich noch unwohler, und Hayden zog die Stirn in Falten. »Wie viele Leute sind denn mitgefahren?«

»Naja, das ist es ja«, sagte Ireland. »Bran musste sich um sonst niemanden kümmern. Nur um mich.«

Hayden hob eine Braue. Dann stand sie auf, durchquerte ihr Büro und schloss die Tür. »Oh, ich glaube, darüber muss ich mehr hören.«

Scheiße. »Ich sollte wohl langsam mal g-gehen«, gab Ireland zurück. »Will ja nicht zu spät zur Arbeit kommen.«

»Keine Chance.« Hayden lehnte sich in ihrem Chefsessel zurück und tippte etwas in ihr Telefon. »Du gehst hier nicht weg, bevor ich die ganze Geschichte gehört habe. Ich lasse deinen Chef wissen, dass du eine ›Besprechung‹ mit mir hast und in ein paar Minuten da sein wirst.«

Hayden legte das Telefon auf den Schreibtisch und

lehnte sich nach vorn. »Also, was ist da passiert? Denn ganz offensichtlich ist irgendwas passiert. Gestern Abend hat Bran es wild übertrieben, und das passt gar nicht zu ihm. Er hat immer noch wie üblich vermieden, irgendwelche Frauen anzustarren, aber gesoffen hat er wie ein Loch. Und uns hat er auch angestiftet, immer mitzutrinken. Klar haben wir mitgemacht, denn nur so konnten wir ja herausfinden, was eigentlich los war. Aber er hat kein Wort gesagt. Statt meine Leber kaputtzumachen, hätte ich lieber gleich zu dir kommen sollen. Dann hätte ich mir den dicken Kopf sparen können, denn heute Morgen wird mein Schädel gleich mit zwei Hämmern bearbeitet.«

»Es gibt gar nichts zu erzählen«, gab Ireland zurück. »Bran kann mich nicht leiden. Er hat mir stets die kalte Schulter gezeigt. Das war auch während der Bootstour nicht anders. Zum größten Teil.«

»Zum größten Teil? Und wieso sollte er dich nicht leiden können? Du bist mein Lieblings-Neuzugang hier. Was hat er für ein Problem?«

»Ich bin dein *einziger* Neuzugang.«

Hayden winkte ab. »Unerhebliches Detail.«

»Wie schon gesagt, es war das Gleiche wie immer. Ich bin gestolpert. Allerdings lag das diesmal nicht an meiner Kurzsichtigkeit.« Ireland trug ihre Brille bei der Arbeit, daher wusste Hayden, dass sie eine brauchte, ebenso wie der Rest der Belegschaft im Blue Casino. Sie straffte die Schultern. »Eine blöde Heckwelle hat das Boot zum Schaukeln gebracht. Und Bran hat mir unterstellt, dass ich mit Absicht gegen ihn gefallen wäre und mich zu lange an ihm festgehalten hätte.«

»Hast du dich denn zu lange an ihm festgehalten?« Hayden schenkte ihr ein teuflisches Grinsen.

»Was glaubst du denn?«

»Ich glaube, das hast du.«

Ireland zuckte die Achseln. »Es war schließlich Bran Cade. Natürlich habe ich mich länger als nötig festgehalten. Aber das gab ihm noch lange nicht das Recht, so gemein zu sein. Nachdem er sich also so arschig verhalten hatte, bin ich ins Wasser gesprungen, um ihm zu entkommen. Aber dieser verdammte See ist eiskalt. Bran hat irgendwas gesagt, aber ich konnte nicht antworten, während ich noch im Gefriermodus war, also ist er mir hinterhergesprungen, der Idiot, und hat mir auch noch die Verschnaufpause versaut.«

»Wie furchtbar«, kommentierte Hayden lächelnd. »Und was dann?«

»Und dann ...«

Hayden lehnte sich noch weiter vor. »Ich höre?«

»Er hat mich geküsst.« Herrgott, warum konnte sie nicht einfach lügen wie jeder normale Mensch?

Hayden schlug mit der flachen Hand auf die Tischplatte. »Nein! Bran?«

»Pssst.« Irelands Kopf fuhr herum, als erwarte sie, dass genau in diesem Moment jemand ins Büro hereinplatzen würde. »Nicht so laut!«, flüsterte sie übertrieben dringlich. »Der Kuss hat nichts bedeutet.« Sie spürte, wie ihre Wangen heiß wurden.

»Oh, na klar.« Hayden schnaubte. »Das sieht man dir an. So gut also, ja?«

Ireland biss sich auf die Lippe. »Leider ja. Also hab' ich ihn selbstverständlich von mir weggestoßen. Naja, nachdem er ...«

»Du hast ihn weggestoßen? Bist du irre? Warum das denn?«

»Weil-weil er mich an seinen ... Körper gedrückt hat.«

Hayden kniff misstrauisch die Augen zusammen. »Ich will Einzelheiten.«

Ireland wedelte mit der Hand in Richtung ihres Schoßes.

»Hat er nicht! Der Mönch hat dich echt angesext?«

Ireland zuckte zusammen. »Ein bisschen, ja ... und das war heiß. Weswegen mir klar war, dass ich in Schwierigkeiten war.« Sie verzog das Gesicht. »Ich wollte es am liebsten sofort mit ihm tun – dieser *Arsch!* – also habe ich ihn weggestoßen. Ich treibe es nicht mit Kerlen, die sich wie Idioten verhalten. Das mache ich nicht mehr.«

Hayden schüttelte den Kopf. »Du bist es, du bist die Eine!«

»Die eine was?«

»Die Frau, die den Mönch erweicht. Er ist die längste Zeit ein Cyborg gewesen, der kaum je mit jemandem vor die Tür geht, abgesehen von seinen Brüdern. Adam war schon drauf und dran, ihn zu einem Arzt zu schleppen. Aber Bran hat dich *geküsst* und dich echt auch noch angesext. Krasser Scheiß!«

»Psst! Ist mir vollkommen gleichgültig, was nicht mit dem Kerl stimmt. Ich bin ganz sicher nicht die Eine. Ich will nichts mit ihm zu schaffen haben.«

»Hmmm.« Hayden tippte sich ans Kinn.

»Was soll das nun wieder heißen?«

»Ach, gar nichts«, erwiderte Hayden und warf einen raschen Blick auf ihr Handy. »Du gehst jetzt besser, bevor dein Chef anruft und mich anmeckert, dass ich dich hier aufhalte.«

Widerwillig stand Ireland auf. »Okay, aber du versprichst mir, dass das unter uns bleibt?«

Hayden lächelte. »Meine Lippen sind versiegelt.«

Wieso hatte Ireland trotzdem ein dummes Gefühl bei der Sache?

KAPITEL 5

Bran trommelte mit den Fingern auf der Tischplatte des Ecktischs im *Prime*, dem Steakhaus im Club Tahoe. Wo zum Teufel blieb der Technik-Spezialist?

Endlich spazierte der Experte, dessen Name James war, zur Tür herein, und Bran sprang ungeduldig auf. Mit drei großen Schritten kam er ihm entgegen. »Danke, dass Sie gekommen sind. Ich weiß nicht, ob man Sie im Detail informiert hat, aber wir haben hier eine kleine Krise mit unserem neuen Online-Bestellsystem. Ich hoffe, Sie können es bis heute Abend wieder in Gang setzen und fehlerfrei zum Laufen bringen.«

James platzierte seinen Laptop auf einem der Esstische am hinteren Ende des Restaurants. »Schauen wir doch mal rein. Ich bin sicher, es handelt sich schlicht um ein fehlerhaftes Software-Update. Sowas passiert schonmal.«

Bran hätte am liebsten gesagt, dass er verdammt nochmal hoffen wollte, dass es nichts Größeres war, denn schließlich handelte es sich um ein nagelneues System, aber er verkniff sich das Gemecker. »In der letzten halben Stunde haben wir ganze 40 inkorrekte Bestellungen erhalten. Falsches Gericht, falsche Adresse, alles dabei.«

Bran fuhr sich mit der Hand durch die Haare. Er hatte ein mieses Gefühl bei dieser Fehlfunktion im Programm. »Alle Restaurants hier im Club spielen in der ersten Liga, ganz besonders das Steakhaus. Wir können uns solche Fehler wirklich nicht erlauben.«

James lächelte besänftigend, aber das beruhigte Bran nicht im Geringsten. Im Gegenteil, er spürte ein ungutes Prickeln im Nacken. »Ich kriege das im Handumdrehen wieder hin.«

Das waren die Worte, die er hören wollte, aber irgendetwas stimmte trotzdem nicht. James trug schicke Kleidung – ein Shirt mit offenem Kragen und eine Lederjacke. Er sah nicht aus wie ein Technik-Spezialist. Er sah eher wie ein aalglatter Betrüger von der Konkurrenz aus. Vielleicht war es das, was Bran so verunsicherte.

»Ich möchte, dass Sie das System offline schalten, bis das Problem gelöst ist«, sagte er jetzt. »Ich kann nicht riskieren, *Primes* guten Ruf zu ruinieren.«

Alle Kunden, deren Bestellungen falsch geliefert wurden, hatten eine Gratis-Mahlzeit bekommen, aber Bran gefiel es dennoch überhaupt nicht, welchen Eindruck dieser eine Nachmittag hinterlassen haben musste. Das würde am Club hängenbleiben. Mal ganz abgesehen von den Kosten für 40 falsche Bestellungen.

Bevor Bran die Leitung der Restaurants im Club übernommen hatte, war er der Manager eines alteingesessenen, kleinen Lokals in der Stadt gewesen. Der Laden war immer gut besucht, beliebt bei den Einheimischen, aber keinesfalls erste Liga. Und doch war das nun sein Job, nicht nur eins der besten Restaurants der Stadt zu leiten, sondern gleich vier davon. Seine Brüder vertrauten ihm. Verließen sich auf ihn. Er wollte die Restaurants nicht durcheinanderbringen oder womöglich den Bach runtergehen sehen, nur weil er darauf bestanden hatte, ein neues System zu kaufen und zu installieren, das sich dann als fehlerhaft herausstellte.

James warf einen Blick auf sein Telefon. »Geben Sie mir eine halbe Stunde?«

Es war drei Uhr am Nachmittag, und die Küchen befanden sich zwischen Mittags- und Abendandrang. »Na schön. Aber wenn es in 30 Minuten nicht repariert ist, dann schalten Sie es ab.«

———

JAMES, der Technik-Guru, hatte es nicht geschafft, das System innerhalb von 30 Minuten zu reparieren. Auch zwei Tage später funktionierte es noch nicht wieder, wie es sollte. Und nun fingen auch die Tablets an den Esstischen an zu spinnen. Bran stand kurz davor, völlig auszurasten.

Er ging nervös in Levis Büro auf und ab. »Es tut mir leid, Levi. Ich habe es richtig verkackt.«

Levi und Emily starrten ihn an. Sie saßen beide beim Schreibtisch. »Du hast es nicht verkackt«, widersprach Levi. »Wir haben das Ding doch gründlich recherchiert. Die Firma, die du ausgewählt hast, hat einen soliden Ruf. Das System war ein bisschen günstiger als das der Wettbewerber, aber das sagt ja nicht immer etwas über die Qualität aus.« Er wandte sich an Emily. »Was denkst du?«

»Bin deiner Meinung. Ich habe mir die Firma auch angeschaut. Nichts wies darauf hin, dass wir solche Probleme mit dem System haben würden.« Sie sah Bran an. »Schicken die uns einen neuen Technik-Fritzen?«

»Wir sind einer ihrer größten Kunden«, erwiderte Bran. »Der Typ, den sie geschickt haben, *ist* der Experte. Aber er arbeitet nicht schnell genug. Ich habe zehn Kellner entlassen und stattdessen weitere Köche eingestellt, nachdem das System online gegangen ist, weil ich mit einem Anstieg an Bestellungen gerechnet habe. Und dachte, wir bräuchten weniger Bedienung. Jetzt nehmen wir die Bestellungen wieder am Telefon auf, was mein Team viel mehr Zeit kostet. Die Manager und ich fahren 14-Stunden-Schichten, um die Stunden der fehlenden Arbeitskräfte aufzufangen, aber das kann ich auf Dauer nicht von ihnen verlangen.«

»Verstanden«, antwortete Levi. »Geben wir dem Kerl noch ein paar Tage. Und du heuerst, wenn nötig, ein paar Leute an.«

Bran nickte und machte sich wieder auf den Weg in sein Büro, das sich im *Prime* befand.

Levi und Emily waren auf seiner Seite, aber Bran stand kurz vor dem Ausflippen. Sein komisches Gefühl, was James von *Tech Banquet* betraf, war mit jedem Tag stärker geworden. Er musste irgendetwas unternehmen, und zwar sofort.

Er wusste bloß nicht, was.

KAPITEL 6

Bran stieg aus seinem Ford-Pick-up und überquerte den Vorplatz von Jaegs Haus, hielt auf die Werkstatt zu, die seitlich ans Haus anschloss. Jaeg war für seine Holztafeln berühmt, deren Naturszenen sich perfekt in die Maserung der Holzarten einfügten, die er für seine Werke verwendete. In Lake Tahoe waren seine Arbeiten schon länger beliebt, aber seit immer mehr Zeitschriften und Nachrichtenkanäle sein Kunsthandwerk präsentierten, war er zunehmend bekannter geworden.

Zu dem Boom seines Geschäfts hatte Cali ebenfalls beigetragen. Auch sie war eine Künstlerin und hatte die Entwürfe für einige von Jaegs beliebtesten Stücken gezeichnet. Gemeinsam waren sie ein echtes Kraftzentrum, und Bran schaute heute bei ihnen vorbei, um sich das Stück anzusehen, das Club Tahoe speziell für das Steakhaus in Auftrag gegeben hatte.

Von draußen lauschte Bran auf Geräusche der elektrisch betriebenen Werkzeuge. Normalerweise traten Bran und seine Brüder einfach ein, wenn sie den Lärm der Motorsägen oder -schleifer hörten. Die Maschinen waren so laut, dass Jaeg ihr Klopfen sowieso nicht hören würde. Aber nun drang kein Ton aus der Werkstatt, also klopfte Bran an, bevor er die Tür öffnete.

Jaeg stand auf der anderen Seite des Raums über einen taillenhohen Holztisch gebeugt.

Er schob die Schutzbrille hoch und drehte sich um, als er hörte, wie Bran die Tür öffnete. »Hey, Mann. Danke, dass du vorbeikommst.« Er blickte auf das Stück auf den Tisch hinab. »Ist noch nicht ganz fertig, aber ich würde gern deine Meinung hören, bevor ich mich an den Feinschliff mache.«

Bran steckte bis über beide Ohren in Verpflichtungen, die mit seiner Position einhergingen, aber dies war eine Aufgabe, auf die er sich freute. Er hatte keinen Zweifel, dass das, was Jaeg und Cali für das Restaurant erschufen, fantastisch werden würde. »Kein Problem. Levi ist schon ganz gespannt darauf, was ihr gezaubert habt, und mir geht es genauso. Danke, dass ihr den Auftrag unterbringen konntet. Ihr habt ja schließlich auch genug zu tun.«

»Jederzeit. Es ist leichter geworden, seit Cali die Entwürfe für mich zeichnet. Ich brauche eine Woche, um mir etwas auszudenken, was sie mal eben an einem Nachmittag aufs Papier wirft. Und jeder Entwurf, den sie präsentiert, ist ein verdammtes Meisterwerk.«

»Das hört sich an, als hättest du dir die passende Verlobte zum Job ausgesucht.«

Jaeg lachte leise. »Ich hätte mich auch in sie verliebt, wenn sie hinter dem Tresen eines Schnellrestaurants gearbeitet hätte. Aber es schadet sicher nicht, dass sie so brillant ist.«

Bran spähte über Jaegs Schulter. »Na, nun spann mich nicht weiter auf die Folter. Zeig' mir endlich das Meisterwerk.«

Jaeg stellte die 1,80 mal 1,20 Meter große Holztafel auf,

damit Bran sie besser sehen konnte, und dessen Augen wurden groß. »Ist das unser verdammtes Resort?«

»Mit den Augen einer Künstlerin gesehen, ja. Cali hat einen ganz eigenen Blick, weswegen ihre Zeichnungen auch so unglaublich gut sind. Sie hat ein Wahnsinns-Auge für sowas.«

Bran fuhr sich mit der Hand über den Mund. »Das ist wirklich unglaublich. Auch wenn es nicht ganz akkurat ist – sie hat offenbar den Parkplatz rausgenommen.«

Jaeg lachte wieder leise. »Künstlerische Freiheit.«

Die Abbildung war realistisch, aber auch wieder nicht. Es bestand aus einer Million verschachtelter Formen, aus denen sich eine dreidimensionale, warme, einladende Darstellung des Clubs ergab, mit dem See, der im Hintergrund durch die Kiefern blitzte. Und wie üblich bei Jaegs Werken war die Holzmaserung Teil der Gestaltung. »Ist das Eiche?«

Jaeg nickte. »Kalifornische Weißeiche.«

Bran schüttelte langsam den Kopf, während ihm die Brust eng wurde. Seit ihr Vater gestorben war, hatte sich die Atmosphäre im Club Tahoe geändert. Es war nichts, was er so einfach benennen konnte, aber etwas war anders als früher. Und Cali hatte das eingefangen. Der Ort besaß eine ganz neue Energie. Etwas voller – Himmel, war das kitschig! – Hoffnung.

Bran und seine Brüder betrachteten Club Tahoe mit gemischten Gefühlen. Ihr Vater hatte jede freie Minute damit verbracht, für den Erfolg seines Luxusresorts zu arbeiten, statt seine Söhne großzuziehen. Als er starb und Bran und seinen Brüdern den Laden hinterließ, war das ein schmerzhafter Ruf der Pflicht gewesen.

Sie hätten dem Resort auch den Rücken kehren können.

Club Tahoe verkaufen oder ein neues Management einstellen. Stattdessen schlossen sie sich zusammen.

Zum ersten Mal wurde Bran klar, dass aus der Entscheidung, Club Tahoe zu behalten, mehr als eine Verpflichtung geworden war. Es war etwas, das er und seine Brüder füreinander taten, auch wenn das keiner von ihnen zugeben würde.

Das schwierige Verhältnis zu ihrem Vater hatte sie alle geprägt, wenn auch auf unterschiedliche Weise. Aber als Bran das Kunstwerk betrachtete, das Cali und Jaeg erschaffen hatten, liebte er es für mehr als die Schönheit, die er darin sah. Er liebte es, weil es den neuen Club Tahoe darstellte und die neue Verbindung, die sich zwischen den Brüdern entwickelt hatte, weil sie den Verlust ihres Vaters teilten.

Bran ließ seine Hand schwer auf Jaegs Schulter sinken und drückte sie. »Danke. Es ist ... mehr, als ich erwartet habe. Sagst du Cali, dass meine Brüder und ich ihr echt dankbar sind?«

Jaeg legte das Stück wieder auf dem Tisch ab und bedeckte es mit einem Tuch. »Komm mit rein und sag' es ihr selbst. Hast du Zeit für ein Bier?«

Brans Herz raste. Ireland wohnte bei Cali und Jaeg, also war es gut möglich, dass sie ebenfalls da sein würde. Nach seinem Moment des Wahnsinns auf dem Bootsausflug hatte er gehofft, Ireland komplett aus dem Weg gehen zu können. Aber was Cali und Jaeg für ihn und seine Brüder getan hatten, kam von Herzen, da konnte er wohl kaum gehen, ohne sich bei Cali zu bedanken.

Er schenkte Jaeg ein gezwungenes Lächeln. »Für ein Bier habe ich immer Zeit.«

———

IRELAND BLIEB REGLOS STEHEN, während Cali ihr etwas über den Kopf zog, was sie einen ›Weinhalter‹ nannte. Die Vorrichtung hing ihr um den Hals und ruhte auf ihren Brüsten. Cali steckte ein mit Rotwein gefülltes Glas in den mittleren Teil, den sie das ›Joch‹ nannte.

Ireland blickte an sich hinab. »Echt jetzt?«

»Aber sowas von.« Cali rückte das Glas zurecht, damit es sicher in der Halterung steckte. »Warte nur, du wirst es lieben, wenn du es erst einmal ausprobiert hast.« Sie wedelte mit den Fingern neben ihrem Kopf herum, während ihr eigenes Weinglas in einem verzierten Weinhalter hing, den sie sicher selbst mit Strasssteinchen geschmückt hatte, denn er glitzerte wie ein Kostüm für einen Auftritt bei *Dancing with the Stars*. »Die Hände frei zu haben, ist ja wohl das Allerbeste.«

Cali warf Ireland einen pointierten Seitenblick zu und streckte die Hand über die Kücheninsel hinweg nach einem Kräcker aus. »Siehst du, ich musste mein Weinglas nicht abstellen, um mir etwas zu Essen zu nehmen.« Sie hob ihr Weinglas aus ihrem mit Hilfe von Victoria's Secret verstärkten Ausschnitt und trank einen Schluck.

»Du hast zwei Hände, Cali. Du brauchst nur eine, um dir etwas zu Essen zu nehmen.«

Cali warf ihr einen verärgerten Blick zu. »Und was ist, wenn du einen Teller in der Hand hältst?«

Ireland lachte kopfschüttelnd. Es hatte gar keinen Zweck, mit ihrer Cousine zu streiten. Sie hatte ja insofern recht, dass es umständlich war, Wein zu trinken, wenn man sich gleichzeitig an einem Teller mit Häppchen festhielt. Aber dennoch würde Ireland in der Öffentlichkeit niemals so ein Ding tragen. Das wollte sie Cali gerade sagen, als der Klang männlicher Stimmen durch das offene Fenster zu ihnen hereindrang.

Wohlbekannte, männliche Stimmen.

Verflixt und zugenäht.

Ireland rannte um den Küchenblock herum und ging in die Hocke. Bran Cade würde jede Sekunde das Haus betreten. Was zur Hölle wollte der denn hier?

Nach dem, was bei ihrem Bootsausflug geschehen war, hatte sie damit gerechnet, dass er sich so weit wie möglich von ihr fernhielt. Aber sie würde seine tiefe, sexuell erregende Stimme überall erkennen. Na gut, seine Stimme mochte nur für sie erregend klingen, weil sie sich automatisch vorstellte, wie sich sein heißer Mund auf ihren legte, wenn sie sie hörte, aber konnte sie irgendwas dafür? Nein, daran war ganz allein er schuld. Sie hatte versucht, Abstand zu gewinnen im Wasser. Er war derjenige, der unbedingt hinterherspringen musste.

Die Stimmen wurden lauter, und Cali legte den Kopf schief. »Was machst du denn da?«

»Psst! Ist das nicht offensichtlich?«, flüsterte Ireland. »Ich verstecke mich.«

Bevor Cali darauf etwas erwidern konnte, wurden sie vom Geräusch der sich öffnenden Tür unterbrochen.

Das hier war so dumm. Was, wenn Bran sie entdeckte, wie sie sich vor ihm versteckte? Dann wäre ihm klar, dass er ihr zu schaffen machte, und das wäre so nervig.

Sie zog die Brauen zusammen. Dann sollte er sie eben hier nicht entdecken.

Ireland überlegte kurz, ob die Anordnung der Möbel in Küche und Wohnzimmer es ihr erlauben würde, unentdeckt bis in den Flur zu kriechen.

Unmöglich.

Cali schaute inzwischen zur Eingangstür hinüber. »Hi, Bran. Wie geht's dir?«

Jaeg kam um den Küchenblock herum und küsste Cali auf die Wange. Er hob die Braue, als er Ireland sah.

Erwischt. Es gab wohl wirklich kein Entkommen.

Sie stand auf und schüttelte ihre Haare auf. »Oh, hey. Ich habe gerade ... ein paar Kniebeugen gemacht.« Sie machte eine vor, extra langsam und mit ausgestreckten Armen.

Das war die dümmste Lüge überhaupt.

Bran wechselte einen Blick mit Jaeg, nahm das Bier, das dieser ihm reichte, und sah dann erneut Ireland an. Sein Blick wanderte bis zu ihrem Weinhalter hinab. »Sie machen Sport, während Sie Wein trinken?«

»Klar.« Sie stieß Cali den Ellbogen in die Rippen. »Macht das nicht jeder so?«

Cali machte eine Kniebeuge. »Wir haben Weinhalter«, erläuterte sie lahm. Ireland verdrehte innerlich die Augen. »Willst du einen für dein Bier, Bran? Die sind super praktisch, nicht wahr, Jaeg?«

Jaeg blickte sie kurz an. »Was? Nein.« Er ging auf Bran zu und scheuchte ihn praktisch aus der Küche. »Hast du das Haus eigentlich schon komplett gesehen? Ich zeige es dir rasch.«

Als die beiden Männer den Raum verlassen hatten, zwinkerte Cali ihrer Cousine zu. »Jaeg benutzt seinen gern, wenn wir allein sind.« Ireland machte ein angewidertes Gesicht.

»Nein, nicht für irgendwas Schmutziges. Beim Fernsehen.«

Irgendwie konnte sich Ireland den großen, männlichen Jaeg nicht mit so einem Halfter um den Hals vorstellen, aber wenn Cali das sagte.

»Und jetzt erzähl' du mir endlich, was los ist«, drängte Cali. »Die Weinhalter sind gar nicht so peinlich. Wieso hast du dich versteckt?«

Ireland stieß einen schweren Seufzer aus. »Ich wollte Bran nicht begegnen.«

»In der Pizzeria hast du doch gesagt, dass du ihn süß findest. Er ist zwar nicht so zugänglich wie Hunt, aber ...«

»Bist du sicher, dass ich sowas gesagt habe?« Ireland trank ihren Wein in großen Schlucken und ignorierte das Brennen in der Kehle. »Ist aber auch egal, das spielt keine Rolle. Er ist ein Arsch.«

Cali rümpfte verwirrt die Nase. »Bran?« Sie legte den Kopf schief, als müsse sie ihn durchsuchen. »Ich habe ihn nie für einen Arsch gehalten, und wehe ihm, wenn er sich wie einer verhalten hat. Muss ich ihm mal ordentlich die Leviten lesen?«

Ireland packte Cali bei den Schultern. »Um Gottes Willen, bloß nicht. Du lässt deinen kleinen Hintern schön, wo er ist. Bran ist mir egal, und was er getan hat, ist mir auch egal.« Das stimmte nicht ganz, aber Ireland arbeitete daran, sich selbst zu überzeugen, dass es ihr egal war.

Cali wirkte verärgert. »Was hat er getan? Sag's mir, oder ich werde es herausfinden.«

»Fang' bloß nicht an, ihn auszufragen.«

Sie verschränkte die Arme vor der Brust. »Doch, das tue ich aber, wenn ich denke, dass irgendein Kerl meiner kleinen Cousine wehgetan hat.«

Ireland kniff sich in den Nasenrücken. »Ich bin 26, nur ein Jahr jünger als du, und ich werde selbst damit fertig.«

»Aber was gibt es denn da überhaupt zum Fertigwerden? Was zum Teufel ist passiert? Und wann ist es passiert? Ich bin doch immer mit dir unterwegs, und ich habe euch beide nie streiten sehen.«

»Das Streiten war ja auch nicht das Problem. Naja, vielleicht schon, aber ... Ach, scheiße, er hat mich geküsst, okay?«

KAPITEL 7

Stille erfüllte den Raum. Irelands Herz hämmerte in ihrer Brust. Vielleicht hätte sie gar nichts sagen sollen. Und dann breitete sich langsam ein Lächeln auf Calis Gesicht aus.

»Wie bitte?«, kiekste Cali. »Er hat dich *geküsst?* Wann ist dieses Wunder denn bitte passiert?«

Ireland sandte den Blick Richtung Decke. »Du bist lächerlich.« Aber sie berichtete ihr, was auf der Bootstour passiert war.

»Na also, Mädel!«, freute sich Cali. »Ich hatte ja keine Ahnung, dass du heimlich hinter meinem Rücken etwas anleierst. Ich bin ganz dafür, weiter so.«

»Wie kannst du dafür sein? Ich bin ja nicht mal selbst dafür.«

»Das liegt nur daran, dass du eingerostet bist. Die Kabbelei würden erfahrenere Leute auf der Suche als Vorspiel bezeichnen.«

Ireland stieß Cali mit der Schulter an. »Du bist gar nicht mehr auf der Suche, du bist verlobt! Und ich weiß, was ein Vorspiel ist. Das war etwas anderes. Das war eher: Ich werde dich umbringen, aber vorher küsse ich dich zumindest einmal.«

Cali sah sie an, als wäre sie beschränkt. »Ja, sage ich doch. Das nennt man Vorspiel. Egal.« Sie hob die Brauen und lehnte sich auf die Küchentheke. »Es hat dir also gefallen, ja?«

Ireland wand sich. »Vielleicht. Vor allem bin ich aber echt sauer deswegen. Bin ich jemals mit einem netten Kerl ausgegangen?«

»Nicht wirklich, nein.«

»Da hast du's. Und ich weigere mich, dieses ungesunde Muster weiter zu verfolgen. Bran ist nicht nett. Naja, vielleicht ist er nett zu anderen, aber zu mir ist er alles andere als nett. Männer würdigen mich schon im Alltag andauernd herab. Ich weigere mich mit aller Vehemenz, jemals wieder zuzulassen, dass jemand mich wie Dreck behandelt, dem ich doch etwas bedeuten sollte.«

Cali zog finster die Brauen zusammen. »Wovon sprichst du denn da? Wer sind denn all diese Arschlöcher, die dich herabwürdigen?«

Ireland winkte ab. »Du weißt doch, wieso ich meine alte Stelle gekündigt habe.«

»Weil es dort absolut öde war und du mit Idioten gearbeitet hast?«

»Und wegen der Belästigung.«

Cali packte Irelands Arm und zog sie mit sich zum Esstisch, schob sie praktisch auf einen Stuhl. »Welche Belästigung? Du hast gesagt, dass die Männer, mit denen du gearbeitet hast, Mistkerle waren. Du hast aber nie erwähnt, dass dein Chef dich sexuell belästigt hat.«

Ireland schluckte. »Weil er ja auch nicht derjenige war, der mich belästigt hat.«

Cali schüttelte den Kopf. »Das verstehe ich nicht.«

»Mein Chef hat mich nicht sexuell belästigt ... sondern das waren die anderen Männer, mit denen ich zusammengearbeitet habe. Meine Untergebenen«, murmelte sie.

Es war schlimm genug, wenn einen der Chef belästigte, denn der besaß ja die ganze Macht. Aber es war noch einmal eine ganz andere, verquere Form von sexueller Belästigung, wenn sie von denen ausging, die ihr unterstellt waren und die eigentlich zu ihr aufsehen sollten. Ireland hatte sich nie im Leben hilf- und machtloser gefühlt.

»Sag' das nochmal. Willst du damit sagen, dass deine Lakaien dich blöd angemacht haben?«

»Es waren ja keine Lakaien, es waren gut ausgebildete Fachkräfte. Tja, weit weniger professionell, als ich erwartet hatte.« Ireland rang die Hände. »Die Männer, über die ich das Kommando hatte, haben mich laufend unterschwellig angebaggert. Oder mich in unangemessener Art und Weise berührt und dann so getan, als hätte sie mich versehentlich gestreift. Es waren echte Mistkerle, und sie haben mir das Arbeitsleben zur Hölle gemacht.«

»Was zum Henker!«

Ireland warf einen Blick Richtung Flur, wohin die Männer verschwunden waren. Wer konnte schon wissen, wann sie zurückkämen? »Nicht so laut.«

»Wieso hast du deinem Chef denn nichts davon gesagt?«

Ireland zog das Weinglas aus der Halterung und stellte es auf den Tisch. »Wie sollte ich meinem Chef, einem Mann, denn wohl klarmachen, dass ich die Männer nicht im Griff hatte, die für mich arbeiteten?«

»Du hast dir Sorgen gemacht, dass du schlecht dastehen könntest?«

»Ich stand ja schon schlecht da. Ich sollte die Truppe leiten, mich nicht von ihnen ins Bockshorn jagen lassen.« Ireland ließ den Kopf hängen und massierte sich die Schläfen. »Ich habe einmal versucht, meinem Chef zu sagen, dass einer der Kerle, die ich unter mir hatte, mir an den Hintern gefasst hatte.« Sie blickte auf. »Er hat es abgewimmelt und gemeint, ich solle mit der Personalabteilung darüber sprechen.«

»Und?«

»Die Personalabteilung hat den Mann einbestellt, und er hat denen gesagt, es wäre nur ein unglücklicher Zufall gewesen. Dann sprach sich herum, dass ich aufmerksamkeitsgeil wäre. Diesen Ruf wurde ich nicht wieder los. Danach wurde alles nur noch schlimmer. Die Männer, die für mich arbeiteten, fassten mich zwar nicht mehr an, aber wenn ich mit ihnen sprach, taten sie so, als könnten sie mich nicht hören. Wenn ich einen Raum betrat, kicherten oder lachten sie. Sie machten ihre Arbeit, also hatte ich nichts Greifbares, worüber ich mich beschweren konnte. Das unreife Verhalten reichte jedenfalls nicht aus, als dass auch nur einer von ihnen gefeuert oder suspendiert worden wäre. Es war ... erbärmlich. Erniedrigend. Die haben mich nicht respektiert, kein bisschen. Und ich kann es ihnen noch nicht einmal verdenken, denn du weißt ja, wie ich bin. Sobald ich merke, dass jemand den Respekt vor mir verloren hat, bringe ich keinen Ton mehr heraus. Ich klang wie eine Idiotin, wann immer ich versuchte, sie zur Ordnung zu rufen.«

Cali streckte die Hand unter dem Tisch aus und drückte ihr Handgelenk. »Du hast es doch selbst gesagt, diese Typen waren Mistkerle. Ich wusste ja, dass du aus dem Laden raus musstest, aber mir war nicht klar, wie schlimm es dort war.«

Ireland schenkte ihr ein schwaches Lächeln. »Hätte schlimmer sein können. Jedenfalls bin ich jetzt hier und viel glücklicher.«

»Abgesehen von Bran.«

»Was war das gerade?«, erklang Jaegs Stimme, denn er und Bran mussten natürlich ausgerechnet in diesem Augenblick in die Küche zurückkehren.

Cali stand auf und füllte die Snackschale auf, die sie vorhin hierhergestellt hatte. »Bran hat den Bootsausflug übernommen, zu dem ich ja leider nicht mitkommen konnte«, erzählte sie Jaeg.

Ireland warf ihrer Cousine einen warnenden Blick zu.

Cali erwiderte ihn und zuckte die Achseln, als wolle sie sagen, *irgendwas musste ich ihm doch erzählen.*

Bran blickte Ireland an, und sie spürte, wie ihr ganz warm im Nacken wurde. Sein Blick war leidenschaftlich und intim, als müsse er gerade an jenen Kuss im Wasser denken. »Hunt war krank, also habe ich für ein paar Stunden übernommen.« Bran kratzte sich am Kinn. »Ich bin nicht der Beste für diesen Job.«

»Eigentlich waren Sie ziemlich zupackend.« Ireland hatte selbst keine Ahnung, wo dieser bissige Kommentar hergekommen war. Vielleicht war er den Gedanken geschuldet, wie satt sie es hatte, sich von irgendwelchen Kerlen schlecht behandeln zu lassen. Auf alle Fälle wollte sie Bran wissen lassen, dass sie keineswegs vergessen hatte, was er getan hatte. *Blöder, lebensverändernder Kuss.*

Brans Lider wirkten einen Moment lang schwer vor Lust. Dann kniff er die Augen zusammen. »Hunt sollte sich besser einen anderen Ersatzmann suchen. Für Bootsausflüge habe ich keine Zeit. Ich habe mit den Restaurants wirklich genug zu tun.«

Jaeg schnappte sich eine Handvoll Käsekräcker. »Levi hat etwas von neuer Technik in den Restaurants erwähnt. Wie lässt sich das an?«

»Das gesamte System ist momentan abgeschaltet, bis der

angebliche Experte der Firma herausfindet, wieso es nicht richtig funktioniert.«

»Und das dauert?«, wollte Cali wissen, während sie ihren Wein mit einem Strohhalm trank und Jaeg einen Kräcker nach dem anderen stibitzte.

»Zu lange«, gab Bran zurück. »Und anscheinend haben die uns ihren besten Mann geschickt. Ich bin alles andere als zufrieden. Das geht jetzt schon tagelang, und die versuchen immer noch rauszufinden, was eigentlich das Problem ist.«

Cali warf Ireland einen Blick zu und biss sich auf die Lippe.

Oh nein, sie würde doch nicht etwa …

»Weißt du, Bran«, meldete sich Cali zu Wort, »Ireland ist zufällig ein Computergenie.«

Brans Schultern versteiften sich. Scheinbar empfand er die gleiche Schockstarre, die auch Ireland in ihrem Griff hatte.

»Bin ich doch gar nicht«, sagte sie daher schnell. Was zum Teufel tat Cali denn da?

Cali verzog den Mund. »Sei nicht so bescheiden. Hast du eine Ahnung, wie schwer es war, dir einen Job im Blue Casino zu besorgen?«

»Ich dachte, es hätte nur wenige Minuten gedauert, nachdem du ihnen meinen Lebenslauf geschickt hast?«, wandte Ireland ein, bevor sie über ihre Worte nachdenken konnte.

»Na eben! Die haben deine Referenzen gesehen und dich binnen einer halben Stunde eingestellt, weil sie wussten, dass sie auf eine Goldmine gestoßen waren.«

Die Richtung, die dieses Gespräch nahm, gefiel Ireland überhaupt nicht. »Worauf willst du hinaus?«

»Du hast den Studienkredit, den du abbezahlen musst,

und Bran braucht Hilfe. Wieso also nicht nebenher im Club Tahoe arbeiten und sein kleines Technik-Problem lösen?«

»Es ist kein so kleines Problem«, brummte Bran.

Es bestand kein Zweifel, dass Ireland Bran mit seinen Software-Problemen behilflich sein konnte. Sie war Expertin in einem halben Dutzend Programmiersprachen. Die Frage war eher, wollte sie sich das wirklich antun, mit ihm zu arbeiten?

Bran warf ihr einen skeptischen Blick zu, als würde er ihre Gedanken lesen. »Danke, aber wir brauchen sie nicht. Ich bin sicher, dieser Typ kriegt das hin.«

»Nein, im Ernst«, fuhr Cali fort, und Ireland funkelte sie verärgert an, was sie aber geflissentlich ignorierte. »Wenn das jetzt schon mehrere Tage so geht und der Typ es noch nicht hingekriegt hat, dann braucht Ireland wahrscheinlich maximal ein paar Stunden, um das Problem zu lösen. Sie ist tatsächlich so gut.«

Ireland starrte Cali an. Hatte sie denn nicht klar genug gemacht, dass sie keinerlei Interesse daran hatte, ihre Zeit mit Typen zu verbringen, die sich wie Arschlöcher benahmen? Warum stieß Cali sie nun praktisch direkt vor Brans Flinte?

Aber dann fiel ihr ein, dass sie den Kuss erwähnt und Cali diesen taktierenden Blick bekommen hatte ... als sähe sie die Gelegenheit für eine weitere Verkupplungsaktion.

Scheiße.

Bran schüttelte den Kopf. »Das ist ja eine Spezialsoftware. Sie kann wohl kaum mehr ausrichten als der Kerl, der bei der Entwicklung beteiligt gewesen ist.«

Ireland machte unwillkürlich eine Faust. Zweifelte er etwa an ihren Fähigkeiten? So wie die Männer, mit denen sie in der Vergangenheit gearbeitet hatte? *Oh nein, Freundchen.*

Die Technikabteilung im Blue Casino respektierte sie wenigstens. Natürlich hatte sie erst auftauchen und beweisen müssen, dass sie gut war, aber die Angestellten dort waren nicht so arrogant wie die Leute, die ihr bei ihrem vorherigen Arbeitgeber das Leben schwergemacht hatten. Es wäre großartig, wenn sie bei Blue auch ebenso viel verdienen würde wie in ihrem letzten Job, aber eine angenehme Arbeitsatmosphäre war sehr viel wert. Was allerdings auch bedeutete, dass Cali mit ihrem Hinweis auf das Geld und den Studienkredit den wunden Punkt getroffen hatte. *Verdammt.*

»Ich schaffe das«, verkündete sie und fixierte Bran dabei.

»Jawoll!«, rief Cali. »Dann wäre das abgemacht. Ireland schaut noch diese Woche im Club Tahoe vorbei.«

Ein Muskel in Brans Wange zuckte. »Ganz so einfach ist das nicht. Ich müsste das erst mit Levi absprechen. Und die Software ist geschützt. Ich bezweifle, dass die Firma es gern sähe, wenn ich da eine Subunternehmerin hinzuziehe.«

»Die werden sich kaum beklagen, wenn sie das Problem lösen kann«, wandte Cali ein. »Ireland könnte eine von diesen ...« Sie schnippte mit den Fingern. »Äh, Vertraulichkeitsvereinbarungen, richtig? Sowas könnte sie unterschreiben.«

Bran schob eine Hand in die vordere Tasche einer Jeans – eine dunkle Waschung, die genau richtig saß, um seine muskulösen Oberschenkel und seinen Hintern von der Seite perfekt zu betonen.

Ireland stand auf und ging zu Cali hinüber, weil sie von dort aus seinen Knackarsch nicht mehr sehen konnte. »Bran hat schon recht.« Ganz egal, wie gern Ireland ihm beweisen würde, dass sie es draufhatte, warnte sie doch ihr flatterndes Herz, dass es unklug wäre, mehr Zeit mit ihm zu verbringen. »Ich bezweifle, dass ich neben meiner regulären Arbeit die Zeit dafür finde.«

Cali verdrehte die Augen. »Du arbeitest genau 40 Stunden pro Woche, was ungefähr die Hälfte von deinem früheren Pensum sein dürfte. Und es ist ja nicht so, als würdest du dauernd ausgehen ...« Ireland kniff ihre Cousine unauffällig, und Cali räusperte sich. »Ich meine, es ist ja nicht so, als hättest du keinerlei Freizeit.« Cali grinste. »Vielleicht kannst du allerdings nicht mehr ganz so viele Folgen *Fixer Upper* am Stück anschauen.«

Ireland schloss die Augen. Würde diese peinliche Unterhaltung denn niemals enden? »Cali«, sagte sie warnend.

Ihre Cousine lachte. »Ich mache doch nur Spaß. Aber du hast Zeit, gib es zu.«

Ein zufriedener Ausdruck huschte über Brans Gesicht. War es so offensichtlich, dass sie nicht mit ihm zusammenarbeiten wollte?

Ireland straffte die Schultern. »Weißt du was? Du hast recht, Cali. Ich kann Club Tahoe durchaus zeitlich unterbringen.«

Nimm das, Bran Cade! Dachtest du, du hättest schon wieder gewonnen? Diesmal nicht.

Bran blickte sie finster an. »Ich muss das trotzdem erst mit der Softwarefirma abklären.«

Cali winkte ab. »Schick' denen Irelands Lebenslauf. Die stellen sie sofort ein.«

Ireland konnte das zusätzliche Geld definitiv brauchen, und es wäre eine rasch erledigte Nebentätigkeit. Aber das war nicht der einzige Grund, wieso sie sich doch dazu entschieden hatte, den Job anzunehmen ... oder mit Bran zu arbeiten. Wenn es ums Programmieren und generell um Computer ging, war Ireland eine echte Expertin. Und sie wollte Bran ein für alle Mal beweisen, dass sie ihm das Wasser reichen konnte.

KAPITEL 8

Bran kehrte in den Club zurück, wo James immer noch an dem Softwareproblem zu tüfteln schien. Insgeheim hatte er gehofft, dass er zur Tür hereinspazieren und das Problem wie durch ein Wunder aus der Welt geschafft vorfinden würde. »Gibt es Fortschritte?«

»Ja, durchaus«, erwiderte James. »Ich brauche nur noch ein bisschen mehr Zeit.« Na klar. Sicher.

»Sind Sie sicher, dass es niemanden gibt, den Sie für dieses Projekt noch hinzuziehen können?« Bran hatte inzwischen jegliches Vertrauen in James verloren.

»Ich habe das Programm geschrieben. Ich kenne es in- und auswendig.«

Was die Frage aufwarf, wieso der Kerl es immer noch nicht repariert hatte.

Der angebliche ›Technik-Experte‹ lehnte sich im Stuhl zurück und streckte die Arme über dem Kopf aus. Er war nun schon seit sieben Uhr heute früh im *Prime*, und es war nach neun abends. »Außerdem sind alle anderen Techniker anderweitig eingespannt. Aber machen Sie sich keine

Sorgen«, bat James, bevor er sich wieder nach vorn beugte und auf den Rechner konzentrierte. »Es dauert nicht mehr lange, bis alles wieder läuft. Ich bin ganz nah dran.«

Bran kratzte sich am Hals. Irgendetwas an diesem Kerl … Es war nicht nur, dass James wie ein Depp aus reichem Elternhaus rüberkam – was zwar nervte, aber auszuhalten war –, sondern dazu kam, dass Bran auf eine Diskrepanz im Gesamtumsatz der Online-Bestellungen gestoßen war, seit das System lief. James hatte das mit dem vagen Hinweis auf Steuern und Fremdwährungsschwankungen abgetan.

Wieso Fremdwährungsschwankungen? Sie befanden sich in Lake Tahoe und lieferten nicht bis nach Uganda.

James behauptete, dass die Firma in Europa säße und die Währungsschwankungen beim Verarbeiten der Kreditkartenzahlungen ins Gewicht fielen. Das klang ungefähr so, als flöge man von Seattle nach Los Angeles und müsse dabei einen Umweg über Chicago nehmen. Wieso sollte das Geld denn über Europa gehen, um den Club zu bezahlen?

Wenn es jemanden gäbe, den Bran auf das Problem ansetzen könnte, würde er darauf bestehen, dass *Tech Banquet* James ersetzte. Aber der Firmenchef hatte ihm gestern noch einmal bestätigt, dass James ihr bester Mann sei und alle anderen anderweitig eingespannt.

Bran verließ das Steakhaus und betrat die Empfangshalle des Clubs. Dort bog er scharf rechts ab und ging durch eine Tür in den Verwaltungsbereich. Er schritt den langen Flur ab und blieb vor der Mahagoni-Doppeltür stehen, hinter der sich Levis Büro befand.

Der Empfangsmensch war kaum zu sehen hinter einem Stapel von Akten und einer großen, grünen, Zimmerpflanze, deren Ranken sich bis zum Teppich hinabschlängelten. »Ist Levi da?«, fragte Bran knapp.

Der Rezeptionist sah auf und nickte mit dem Kopf den Flur hinunter. »Er ist bei Emily. Die arbeiten an einem Projekt.«

Bran ließ den Blick den Flur hinabwandern. Zumindest stand die Tür von Emilys Büro offen. Wenn man Brans Brüdern Glauben schenken konnte, dann bedeutete die geschlossene Tür, dass die beiden womöglich gerade Sex im Büro hatten.

Bran schüttelte den Kopf. Er war ja froh, dass sein unwirscher, ältester Bruder die richtige Frau gefunden hatte, aber verdammt nochmal, er wollte auf keinen Fall irgendwo reinmarschieren, während die beiden es gerade fröhlich trieben.

Obwohl die Tür offen war, klopfte Bran also an. »Hallo?« Er spähte in den Raum hinein und öffnete die Tür weiter.

Levi stand hinter Emily, hatte die Arme locker um ihre Taille gelegt, und sie beide starrten eine Wand voller Klebezettel an. Diese verliebte Szene war typisch, seit Levi und Emily zusammen waren, und Bran hatte sich noch immer nicht daran gewöhnt. Levi konnte starrköpfig und scheinbar gefühllos sein, aber Emily hatte dafür gesorgt, dass sich die Ecken und Kanten abschliffen. Levi schien die Finger nicht von ihr lassen zu können. Die Chemie zwischen den beiden stimmte also ganz offensichtlich.

Wes nannte Emily die Sklaventreiberin, und Bran musste ihm zustimmen. Sie konnte ganz lieb und niedlich sein, aber sie besaß einen eisernen Willen, wenn nötig. Sie hatte Bran und seinen Brüdern geholfen, den Laden störungsfrei am Laufen zu halten, nachdem ihr Vater gestorben war, und allein deswegen waren sie ihr alle sehr dankbar.

Levi blickte auf. »Alles in Ordnung?« Er ließ die Arme

sinken und fuhr sich einmal hart über das Gesicht, als hätte er die Wand zu lange angestarrt. »Habt ihr das Softwareproblem lösen können?«

»Nein. Leider noch nicht.« Bran nickte in Richtung der Wand, auf die Emily nach wie vor starrte, das Kinn auf die Faust gestützt. »Was macht ihr beide da?«

»Uns das Kinderprogramm ansehen«, antwortete Levi. »Emilys Lieblingsprojekt hat das größte Wachstum zu verzeichnen, seit wir den Laden übernommen haben.«

»Vergiss nicht Hunts Anteil«, wandte Emily ein. »Es war schließlich seine Idee.«

Levi verdrehte die Augen. »Du hast einen Erfolg daraus gemacht.« Emily zog die Brauen zusammen, und Levi seufzte. »Na schön, Hunt hat dabei geholfen.«

Levi und Hunt hatten ihre schwierige Vergangenheit begraben, aber offenbar fiel es Levi immer noch schwer, seinem jüngsten Bruder zu vertrauen.

»Dem Club letztes Jahr einen Platz in der PGA-Golftour zu verschaffen, war ein echter Segen, den wir Wes zu verdanken haben«, sagte Levi. »Aber wir brauchen Einnahmen, auf die wir uns verlassen können. Der Club läuft gleichmäßig gut, während das Kinderprogramm weiterwächst. Wir versuchen, neue Ideen dafür zu sammeln.« Er sah Emily an. »Ruf Hunt an und spann' ihn mit ein.«

Emily lächelte. »Großartige Idee. Wenn es um Kinder geht, hat Hunt immer die besten Ideen.«

»Hunt?« Bran konnte sich seinen jüngsten Bruder nun wirklich nicht als den großen Kinderversteher vorstellen. Der Kerl war doch selbst ein großes Kind.

Emily trat auf die Wand zu und nahm einen der Klebezettel ab, um ihn an eine andere Stelle zu packen. »Hast du deinen Bruder je mit den Kindern im Club arbeiten sehen?

Er kann wirklich gut mit ihnen umgehen. Und ihm fällt immer wieder etwas ein, das ihnen Spaß macht.«

Bran hatte genug damit zu tun gehabt, die Bilder aus seinem Kopf zu verbannen, die sich um eine gewisse Frau drehten, und dafür Sorge zu tragen, dass die Restaurants nicht die gesamten Geldreserven verschlangen. »Leider habe ich darauf nicht wirklich geachtet.«

Levi hob mit besorgtem Blick das Kinn. »Was wirst du denn jetzt wegen dieser Restaurant-Software unternehmen?«

Bran schüttelte den Kopf.

Als Cali ihm die Idee aufgedrängt hatte, dass Ireland dem Club dabei aushelfen könnte, war er in Panik verfallen – wie eine Fliege, die am gelben Köderband kleben geblieben war. Aber dann hatte er darüber nachgedacht, was alles passieren müsste, damit sie für ihn arbeiten dürfte: Levis Zustimmung, dann die Zustimmung von *Tech Banquet* und die Erlaubnis ihres Chefs, sie nebenher auch den Club beraten zu lassen. Das würde niemals klappen. Also hatte er sich wieder ein Stück weit entspannt.

Aber jetzt war Bran nicht mehr so ruhig. Wenn es um Ireland ging, schien er ständig am gelben Köderband kleben zu bleiben, und das gefiel ihm nicht, aber er konnte sich nicht dagegen wehren. Und wenn sie wirklich so gut war, wie Cali sagte ... dann brauchte er sie.

Vielleicht sollte er *Tech Banquet* auch einfach damit drohen, eine unabhängige Ingenieurin hinzuzuziehen, um sie dazu zu bringen, dieses System zum Laufen zu bringen?

»Ich habe Jaeg heute Abend einen Besuch abgestattet. Er hat mir das Stück für *Prime* gezeigt, und es ist unglaublich toll.«

»Ich freue mich schon darauf, es zu Gesicht zu bekommen«, erwiderte Levi, »aber was hat das mit der Software zu tun?«

»Cali hat gehört, wie ich mit Jaeg über die Probleme gesprochen habe, mit denen wir gerade kämpfen, und sie schlug vor, dass wir Ireland als Beraterin hinzuziehen. Angeblich ist sie sowas wie ein Programmier-Guru. Cali scheint überzeugt davon, dass sie unser Problem lösen könnte.«

Levi rieb sich das Kinn. »Wie kann Ireland besser als der Experte sein, den die Firma geschickt hat?«

Bran zuckte die Achseln.

»Und sie kostet uns ja zusätzlich Geld.« Levi sah zu Emily hinüber.

»Ireland war eine große Nummer in der Branche in der Bay Area«, erläuterte Emily. »Nach allem, was Hayden mir erzählt, lieben sie sie bei Blue Casino. Sie einzustellen, bedeutet natürlich zusätzliche Kosten, aber wenn sie die Software rasch reparieren würde, wäre es das sicher wert.«

»Ich glaube nicht, dass es so weit kommt«, wandte Bran ein. »Ich hoffe eher, dass dieser Vorschlag dem Geschäftsführer von *Tech Banquet* Feuer unter dem Hintern macht und er mir jemand anderen schickt.«

»Solange die Software nicht läuft, verlieren wir Geld«, fasste Emily zusammen. »Selbst, wenn sie uns ein paar tausend Dollar kostet, wäre es das wert, wenn das Online-Bestellsystem wieder einwandfrei funktioniert.«

Das Messer in Brans Brust stieß noch tiefer in die Wunde. Niemand war sich seines Versagens bewusster als er selbst.

»Stell sie ein«, entschied Levi. »Tu, was immer nötig ist, damit das Programm läuft. Meines Erachtens nach sollte *Tech Banquet* die Kosten für Irelands Dienste übernehmen.«

Levi und Emily hatten recht. Der Club brauchte

jemanden mit Irelands Fachwissen. Bran war durchaus in der Lage, seine Hände bei sich zu behalten, während sie für ihn arbeitete. Er hatte jetzt mehr als zehn Jahre lang fast alle Frauen auf Abstand gehalten, also würde ihm das auch bei Ireland gelingen, ganz gleich, wie unglaublich scharf sie ihn machte.

KAPITEL 9

Ireland hielt den Hörer viel zu fest in der Hand. »Wie bitte?« Ihr Chef war am anderen Ende der Leitung. Er arbeitete in einem der anderen Casinos der Mutterfirma.

»Hayden hat mich darüber informiert, dass Sie Zeit für einen nebenberuflichen Beratungsauftrag brauchen«, erklärte er. »Ich habe kein Problem damit, solange Sie dafür Sorge tragen, dass die Dinge bei Blue reibungslos laufen. Hört sich das gut an für Sie?«

Meinte er das ernst? Er fragte *sie*, ob es für sie in Ordnung war, einen weiteren Job nebenher zu machen? Was für einen Job überhaupt? Hayden konnte doch gar nichts von der Sache mit Club Tahoe und Bran wissen. Ireland hatte erst gestern Abend mit ihm darüber gesprochen.

»J-ja, natürlich.« In der Zwischenzeit musste sie erst einmal herausfinden, was Hayden da wieder angestellt hatte.

Er lachte in sich hinein. »Sie sind die beste Programmiererin, die ich je eingestellt habe. Normalerweise hätte es zwei Leute gebraucht, all das zu erreichen, was Sie bereits umgesetzt haben, seit Sie an Bord gekommen sind. Ich werde auch bald in der Lage sein, Ihnen eine Gehaltserhöhung zu geben. Sie wird zwar nicht sehr hoch ausfallen – meine Hände sind gebunden, wegen der Deckelung der Managergehälter – aber ich hoffe, dass es genug ist, Sie dazu zu bewegen, bei uns zu bleiben.«

Er ließ ihr freie Hand, was Nebentätigkeiten anging, und stellte ihr auch noch eine Gehaltserhöhung in Aussicht? »Ich arbeite gern bei Blue. Ich habe nicht vor, Sie wieder zu verlassen.«

»Ich bin froh, das zu hören. Und ich habe Verständnis dafür, dass Sie lukrative Nebentätigkeiten annehmen müssen, bis ich Ihr Gehalt aufstocken kann, und weiß es zu schätzen, wenn Sie mich auf dem Laufenden halten.«

Ireland hatte für eine der bekanntesten Social-Media-Plattformen der Welt gearbeitet. Dort wurden zwar Frauen eingestellt, um die Quote zu erfüllen, aber das war alles nur Fassade. Im Arbeitsalltag wurden Frauen nicht gleichbehandelt. In ihrer alten Firma war sie ersetzbar gewesen, aber bei Blue war das anders. Und das bedeutete ihr mehr als jedes hohe Gehalt.

»Geben Sie Hayden die Tage durch, an denen Sie früher gehen«, fuhr ihr Chef fort, »und geben Sie Ihrem Assistenten Ihren Terminplan.«

Ireland bestätigte das, benommen und ziemlich verwirrt. Ihr neuer Chef war der netteste Mann, für den sie jemals gearbeitet hatte.

Sie speicherte das Programm, an dem sie gerade gearbeitet hatte – ein neues Überwachungssystem, das mit künstlicher Intelligenz arbeitete –, und loggte sich danach aus.

Ireland stand auf und ging zu Mark, ihrem Assistenten,

hinüber. Er trug einen Kopfhörer, also tippte sie ihm auf die Schulter.

Er zog den Kopfhörer herunter und blickte zu ihr hoch.

»Ich muss mit Hayden sprechen. Schicken Sie mir eine Textnachricht, wenn es irgendwas Dringendes gibt?«

»Kein Problem«, erwiderte er. »Ich arbeite gerade an den Backups, um die Sie gebeten haben. Ich sollte bis heute Abend damit fertig sein.«

»Oh ... okay. Danke.« Himmel, sie war es echt nicht gewohnt, mit netten Männern zu arbeiten. Mark war Anfang 30, verheiratet, mit einem Kleinkind zu Hause. Er war kompetent und respektvoll. Das komplette Gegenteil der Männer, die unter ihr gearbeitet hatten.

Ireland ging den Flur entlang zu Haydens Büro, dankbar für diesen Ort und alles, was er in den vergangenen Monaten für sie getan hatte.

Als sie um die Ecke bog, sah sie Hayden vor der Tür ihres Büros stehen. Sie lächelte über etwas, das Adam ihr ins Ohr flüsterte.

Ireland verdrehte die Augen. *Diese beiden.*

Hayden blickte auf, und Ireland formte stumm die Worte: *Habt ihr kein Zuhause?*

Hayden schmunzelte. »Wie läuft dein Tag?«

»Richtig gut«, gab Ireland zurück, »bis mein Chef eben anrief und mir eröffnete, dass ich einen neuen Beraterjob habe. Was hat das zu bedeuten?«

Hayden sah Adam an. »Ich komme später bei dir im Büro vorbei, um die Details der Fusion zu besprechen, über die wir eben geredet haben.«

Adam grinste. »Ich erwarte dich.« Er nickte Ireland zu. »Schön, Sie zu sehen, Ireland.«

Adam stolzierte den Korridor hinunter, und Hayden und

Ireland sahen ihm beide schamlos nach. Hayden seufzte auf, als er um die Ecke verschwand.

»Ihr beide seid wirklich kein bisschen diskret«, stellte Ireland fest.

Hayden betrat ihr Büro, und Ireland folgte ihr.

»Fusion?«, hakte Ireland nach. »Ich glaube, ich will gar nicht wissen, was das für eine Anspielung sein soll.«

Hayden lächelte. »Du bist diejenige mit den schmutzigen Gedanken.«

»Womöglich«, stimmte Ireland zu. Wenn sie daran dachte, wie viele unerwünschte Fantasien über Bran und Wasser sie heimgesucht hatten, war sie überzeugt, dass er etwas in ihr entfesselt hatte. Schmutzige Gedanken auf jeden Fall. Dennoch ... »Wie lange ist es her, dass ihr beide geheiratet habt? Ein Jahr? Sollte der Honeymoon nicht langsam mal ein bisschen abkühlen?«

Hayden nahm hinter ihrem Schreibtisch Platz. »Sehr unwahrscheinlich. Du hast meinen Ehemann doch gesehen. Glaubst du wirklich, ich könnte diesem Mann etwas abschlagen?«

Auch wieder wahr. Diese Cade-Männer waren echt eine Pest. Ireland war hin- und hergerissen, wenn es um Bran ging.

»Und nur zu deiner Information, es geht tatsächlich um eine Fusion, an der der Konzern, zu dem Blue gehört, beteiligt ist. Das hat also nichts mit horizontaler Akrobatik auf dem Schreibtisch zu tun.«

»Ja, sicher. Kann schon sein, dass es eine Fusion zu besprechen gibt, aber dieses Geflüster auf dem Flur war kein bisschen heimlich, und es hatte auch nichts mit dieser Fusion zu tun.«

»Wir haben heimlich drauf«, widersprach Hayden.

»Habt ihr gar nicht!«

»Na schön. Wir sind diskret, wenn andere Leute dabei sind. Du zählst aber nicht, weil du eine Freundin bist.«

Ireland warf die Hände in die Luft. »Ich hätte jeder andere sein können, der plötzlich um die Ecke kommt.«

Hayden schenkte ihr einen mitleidigen Blick. »Ich wusste schon aus einer Meile Entfernung, dass du es bist. Ich habe auch hinten Augen. So habe ich hier überlebt, als der Laden noch eine richtige Jauchegrube war.«

»Gottseidank hat das Management gewechselt, bevor ich hier angefangen habe«, stimmte Ireland zu. »Ich bin überzeugt, dass mein Chef der netteste Mensch auf Erden ist. Er hat mir gerade die Erlaubnis gegeben, nebenbei beraterisch tätig zu sein. Und es stört ihn auch nicht, wenn ich dafür früher gehe. Was für ein Chef stimmt denn sowas zu?«

Hayden schob einige Papiere hin und her. »Ein großzügiger?«

»M-hm. Und du hast nicht zufällig irgendwas damit zu tun, oder?«

Hayden sah auf. »Natürlich habe ich. Club Tahoe braucht Hilfe mit der Restaurant-Software, also habe ich deine Dienste angeboten.«

»Woher wusstest du überhaupt, dass der Club Hilfe braucht? Das habe ich doch selbst erst gestern Abend erfahren.«

»Von Cali.«

Ireland sank auf ihren Stuhl zurück und stöhnte. »Meine Cousine hat das loseste Mundwerk von allen.«

»Deine Cousine hat dasselbe gesehen, was ich sehe. Da ist etwas im Busch zwischen dir und Bran.«

»Ein leidenschaftlicher Drang, uns gegenseitig umzubringen?«

Hayden grinste. »Euch mit Liebe umzubringen.«

Ireland verzog das Gesicht. »Diesen Kerl würde ich niemals lieben wollen. Er ist ein Arsch!«

»Das sagst du immer wieder.«

Ireland presste die Lippen aufeinander. »Hör zu, Bran ist nicht auf mich zugekommen, um mich um Hilfe zu bitten.«

»Ich dachte, das hätte er gestern Abend getan?«

»Gestern Abend hat Cali ihn praktisch gezwungen, darüber nachzudenken.«

Hayden zuckte die Achseln. »Auf alle Fälle« – sie erhob sich und kam um den Schreibtisch herum – »hast du die offizielle Erlaubnis von Blue, deine Arbeitszeit entsprechend anzupassen.«

Mit einer Nebentätigkeit zusätzlich Geld zu verdienen, war keine schlechte Idee. Aber dafür Zeit mit Bran verbringen zu müssen ...

Ireland blickte auf und bemerkte, dass Hayden an der Tür stand.

»Pardon, musst du irgendwohin?«

Hayden zwinkerte ihr zu. »Es gilt, eine Fusion zu besprechen.«

Ireland schüttelte den Kopf. *Fusion, aber sicher doch.*

KAPITEL 10

»Verdammt.« Bran presste die Finger gegen seine Stirn. Er hatte den Geschäftsführer von *Tech Banquet* angerufen und ihm die Situation erklärt. Hatte dem Mann gesagt, dass die Sache zu viel Zeit in Anspruch nahm und dass sie eine Beraterin von außen hinzuziehen mussten, um die Software-Probleme zu lösen.

Und der Kerl hatte zugestimmt.

Wenn Bran und seine Brüder nicht bereits ein kleines Vermögen in dieses Upgrade investiert hätten, würde Bran das gesamte Projekt in die Tonne werfen oder einen anderen Anbieter suchen, der ein ähnliches Produkt liefern konnte. Aber jetzt gab es kein Zurück mehr.

Ireland war ihm wärmstens empfohlen worden. Nach allem, was Bran gehört hatte, könnte sie für jede Firma in Amerika arbeiten. Entweder war es echtes Glück, dass sie nach Lake Tahoe gezogen war, um näher bei ihrer Cousine zu sein, oder es war richtiges Pech, je nachdem, wie man die Situation betrachtete.

Bran hob den Kopf und schob das Blatt Papier auf dem Schreibtisch hin und her. Cali hatte Irelands Lebenslauf stibitzt und ihm geschickt, und der war wirklich beeindruckend. Von der Hälfte der Programmiersprachen, die sie beherrschte, hatte er noch nie etwas gehört, aber eins war glasklar: Ireland war definitiv in der Lage, Club Tahoe behilflich zu sein.

Was dann wohl bedeutete, dass er sie anheuern musste, ob das ihm persönlich nun passte oder nicht. Naja, wenn sie sich einverstanden erklärte.

Die einzigen Bedingungen, die der Geschäftsführer von TB genannt hatte, waren eine kurze Leumundsprüfung und einige Formulare seiner Personalabteilung, die Ireland ausfüllen sollte. Es blieb also nur noch eine Sache zu tun.

Bran streckte die Arme über dem Kopf aus, verschränkte die Finger ineinander und dehnte sie, bis die Knöchel knackten. Dann nahm er den Hörer in die Hand und wählte die Nummer, die auf dem Blatt Papier vor ihm stand.

»Hallo?«

Seine Kehle verengte sich. Was machte diese Frau nur mit ihm? Allein ihre samtige, leichtfüßige Stimme brachte seinen Körper dazu, sich anzuspannen.

»Ireland, hier ist Bran Cade. Haben Sie einen Moment Zeit?«

»N-natürlich.«

Da war wieder das Stottern. Er machte sie nervös. Er machte sich *selbst* nervös, Herrgott nochmal. »Ich würde Sie gern anstellen, damit Sie Club Tahoe behilflich sind, die Software-Probleme zu lösen, über die wir gestern Abend gesprochen haben. Wenn Sie nicht mehr interessiert sind …«

»Ich bin interessiert.« Sie sprach schnell, räusperte sich dann. »Blue Casino hat mir flexible Arbeitszeiten angeboten, damit ich nebenher beraterisch tätig sein kann.«

»Oh. Okay.« War das normal?

Bran schüttelte den Kopf. Spielte ja auch keine Rolle. Es war nur wichtig, dass dieses Desaster von einem Projekt, von dem er behauptet hatte, es wäre gut für das Resort, wieder in Ordnung gebracht wurde.

Bran leitete den Papierkram an die E-Mail-Adresse weiter, die Ireland auf dem Lebenslauf angegeben hatte. Und 24 Stunden später stand sie unter Vertrag. Und würde eng mit ihm zusammenarbeiten. Abends ... *Gott steh ihm bei.*

AM FOLGENDEN ABEND marschierte Ireland zur Tür herein, und Bran atmete langsam aus. Sie trug eine anschmiegsame, schwarze Hose und ein hellblaues Seidenoberteil, das bis zur Kehle zugeknöpft war und nicht das Geringste enthüllte. Dennoch raubte sie ihm den Atem.

Ireland weckte seine verschütteten Urinstinkte, ob sie ihn nur anschrie oder leise, genüssliche Geräusche machte, während er sie küsste. An jenem Tag auf dem Boot hatte er den Verstand verloren, und seine Hände waren gegen seinen Willen über diese verführerischen Kurven gewandert, wie von Sinnen.

Bis sie ihn von sich gestoßen hatte.

Kluges Mädchen.

Er traute sich selbst nicht über den Weg, wenn sie in seiner Nähe war. Aber der Club und seine Brüder verließen sich darauf, dass er vernünftig handelte.

Das hier war eine schreckliche Idee.

Bran durchquerte das Restaurant und blieb in der Nähe der Eingangstür stehen, in sicherem Abstand. »Sie haben das *Prime* also direkt gefunden?«

Club Tahoe hatte die Form eines großen Ts, das sich hinten an das eigentliche Hotel anschloss. Es gab Geschäfte, Restaurants und das Casino, das das gesamte Erdgeschoss einnahm, verborgen vom schmucklosen Eingangsbereich des Clubs.

»Ja, gar kein Problem.« Sie sah ihn erwartungsvoll an.

Er merkte, dass er sie anstarrte. Er musste schleunigst damit aufhören. Bran blinzelte und zeigte in Richtung der Bar. »Kann ich Ihnen etwas zu trinken holen, bevor wir anfangen?«

Irelands Blick wanderte die Decke entlang, die mit demselben geschliffenen Glas prunkte wie die Bar. Die goldenen Akzente zogen alle Blicke auf sich und verliehen dem Raum ein spiegelndes Element. »Wasser bitte. Ein wirklich schönes Lokal.«

Bran ging um die Theke herum und goss ihr mit der Sodapistole ein Glas Wasser ein. »Mein Vater war Perfektionist. Er hat keine Kosten gescheut, um *Prime* auszustatten.«

Sie legte die Stirn in Falten und blickte ihn aufmerksam an. »Ich glaube, ich habe das bisher nie ausgesprochen, aber Sie haben mein Beileid.«

Bran ballte eine Hand zur Faust. Es war mehr als ein Jahr her, dass sein Vater gestorben war, aber der Zorn, die Frustration und der Schmerz waren immer noch frisch. Er hatte sich nie wirklich mit seinem Vater ausgesprochen und würde mit der Reue, die er deswegen fühlte, leben müssen.

»Danke.« Er machte eine Handbewegung in Richtung des Hinterzimmers, denn er brauchte die Ablenkung dringend. »Warum zeige ich Ihnen nicht, wo die Rechner stehen, über die wir die Online-Bestellungen abwickeln?«

Ireland nickte, und Bran führte sie nach hinten, während er die Probleme erläuterte, mit denen sie es zu tun hatten. Im *Prime* gab es keine Tablets auf den Tischen, weil das nicht zum eleganten Stil des Restaurants passte, aber Bran hatte eins der Tablets aus einem der anderen Lokale mitgebracht, um ihr vorzuführen, wie die Dinger funktionierten. Wenn sie funktionierten.

Sie schüttelte den Kopf. »Aber das ist doch alles Standard. Software und Elektronik. Wieso konnte die Firma, von der Sie das System gekauft haben, das Problem denn bisher nicht lösen?«

Die neue Technologie war momentan das beste Produkt auf dem Markt im Gastrobereich. Angeblich.

Bran sah auf und entdeckte James, der gerade das Restaurant betrat. »Hier kommt der Mann, dem Sie diese Frage stellen sollten. Vielleicht kann der Programmierer der Firma es Ihnen ja erklären, denn ich kann das ganz sicher nicht.«

Ireland sah James an und biss sich auf die Lippe. »Ich arbeite am besten allein ... aber ich verstehe, dass die ihren eigenen Programmierer dabeihaben möchten.«

»Wenn er tatsächlich Programmierer ist«, brummte Bran. »Mir kommt es vor, als würde er die ganze Zeit nur meine zuckerfreie Cola trinken und online chatten. Aber was weiß ich schon?« Er schenkte ihr ein bitteres Lächeln.

Irelands Lider flatterten hinter der sexy Brille, die sie trug, und dann wanderte ihr Blick hinunter zu seinem Mund.

Sein Lächeln erstarb. *Reiß dich zusammen.* Nein, sie dachte bestimmt nicht über den Kuss nach. Über die Küsse, Plural. Das bildete er sich nur ein.

Ireland räusperte sich. »Ich bringe das wieder in Ordnung, kein Problem.«

Das waren genau die Worte, die er hören wollte, aber dennoch waren es nicht ihre Worte, auf die er achtete. Sein Blick hing an ihren vollen Lippen. Lippen, die er erst vor wenigen Tagen geküsst hatte. Und die er nicht noch einmal küssen würde. Er knirschte mit den Zähnen. »Ich vertraue Ihnen.«

Er vertraute sich ja nicht einmal selbst.

Sie gingen zu dem Tisch hinüber, den James als sein temporäres Büro eingerichtet hatte. Der beäugte unterdessen Irelands Brüste, als sie näherkamen.

Bran atmete ein, um sich zu beruhigen. Blöder Techniker. Bran hatte James von Anfang an nicht leiden können. Sicher, auch er hatte zum Beispiel gerade erst den Blick kaum von ihren Lippen lösen können, aber er respektierte sie.

Moment mal, respektierte er sie wirklich?

Diese bescheuerte Software. Hätten sie diese Probleme in den Restaurants nicht, dann müsste Bran sich jetzt auch nicht mit solchen Fragen herumschlagen. Er könnte einfach Abstand von Ireland halten, statt auf diese Weise seine Selbstbeherrschung auf den Prüfstand zu stellen.

Ireland war eine wunderschöne Frau, extrem sexy mit ihrem leuchtendroten Haar und dieser Wahnsinnsfigur. Nur wenige Männer könnten den Drang unterdrücken, zweimal hinzuschauen. Aber Bran hätte James am liebsten erwürgt. Und er hätte nicht einmal sagen können, ob das daran lag, dass er dem Kerl nicht über den Weg traute, oder ob er nicht wollte, dass irgendein Kerl sie abcheckte. Letzteres wäre ganz schön bedenklich.

»Das ist Ireland, unsere neue Software-Beraterin«, stellte Bran sie ihm vor. »Sie wird Sie bei der Behebung der Fehlfunktionen unterstützen.«

James grinsender Mund begann zu zucken.

Nein, offenbar gefiel es James überhaupt nicht, dass er Ireland mit an Bord gebracht hatte. Sein Pech. Das hätte er sich mal früher überlegen sollen, bevor er die kostbare Zeit des Clubs verschwendet hatte.

Ireland verfiel ohne Umschweife in den Verhörmodus, um der Ursache der Probleme auf den Grund zu gehen, und Bran machte es einen Heidenspaß zuzusehen, wie James sich wand. Sein Körper wirkte völlig verspannt, aber er leierte eine allgemein gehaltene Darstellung dessen herunter, was alles schiefgelaufen war. Dann begannen die beiden, in Fachbegriffen über das Programmieren fürs Internet zu sprechen, und Brans Augen wurden augenblicklich glasig.

»Ich überlasse die Details Ihnen beiden«, erklärte er und wandte sich ab. Dabei spürte er regelrecht, wie ihm eine schwere Last von den Schultern genommen wurde. Was merkwürdig war, denn normalerweise war es Ireland, die ihm den Stress verursachte. Aber mitanzusehen, wie sie James durch die Mangel drehte, war gleichzeitig echt scharf und sehr beruhigend.

Bran grinste in sich hinein. In der nächsten halben Stunde fragte Ireland James aus, während Bran von seinem Posten an der Theke Sätze wie »Haben Sie das schon versucht?« und »Wie sieht es denn damit aus?« durch den nahezu menschenleeren Raum schweben hörte. James' Gesicht rötete sich zunehmend, und er schien nur noch zu stammeln, wenn er nicht mehr mitkam. Das Bild, das er abgab, war unbezahlbar.

Gut möglich, dass Ireland ihm gerade den Arsch rettete, und darüber würde er noch nachdenken müssen. Denn wenn sie dafür sorgen konnte, dass das System wieder fehlerfrei arbeitete, dann stünde er in ihrer Schuld.

Und Bran war es nicht gewohnt, einer Frau etwas zu schulden.

Die Frauen, mit denen er intim gewesen war, waren zwar keine typischen One-Night-Stands gewesen, sondern eher welche, mit denen er locker befreundet gewesen war,

Gelegenheitssex inklusive. Und diese Frauen hatten auch kein Problem damit gehabt, wenn er irgendwann nicht mehr anrief.

Zumindest hatte er angenommen, dass das okay für sie gewesen war ...

Er verzog den Mund. Bran war sich ganz sicher, dass Ireland ihm die Leviten lesen würde, weil er so leichtfertig und rücksichtslos gewesen war. Vielleicht war es aber auch ganz einfach so, dass es ihm etwas ausmachen würde, wenn sie verstimmt oder verärgert wäre.

Mist.

Schluss jetzt mit der Grübelei. Er warf den Lappen unter den Bartresen. Er freute sich jetzt schon auf den Moment, wenn sie nicht mehr für Club Tahoe arbeitete. Dann würde es ihm wieder gutgehen.

Sie war jedenfalls nicht gut für sein Gewissen.

KAPITEL 11

Bran verbrachte den Rest des Abends mit Papierkram und versuchte, nicht daran zu denken, dass sich Ireland im selben Raum wie er aufhielt. Nach ein paar Stunden packte James seinen Kram zusammen und kam zu ihm herüber.

»Machen Sie Fortschritte?«, wollte Bran wissen.

James warf einen raschen Blick in Irelands Richtung. »So wird das nicht gehen. Diese Frau ist ... untragbar.«

Bran schob seinen Papierkram beiseite. Er verschränkte die Arme und zwang sich dazu, die Hitze zur Ruhe zu mahnen, die seinen Brustkorb füllte und seinen Bizeps durchflutete. Er musste sich beruhigen, bevor er etwas Dummes tat, etwa James die Luft abzudrücken. »Und wieso das?«

»Sie pfuscht in meinem Programm herum. Ziehen Sie sie von diesem Projekt ab, oder ich erledige das.«

Bran legte den Kopf schief. »Soll das eine Drohung sein? Denn ich meine mich zu erinnern, dass Sie für mich arbeiten. Und keiner meiner Angestellten bedroht mich oder die Leute, die ich einstelle.«

James warf einen Blick auf Brans vor der Brust verschränkte Arme. Sein Adamsapfel machte einen Hüpfer. »Ich wollte damit lediglich sagen, dass sie das Problem verschlimmert.«

Bran tippte sich mit dem Finger der einen Hand auf die Muskeln des anderen Arms. Er traute James kein bisschen über den Weg, behielt aber den neutralen Gesichtsausdruck bei. »Glauben Sie das wirklich?«

James' Mund öffnete sich, als hätte er eine andere Reaktion erwartet. »Ich weiß es.«

»Ich werde über Ihre Meinung nachdenken. Aber damit wir uns richtig verstehen, Sie werden weiterhin mit Ireland zuammenarbeiten.«

»Aber ...«

»Ihr Lebenslauf hat Ihren Vorgesetzten beeindruckt. Bevor Sie sie aburteilen, sehen Sie sich vielleicht besser erst einmal an, wozu sie fähig ist.«

James wandte den Blick ab. »Das ist ja das Problem«, murmelte er.

Dann brachte er ein versöhnliches Lächeln zustande. »Ich komme morgen früh wieder« – mit Seitenblick auf Ireland –, »um die Sache in Ordnung zu bringen.«

Bran sah ihm nach, als er das Restaurant verließ. Er bezweifelte, dass James derjenige war, der das Problem lösen würde. Wenn Bran zum Glücksspiel neigen würde, dann würde er darauf wetten, dass James das Problem *war*.

Er warf einen Blick auf die Uhr. Kurz vor elf. Er blickte in Irelands Richtung. Sie hatte ihr Haar zu einem Knoten geschlungen, und die roten, welligen Locken umspielten ihren glatten Hals und fielen ihr in die Stirn. Sie starrte auf den Computerbildschirm und tippte schneller, als ihm menschenmöglich erschien.

Er schloss die Augen und atmete angespannt ein.

Offenbar war die Kombination aus hübsch, intelligent und nerdig eine übermächtige Mischung, was ihn anging, und das frustrierte ihn zunehmend.

Er würde noch eine Stunde an seinem Papierkram arbeiten. Dann würde er darauf bestehen, dass Ireland Schluss machte und nach Hause fuhr. Bran hatte noch mehr zu tun, aber auf Ireland wartete schließlich morgen früh ihr regulärer Vollzeitjob. Er wollte sie nicht ausnutzen und ihre Hilfsbereitschaft überstrapazieren, wo sie ihm und seinen Brüdern doch sowieso schon einen Gefallen tat. Außerdem brachte es ihn langsam um, spätabends hier allein mit ihr zu sein.

———

DER CODE von Tech Banquet machte Ireland wahnsinnig. Er enthielt Zahlenkolonnen, die hunderte überflüssiger Seiten füllten. Sie hätte dasselbe Programm schreiben und den ganzen Schnickschnack auf der Hälfte der Seiten unterbringen können. Der Großteil ihrer Arbeit heute Abend hatte darin bestanden, zu versuchen herauszufinden, wofür die zusätzlichen Angaben im Code gut waren. Abgesehen davon, dass sie unwirksam waren und ihr schlicht das Leben schwermachten.

Bevor James gegangen war, hatte sie versucht, diese Ineffizienz zur Sprache zu bringen. Und er hatte sie dafür beschimpft.

»Ich fange wirklich langsam an, Ihre Qualifikation hierfür in Frage zu stellen«, hatte er gesagt. »Jeder halbwegs logisch denkende Mensch müsste doch den Grund für diese Prozesse verstehen, die ich hier eingebaut habe.« Und dann hatte er versucht, sie mit einem ganz anderen Aspekt des Programms abzulenken.

So nicht, Freundchen.

Ireland brauchte vielleicht mehr Selbstvertrauen, wenn es um den Umgang mit Männern ging, aber ganz sicher nicht, was ihre Programmierkenntnisse anging.

Sie hatte es so satt, mit Arschlöchern wie James arbeiten zu müssen. Zum Glück war diese Sache im Club Tahoe nur vorübergehend, denn mit dem Angestellten von *TB* zu arbeiten, verursachte ihr unangenehme Flashbacks ihres vorherigen Job. Dazu kam, dass es einfach heikel war, sich in Brans Nähe aufzuhalten.

Jedes Mal, wenn sie ihn ansah, dachte sie augenblicklich wieder daran, wie er sie geküsst hatte. Er brachte sie in Verlegenheit, machte sie ganz wuschig, während sie versuchte, ein professionelles Verhältnis zu schaffen.

Schlussendlich räumte Ireland in dem Programm auf, ohne es komplett umzuschreiben, und hoffte, dass die Änderungen die Fehlfunktionen beheben würden. Aber sie war noch längst nicht fertig, als ihr auffiel, wie spät es war. Mit etwas Glück würde sie heute Nacht noch ein paar Stunden Schlaf bekommen.

»Sind Sie immer noch hier?«

Irelands Herz hämmerte beim Klang seiner Stimme. Sie blickte hoch und in sein Gesicht, woraufhin ihres ganz warm wurde.

Wieso musste ihr Körper auch so auf ihn reagieren? Sie hatte kein Interesse an ihm, nachdem er sie auf dem Boot so mies behandelt hatte. Konnten Kopf und Körper sich nicht zur Abwechslung mal einig sein? »Ich wollte gerade Schluss für heute machen.«

Er steckte eine seiner großen Hände in die vordere Tasche seiner Jeans und sah dabei so frisch aus, als wäre er eben erst aufgestanden. Während sie wetten könnte, dass ihr Haar aussah wie ein Vogelnest und dass sie dunkle

Ringe unter den Augen hatte. »Wie ist es denn bisher gelaufen?«, wollte er wissen. »Haben Sie das Problem schon gelöst?«

Ireland warf einen Blick auf den Bildschirm und ließ sich einen Moment mit der Antwort Zeit. Sie hasste solche heiklen Situationen, und diese war ganz besonders heikel. Ireland fand sich viel zu häufig in solchen Situationen wieder, was an ihrer Arbeit und den Kollegen lag, gegen die sie oft ausgespielt wurde.

»Das ist schwer zu beantworten.« Sie machte ein Backup ihrer Arbeit und fuhr den Rechner dann herunter. »James hat das Programm geschrieben, und mir ist ehrlich gesagt nicht klar, wieso es ihm nicht gelungen ist, das Problem zu lösen.«

»Das geht mir ebenso.«

»Er ist …« Ireland zögerte. In ihrem letzten Job war sie verachtet worden, weil sie die Leistungen ihrer männlichen Kollegen kritisiert hatte. »Er ist was?«, hakte Bran nach.

Sie war nie gut darin gewesen, um den heißen Brei herumzureden oder erhitzte Gemüter zu besänftigen, also versuchte sie es jetzt auch gar nicht erst. »Das Programm enthält überflüssigen Code.« Und sie vermutete, dass noch viel mehr dahintersteckte, aber bis sie herausgefunden hatte, was genau das sein mochte, wollte sie nicht mit Anschuldigungen um sich werfen.

Bran nickte. »Glauben Sie, dass der die Probleme verursacht?«

»Gut möglich. Ich bin dabei, das Ganze zu bereinigen.«

»Schreiben Sie es um, wenn nötig. Bringen Sie das System einfach wieder zum Laufen.«

Ireland blinzelte. »Sie wollen, dass ich das Programm umschreibe?«

Bran zuckte die Achseln. »Sind Sie dazu in der Lage?«

»Oh, in der Lage bin ich schon. Es würde eine Weile dauern ... Es ist eher, naja, dass das James wohl kaum gefallen dürfte.«

Nachdem James gegangen war, hatte sie den Code hier und da gestrafft, war aber nicht so weit gegangen, ganze Abschnitte umzuschreiben. Das kostete schließlich eine Menge Zeit und käme bei *TB* sicher nicht gut an. Selbst sie war nicht so dreist, firmeneigene Software umzuschreiben.

»Es ist mir scheißegal, was James denkt. Ich habe ein teures Bestellsystem eingekauft, das nicht funktioniert. Sie wurden hinzugezogen, um das Ding in Ordnung zu bringen, mit Zustimmung von *Tech Banquet*. Tun Sie, was immer notwendig ist.« Er rieb sich übers Kinn. »Vielleicht speichern Sie aber die Originalversion. Und machen Sie das Problem nicht schlimmer«, fügte er scharf hinzu. Sie beschloss, diesen Tonfall zu ignorieren.

Ireland presste die Finger gegen ihre Stirn und schloss die Augen. »Haben Sie eine Ahnung, was für ein gravierender Verstoß gegen die Etikette es wäre, wenn ich James' Programm umschreibe?«

»Es ist mir gleichgültig, ob wir seine Gefühle verletzen. Sie arbeiten ja nicht für ihn; Sie arbeiten für mich.«

Sie blickte auf und kniff die Augen zusammen. »Wieso macht es mich nervös, wenn Sie das so betonen?«

Bran kratzte sich den Nacken. »Es tut mir leid ... also, der Zwischenfall auf dem Boot.«

Oh nein, musste er das Thema jetzt wirklich anschneiden? »Sie meinen den Kuss?«

»Ich meinte die Hände. Der Kuss war unvermeidlich.« Sein Mundwinkel zuckte.

Flirtete er etwa mit ihr? Dieser Penner.

»Die Hände haben mir gefallen«, widersprach sie,

während ihr Blut vor Zorn kochte. »Es waren die *Worte* aus Ihrem Mund, auf die ich gern verzichtet hätte.«

»Gut zu wissen. Nächstes Mal also weniger reden und mehr anfassen.«

Ireland klappte der Kiefer herunter. »Wer hat gesagt, dass es ein nächstes Mal gibt?«

»Sie haben nicht gesagt, dass es keins geben wird.«

Ireland zog sich die Arbeitstasche über die Schulter. Himmel, er konnte einen echt auf die Palme bringen. Aber aus irgendeinem Grund konnte sie ihn nicht direkt in ihren mentalen Kerker für grässliche Typen sperren, so wie sie das mit James getan hatte.

Obwohl er nicht schlecht aussah, fand sie James kein bisschen attraktiv, nachdem er so abfällig mit ihr geredet und ihr die Intelligenz abgesprochen hatte. Bran dagegen war ihr ein Rätsel.

Während der Bootstour hatte Bran ihr unterstellt, dass sie sich an ihn ranmachen wollte. Dann hatte er gesagt, dass sie ihm gleichgültig sei. Und dann hatte er ganz arschlochhaft noch einen draufgesetzt, indem er sie auf ihr Stottern hinwies – das nur zum Vorschein kam, wenn sie nervös war. Sie hatte ihn als verlorene Liebesmüh abgeschrieben und war ins Wasser gesprungen. Aber der dumme Kerl war ihr gefolgt.

Um nachzusehen, ob sie okay war.

Und um sie zu küssen. Leidenschaftlich.

Mit Händen, die überall waren und sie erhitzten. Gewisse, empfindsame Regionen ihres Körpers erhitzten, die noch nie so aufgeheizt gewesen waren.

Ireland war drauf und dran gewesen, ihn in den Kerker zu sperren und abzuschließen, aber Bran hatte sie mit dem Kuss aus dem Konzept gebracht und sich vollends zum Rätsel gemacht, als er ihr sagte, dass sie mit der Brille hübsch aussah – die sie ja nur aufgesetzt hatte, um möglichst schnell davonzukommen.

Niemand hatte je zu ihr gesagt, dass sie hübsch aussah, wenn sie ihre Brille trug. Wenn überhaupt mal jemand etwas dazu gesagt hatte, dann waren das Exfreunde gewesen, die darauf bestanden hatten, dass sie Kontaktlinsen trug, wenn sie mit ihnen unterwegs war.

Es wäre wahrscheinlich sicherer, wenn sie Bran in den Kerker stecken und den Schlüssel wegpacken würde, aber ganz war sie dazu noch nicht bereit. Und jetzt flirtete er mit ihr.

Das machte die Sache nicht einfacher.

»Ich gehe jetzt besser.« Ireland warf einen nervösen Blick auf den Laptop, der noch auf dem Tisch stand. »Schließen Sie ab?«

»Ich kümmere mich darum, ja. Kommen Sie.« Er trat beiseite, um ihr Raum zu geben, damit sie an ihm vorbeigehen konnte. »Ich begleite Sie zum Eingang.«

Ireland schüttelte den Kopf. »Das ist schon okay. Ich finde den Weg auch allein.«

»Es ist spät und draußen ist es dunkel. Ich lasse Sie nicht allein den Pfad entlanglaufen.«

Prime befand sich am hinteren Ende des Resorts. Ein Pfad schlängelte sich an den schicken Boutiquen vorbei bis zum Steakhaus. Um diese Uhrzeit war natürlich nichts mehr offen, und es war tatsächlich alles dunkel. Vor allem aber hatte Bran offenbar in den sturen Männermodus geschaltet. Ireland hatte Brüder, die für ihren Geschmack viel zu häufig in diesen Modus verfielen. Sie wusste, dass es absolut unmöglich war, einen Mann von seinem Kurs abzubringen, wenn er einmal in diesem Modus steckte.

Sie war müde, und ihr Hirn war immer noch mit dem Code beschäftigt, der keinen Sinn ergab. Statt mit Bran zu diskutieren, folgte sie ihm also nach draußen, und er schloss hinter ihnen ab.

»Machen Sie ebenfalls Feierabend?«, fragte sie.

»Ich muss noch ein paar Stündchen weiterarbeiten.«

Ein paar Stündchen? Das bedeutete, dass er sicher noch bis zwei hier sitzen würde. »Wann schlafen Sie denn mal?«

Er sah sie an und schmunzelte. »Sorgen Sie sich um meine Schlafgewohnheiten?«

Ireland zog die Brauen zusammen. »Vergessen Sie die Frage. Ich habe einen Moment lang vergessen, mit wem ich hier rede.«

Ein verletzter Ausdruck huschte über sein Gesicht, bevor er erwiderte: »Ich leite die Restaurants. Ich fange später an als meine Brüder, aber dafür bleibe ich dann auch länger.«

Nicht, dass sie einen Grund hätte, sich Sorgen um seine Gesundheit zu machen, aber sie war idiotisch erleichtert über seine Antwort. Wieso sollte es ihr wichtig sein, ob Bran Cade genug Schlaf bekam? Sie schob ihren Gefühlswirrwarr auf das vom Denken überlastete Hirn.

Was sie daran erinnerte ... »Ich möchte Ihnen ungern noch zusätzlich Arbeit machen, aber denken Sie, dass Sie die fehlerhaften Bestellungen für mich auflisten können, die schiefgegangen sind, nachdem die Software installiert wurde?«

Sie betraten jetzt die Lobby, und Bran berührte sie am unteren Rücken, als er sie um ein Paar herumdirigierte, das auf dem Weg ins resorteigene Casino war. Irelands Haut wurde warm unter dem federleichten Druck seiner Handfläche.

Bran und seine magischen Hände.

Er verhielt sich wie ein Gentleman, aber es würde keine weiteren ›Handgreiflichkeiten‹ geben, ganz gleich, was er da vorhin angedeutet hatte. Sie hatte ihn schließlich schon halb in den Kerker befördert. Die unartige Hälfte seines Körpers, zu der ganz sicher auch sein Mund gehörte.

»Sicher«, sagte er. »Ich habe die Bestellungen bereits durchgesehen. Wieso brauchen Sie sie?«

Sie hatte einen Verdacht, was die Bestellungen und die Software anging – und was James anging. Aber sie würde diesen Verdacht nicht aussprechen, bevor sie nicht ganz sicher war. »Ich will nur gründlich sein.«

Ein Portier öffnete die Tür für sie, und Ireland trat hinaus. »Bis morgen dann?«

Bran nickte, und sie ging hinüber zu ihrem Wagen, spürte aber seinen Blick noch auf ihr ruhen. Der Parkplatz war hell erleuchtet, und es kamen und gingen noch weitere Leute. Sie befand sich hier keineswegs in einer dunklen Gasse, aber sie könnte schören, dass er mal wieder den Beschützer spielte.

Sie blickte sich kurz um und vergewisserte sich. Ja, Bran sah ihr nach und wartete, bis sie ins Auto gestiegen war.

Ireland seufzte. Er steckte zur Hälfte in ihrem mentalen Kerker, und sie war nicht bereit, ihn da rauszulassen, nicht einmal, wenn er den ritterlichen Beschützer gab. Sie traute seinem hübschen Mund nicht über den Weg.

Nach allem, was sie von Cali erfahren hatte, war Bran nicht gerade der ideale feste Freund. Ireland wäre verrückt, wenn sie der Anziehung nachgeben würde, die sie für ihn empfand. So wie sie es beim Bootsausflug getan hatte. Er würde ihr bloß wehtun. Genau wie ihre Exfreunde. Genau wie die Männer, mit denen sie gearbeitet hatte.

KAPITEL 12

»Was zum Teufel haben Sie gemacht?«

Ireland zuckte zusammen, weil James im Restaurant diesen Ton anschlug. Glücklicherweise waren um diese Zeit die Gäste schon alle gegangen. Selbst Bran war weg, weil er sich um irgendetwas in einem der anderen Restaurants des Resorts kümmern musste.

Als Ireland am Spätnachmittag ins Prime gekommen war, war James noch nicht dagewesen, also hatte sie da weitergemacht, wo sie am Vorabend aufgehört hatte – den Code bereinigen und Teil davon umschreiben, so wie Bran es ihr aufgetragen hatte. James hatte die Änderungen noch nicht gesehen. Bis gerade eben.

»Ich habe Code gelöscht, der überflüssig war, und einige Abschnitte umgeschrieben«, erklärte sie so ruhig wie möglich, obwohl ihr Herz dabei raste. James' braune Augen waren fast schwarz, sein Körper angespannt, und er lehnte sich auf eine Art zu ihr herüber, die sie zurückweichen ließ.

»Pfuschen Sie nicht in meinem Programm herum, haben Sie mich verstanden?« Sein Blick wanderte an ihrem Körper hinunter, und dann fletschte er die Zähne, zischte ihr zu: »Ich habe keinen Schimmer, warum die Sie geschickt haben, statt mich das allein regeln zu lassen. Aber wenn Sie mir weiterhin mein Programm durcheinanderbringen, werde ich Sie persönlich zur Rechenschaft ziehen.«

War das eine Drohung? Sie sprachen hier von einem Online-Bestellsystem, um Himmels Willen. Was sollte das?

Ireland straffte die Schultern. »Man hat mich hinzugezogen, weil ich eine erstklassige Programmiererin bin und weil das Programm, das Sie geschrieben haben, das reinste Chaos ist. Es ist außerdem mehr als ungewöhnlich, dass Sie die Einnahmen durch mehrere Reifen springen lassen.«

James machte zwei rasche Schritte auf sie zu, bis sie seinen abgestandenen Atem an ihrer Wange spüren konnte. »Der einzige Grund, wieso ich Ihre Anwesenheit bisher toleriert habe, ist Ihr hübscher Hintern. Aber wenn Sie glauben, dass ich zulasse, dass Sie mir meine Karriere ruinieren, haben Sie sich geschnitten.«

Irelands Atem ging zittrig und abgehackt, aber sie stieß James von sich weg.

Er packte ihren Unterarm und zog sie mit einem Ruck an sich. »Ich mag es derb, also provozier' mich nicht.« Er beugte sich zu ihr herunter. »Denn ich beiße.«

»Was ist hier los?«

Ireland machte sich mit einem Ruck von James los, und diesmal ließ er es zu. Sie blickte zum Eingang hinüber und sah Bran dort stehen.

»Vergiss nicht, was ich gerade gesagt habe«, knurrte James zu leise, als dass auch Bran es hören könnte. Er setzte sich in die Nische und fing an, seine Arbeitstasche auszupacken, als wäre gar nichts geschehen. Dann grinste er Bran entgegen. »Ireland und ich haben uns gerade über einige Vorschläge ihrerseits ausgetauscht. Aber die Änderungen, die sie vorgenommen hat, würden einen anderen Teil des

Programms beeinträchtigen, daher verwerfe ich sie alle. Gut, dass wir das Original noch haben.«

Ireland spürte, wie ihre Wangen immer heißer wurden. Zuerst wegen Bran, der Zeuge ihrer Erniedrigung durch James und seine ekligen Hände geworden war. Und nun noch mehr, weil James es so darstellte, als hätte sie irgendwas verbockt, wenn das gar nicht stimmte. Sie versuchte schließlich, *seinen* Pfusch geradezubiegen.

Die Panik brachte ihr Herz zum Hämmern. Wenn es zwischen ihr und einem männlichen Mitarbeiter böses Blut gab, gewann der Mann. Jedes verdammte Mal. Denn in solchen Situationen wirkte Ireland nervös, nicht als wäre sie Herrin der Lage. Und das reichte aus, um sie verlieren zu lassen.

Bran durchquerte den Raum und forderte sie mit einer Handbewegung auf, ihm zu folgen. Sie gingen in sein Büro, wo James nicht mithören konnte.

Brans Kiefer arbeitete. »Ich weiß nicht, in was ich da gerade reingeplatzt bin, aber Sie sollten das in Zukunft nach Feierabend erledigen. Ich bezahle Sie nicht dafür, sich hier zu vergnügen.«

Irelands Hände zitterten. »Sie verstehen das falsch. Es ist nichts dergleichen passiert.«

Bran hob eine Hand. »Es ist mir egal, was Sie beide gemacht haben. Tun Sie's einfach nicht hier.« Er machte Anstalten zu gehen, hielt dann aber inne und blickte sich noch einmal nach ihr um. »Und machen Sie um Himmels Willen unsere technischen Probleme nicht noch schlimmer.«

———

BRAN WAR FUCHSTEUFELSWILD. Er war eben ins Prime zurückgekehrt und hatte Ireland in James' Armen vorgefunden.

Er wünschte, er hätte das nie gesehen.

Bran hatte sich doch von ihr fernhalten wollen. Er hatte schon erfahren müssen, dass sie seine Selbstbeherrschung beeinträchtigte. Aber der Druck, das neue System fehlerfrei zum Laufen zu bringen, hatte alles andere übertrumpft.

Aber es reichte schon, Ireland mit James zu sehen ... und Bran war drauf und dran, den Kerl umzubringen, scheiß auf die Software. Er stieß einen harschen Seufzer aus, der eher ein Knurren war.

Dann öffnete er die Augen und starrte seine geballte Faust an. Er konnte nicht weiter mit ihr zusammenarbeiten. Es war schwer genug, sie jeden Tag sehen zu müssen. Aber zusehen, wie sie mit einem anderen Mann intim wurde? Auf gar keinen Fall.

Er musste sie feuern.

Er würde seinen Brüdern sagte, dass Ireland keine gute Wahl gewesen sei. Dass der Typ von TB gesagt hatte, sie würde die Probleme nur verschlimmern.

Bran wand sich innerlich. Er traute James nicht über den Weg, aber er hatte bereits für dessen Dienste bezahlt und konnte den Kerl wohl kaum loswerden, bevor die Firma keinen anderen Programmierer schickte.

Cali wäre sicher nicht glücklich, wenn er Ireland feuerte, und Bran befürchtete, dass auch Emily das nicht gutheißen würde, aber was sollte er denn sonst machen? Ihm und seinen Brüdern gehörte Club Tahoe, und wenn er James umbrachte, weil er es nicht ertragen konnte, mitanzu-sehen, wie der Ireland anfasste, hätte er größere Probleme am Hals als durch ihre Entlassung. Und wenn es stimmte, was James gesagt hatte, und Ireland die Probleme bloß verschlimmerte, dann war das wirklich das Letzte, was er jetzt brauchte.

Es klopfte an seiner Bürotür. Bran legte den Kopf in den Nacken. »Ich habe zu tun.«

»Kann ich mit Ihnen reden?« Es war Ireland.

Bran kniff die Augen fest zusammen. Er wollte sie nicht feuern. Die Wirkung, die sie auf ihn hatte, war ja nicht ihre Schuld, aber wenn auch nur ein Fünkchen Wahrheit in James' Aussage gesteckt hatte, dann durfte er nicht riskieren, dass sie die Situation mit ihren Eingriffen verschlimmerte. Also war es besser, die Sache gleich hinter sich zu bringen. »Kommen Sie rein.«

Bran marschierte zur anderen Seite des Raumes. Sein Büro hatte keine Fenster und war auch nicht sehr groß, aber es war der Ort, an den er ging, um sich dem Chaos der Restaurants zu entziehen.

Ireland betrat den Raum und schloss die Tür hinter sich.

Der drei mal drei Meter große Raum war auf einmal nur noch halb so groß. Bran fühlte sich, als stünde er in einer aufgeheizten Duschkabine, in der ihm Irelands leichtes Parfum ins Gesicht geblasen wurde.

Musste sie unbedingt nach Blumen und Orangen riechen? Der Duft erinnerte ihn an den Sommer, an Frauen, an gutes Essen. Also an alles, was er im Leben liebte.

Er kehrte an seinen Schreibtisch zurück und schob irgendwelche Papiere zurecht. »Was kann ich für Sie tun?«

»I-ich ...« Sie unterbrach sich, und er hörte, wie sie tief einatmete. »Tut mir leid. Ich bin nicht gut in Konfrontationen.«

Er sah auf. Machte sie Witze? »Schien Ihnen aber auf dem Boot nicht schwerzufallen.«

Sie zog die Brauen zusammen. »Das war etwas anderes.

Das hier ist Arbeit. Und auf dem Boot haben Sie mich einfach wütend gemacht.«

Schon richtig, Auf der Arbeit verhielten sich die meisten Menschen eben professionell. Welche war nun die wahre Ireland? Die streitlustige Version von der Bootstour oder die intelligente, aber passive Angestellte?

»Das auf dem Boot war also ein einmaliger Ausrutscher?« Er wusste nicht einmal, ob er von ihrem Temperament sprach oder doch von der Knutscherei. Höchstwahrscheinlich beides, denn offenbar musste er sich plötzlich unbedingt selbst foltern.

Sie verschränkte die Arme vor der Brust. »Weiß ich nicht. Sie scheinen ein Talent dafür zu haben, mich wütend zu machen.«

Da war das Feuer doch wieder.

Die ganze Zeit hatte Bran sich auf stille, nette Mädchen fixiert, und nun konnte er nicht genug bekommen von dieser superklugen Frau mit dem feurigen Temperament. Mit ihm stimmte doch irgendetwas nicht. »Sie sind doch aus einem Grund hierhergekommen. Ich nehme an, dass es nicht darum ging, mir zu sagen, wie sehr ich Sie frustriere.«

Ireland schloss die Augen. »Nein. Natürlich nicht. Tut mir leid. I-ich ...«

»Hier sind nur wir beide. Kein Grund, nervös zu werden. Denken Sie einfach daran, dass ich der Kerl bin, den Sie gern anschreien.«

Ein Lächeln ließ ihren Mund weicher wirken. »Das sind Sie.« Und dennoch zögerte sie. »Ich wollte mit Ihnen darüber reden, was Sie draußen gesehen haben, denn es ist nicht das, was Sie denken. Zwischen mir und James läuft überhaupt nichts.«

Bran schob den Papierstapel beiseite, den er abwesend durchgeblättert hatte. »Das sah aber ganz anders aus.«

»Ich schwöre, ich habe null Interesse an ihm.«

»Er hat Sie angefasst.«

Ein Schatten legte sich über ihr Gesicht. »Das war nicht ...«

»Das war nicht was? Hat er Sie ohne Ihre Zustimmung angefasst?«

Sie schlang die Arme um ihre eigene Taille und schloss kurz die Augen. «Er mag mich nicht und respektiert mich auch nicht. Wenn das der Fall ist, sind Männer manchmal ...«

Brans Herz hämmerte plötzlich, und seine Haut fühlte sich heiß an, weil das Blut darunter so heftig pochte. Er machte einen Schritt auf sie zu, stand jetzt ganz nah vor ihr. »Was sind Männer dann manchmal? Sagen Sie mir, was da los war, denn ich stelle mir gerade Szenarien vor, die nicht gut für meinen Blutdruck sind.«

»Wieso ist Ihnen das so wichtig? Sie mögen mich doch auch nicht.«

Er wandte den Blick ab. »Ich mag Sie sehr wohl.« *Viel zu sehr.* »Und nun raus mit der Sprache.«

»Sie sind Arschgeigen.« Sie schlug sich die Hand vor den Mund. »Entschuldigung, das war unangemessen. Was ich sagen wollte ... die Männer, mit denen ich arbeite, sind manchmal ... Naja, wenn ihr Stolz verletzt wird – und aus irgendeinem Grund habe ich ein Talent, den Stolz der Männer zu verletzen –, dann verhalten sie sich wie echte Arschgeigen. Was Sie eben gesehen haben, war James' Version dieses anmaßenden Arschlochverhaltens.«

Brans Kiefer arbeitete noch immer. Er hatte gesehen, dass James Ireland unsanft angefasst hatte, und wenn das nichts mit Leidenschaft zu tun gehabt hatte, würde er den Mistkerl vielleicht wirklich umbringen müssen.

Wie konnte er es wagen, ihr zu drohen? Überhaupt einer Frau zu drohen?

Ireland war intelligenter als James, und das wusste dieser Spinner genau. »Das ist mehr als Arschlochverhalten. Der Mann hat Sie sexuell belästigt. Sie womöglich angegriffen.« Bran unterbrach sich und fuhr sich mit der Hand durchs Haar. Ihm war plötzlich ein ganz anderer Gedanke gekommen. Er war ihr Boss, und er hatte sie geküsst ... »Haben Sie meinen Überfall ebenso empfunden? Auf dem Boot, meine ich.«

»Nein. Das war etwas anderes. Außerdem habe ich damals noch nicht für Sie gearbeitet.«

Er war dennoch sauer auf sich selbst. Er hatte sich ihr gegenüber ebenfalls wie eine Arschgeige verhalten, auch wenn sie zu jenem Zeitpunkt nicht als seine Beraterin fungiert hatte. »Ich hätte Sie niemals einfach anfassen dürfen. Das war falsch.«

Ireland machte einen Schritt auf ihn zu. »War es nicht. Ich meine, ja, Sie haben mich wütend gemacht, aber ...«

»Aber?« Er brauchte kein Aber. Sie sollte ihm zustimmen.

»Wie schon gesagt, ich mag Ihre Hände auf meiner Haut.« Ihr Gesicht lief flammendrot an, rot wie ihr Feuerhaar. Oder ihr Temperament, wenn man sie provozierte.

Obwohl der logisch denkende Teil seines Gehirns ihn anbrüllte, dass diese Unterhaltung komplett in die falsche Richtung lief, hoben sich seine Mundwinkel. »Richtig, Sie sagten es ja schon. Mehr Hände, weniger Gerede.«

Sie verzog die Lippen zu einem Grinsen. »Bei Ihnen muss ich aufpassen, was ich sage. Es steigt Ihnen sonst nur zu Kopf.«

»Mir sagt schließlich nicht jeden Tag eine schöne Frau, dass sie meine Hände auf ihrer Haut genießt.«

»Eine schöne Frau?« Sie schob ihre Brille höher. »Ich bin nicht schön.«

Er schnaubte.

Sie legte die Stirn in Falten. »Ich habe ein Paar Dinger, auf die Männer stehen, aber sonst ...«

Richtig. *Dinger.* Sie besaß riesige Brüste, die einem Mann das Wasser im Mund zusammenlaufen ließen. »Wir können sie gern ›Dinger‹ nennen, wenn Ihnen das gefällt. Und der Rest ist ebenfalls ganz hervorragend.«

»Ich stottere«, fuhr sie fort, als hätte sie ihm gar nicht zugehört. »Ich bin nicht gut darin, mich zu streiten. Und ich trage eine Brille.«

»Die Brille sieht rattenscharf aus an Ihnen. Mir gefällt sogar das Stottern, weil es bedeutet, dass ich eine Wirkung auf Sie habe.«

Sie legte den Kopf schief. »Wieso sollten Sie das wollen? Eine Wirkung auf mich haben wollen?«

Gute Frage. Er sollte es nicht tun und nicht wollen. Dennoch machte Bran einen weiteren Schritt auf sie zu. Denn er wollte es ... Er wollte unbedingt eine Wirkung auf sie haben. Er wollte, dass sie sich gut fühlte, dass seine Wirkung sich gut für sie anfühlte.

Er streckte die Hand aus und berührte ihre Schulter, ließ seine Hand langsam ihren Arm hinabgleiten. Dann zog er sie sanft näher zu sich. »Sagen Sie mir, dass ich aufhören soll.«

»Wieso sollte ich das tun?«, fragte sie abwesend, während er weiter über ihren Arm strich.

»Weil ich Ihr Chef bin.« Was er schleunigst ändern sollte ... »Das ist nicht richtig.« Er wollte zurücktreten, aber Ireland beugte sich vor und lehnte ihre Stirn gegen seine Brust. Er kämpfte dagegen an, ihren Kopf mit seiner Handfläche zu bedecken. Kämpfte gegen all seine Instinkte an.

Ireland schlang locker die Arme um seine Taille. »Es gilt nur als Belästigung, wenn es unerwünscht ist oder ich mich unter Druck gesetzt fühle, etwas mit Ihnen anzufangen, weil es meiner Karriere nützen könnte. Zu Ihrem Glück brauche ich aber diesen Job gar nicht.«

»Gut.« Er rieb ihr über den Rücken, denn er war bereits dabei, den Kampf zu verlieren, und konnte seine Hände einfach nicht von ihr lassen. »Weil ich glaube, dass wir nicht länger zusammenarbeiten können.«

»Wegen James?«

»Nein. Deswegen.« Bran senkte den Kopf und küsste sie sachte auf die weichen, vollen Lippen, die ihn vom ersten Augenblick an gelockt hatten. »Sie sollten mir wirklich sagen, dass ich aufhören soll.«

»Okay. Hör auf zu reden und küss mich nochmal.«

Sie würde ihn noch umbringen.

Er sollte nicht auf sie hören. Er musste die Dinge unter Kontrolle behalten.

Aber dafür war es doch längst zu spät.

Bran rahmte ihr Gesicht mit seinen Händen und küsste sie mit einer solchen Leidenschaft, dass es ihm selbst ein wenig Angst machte. In diesem Augenblick konnte er sich nicht daran erinnern, wieso es eine schlechte Idee sein sollte, Ireland zu küssen und anzufassen, und es war ihm auch völlig egal.

Er fuhr mit den Händen an ihren Armen entlang, strich über ihren Rücken und fühlte die Rundung des perfektesten Hinterns unter seinen Handflächen. Vielleicht war er auch nur perfekt, weil er Ireland gehörte.

Er hielt inne. Er musste seine Hände unbedingt von ihrem perfekten, wohlgeformten, üppigen Hintern nehmen

…

»Denk' nicht mal daran, jetzt irgendwas zu sagen«, mahnte sie. »Vergiss bloß nicht die Regel.«

Er stöhnte auf. Er war nahe davor, völlig die Kontrolle zu verlieren.

Sie ließ ihre Handflächen über seine Brust und hinab zu seinem Bauch wandern, und seine Leisten spannten sich an. »Hör auf nachzudenken«, sagte sie mit heiserer Stimme.

Dann trat sie zurück und zog ihn mit sich, bis ihre Oberschenkel gegen seinen Schreibtisch stießen.

Bran umfasste ihren Hintern und hatte sie in weniger als einer halben Sekunde auf den Schreibtisch gehoben. Sie war einfach zu schön. Zu begehrenswert. Zu süß und zu sexy.

Sie schlang ihre Beine um seine Taille, und ihre Wärme presste sich gegen seine Erektion. Er hörte auf, darüber nachzudenken, was er tun oder lassen sollte.

Dann ließ er seine Hände über ihre üppigen, prallen Brüste wandern, und sie stöhnte, schlang ihre Beine noch enger um ihn.

Sie lehnte sich zurück und zog ihn mit sich hinab, bis er über sie gebeugt war. Er küsste sie mit einer Leidenschaft, von der er gar nicht gewusst hatte, dass er sie besaß. Einen Moment lang sorgte er sich, dass er ihr wehtun könnte, und zögerte.

Statt ihn wegzustoßen, zog Ireland sein Oberteil hoch. Er hob schnell die Arme, damit sie ihm das Hemd über den Kopf ziehen und er seine Hände rasch wieder dorthin zurücklegen konnte, wo sie gerade gewesen waren – auf ihren Hüften, der glatten Einbuchtung ihrer Taille und gleich darauf wieder auf ihren weichen Brüsten.

Irelands Hände berührten seine nackte Brust, und seine Muskeln reagierten auf die Empfindung.

Bran ließ seine Knöchel unter den Saum ihrer Bluse

gleiten. Er hätte alles getan, um sie Haut an Haut zu spüren, aber er wollte nichts forcieren. Er war immer noch ziemlich sicher, dass nichts hiervon passieren sollte, konnte sich aber schlicht nicht dazu durchringen aufzuhören.

Das musste er auch nicht. Denn Ireland zog sich selbst die Bluse über den Kopf und warf sie beiseite.

»Oh Mist. Du bist so schön«, murmelte er, bevor er die üppigen Hügel ihrer Brüste küsste, die in dem schwarzen Satin-BH hochgedrückt wurden. Sie kippten ein wenig zur Seite, weil sie auf dem Rücken lag. Keine falschen Brüste, wie er zu Beginn angenommen hatte. Alles an Ireland war natürlich – ihre Figur, ihre Intelligenz, ihre Leidenschaft.

Er hatte alles um sich herum vergessen, liebkoste ihre Brüste, berührte ihre weichen, gerundeten Schultern, packte ihre Hüften – und dann spürte er, wie sie am Reißverschluss seiner Jeans nestelte.

Das riss ihn aus seiner lustvollen Trance.

Es reichte aus, dass er sich ihr entzog.

Es reichte aus, ihm erneut klarzumachen, wie falsch das hier war. »Ireland, wir müssen aufhören.«

Sie sah ihn verwirrt an.

»Ich habe nichts dabei. Zur Verhütung.«

Ihr Blick veränderte sich langsam, als ihr klarwurde, was er gesagt hatte. »Ich auch nicht. Ich hatte nicht damit gerechnet ...« Sie schenkte ihm ein schüchternes Lächeln.

Er zog sie hoch, so dass sie vor ihm auf seinem Schreibtisch saß, bevor er sie an sich drückte. Sie fühlte sich wunderbar an. »Dann eben nicht jetzt.« Aber später vielleicht? Dachte er ernsthaft darüber nach, etwas mit Ireland anzufangen?

Er hatte einen völlig falschen Eindruck von ihr gehabt, als er ihr begegnet war. Sie war keine dieser oberflächlichen, schönen Frauen. Aber bedeutete das auch, dass sie deswegen weniger gefährlich war? Er hatte die Dinge nie bis zum Ende durchdacht, wenn es um sie ging. Dafür sprach ja auch die momentane Situation.

Er hielt sie noch fester. Auch wenn es das Gegenteil von ›auf Nummer sicher gehen‹ bedeutete, sie war die erste Frau, die er nicht loslassen wollte. Was wiederum bedeutete, dass er seine Selbstkontrolle wieder in den Griff bekommen und alles richtig machen musste, wenn er das mit ihr hinkriegen wollte.

»Ich würde gern mit dir ausgehen. Darf ich dich ausführen?«

Scheiße, wann hatte er das letzte Mal eine Frau ganz förmlich um ein Date gebeten? Das war so lange her, dass er sich nicht erinnern konnte.

Sie beugte sich vor und drückte ihm einen Kuss auf die Brust, bevor sie nickte. »Das würde mir gefallen.«

Ireland war nicht das, was er geplant hatte. Er war nicht einmal sicher, ob er es tatsächlich mit ihr aufnehmen konnte. Aber er war zur Abwechslung endlich einmal willens, das Risiko einzugehen.

KAPITEL 13

»Ich hatte ja keine Ahnung, dass die Planung einer Hochzeit so verdammt nervig ist.« Cali durchquerte das Wohnzimmer mit ihrem Hund Buddy auf dem Arm, während sie einen vollen Wäschekorb mit einem Fußtritt aus dem Weg beförderte.

Cali setzte Buddy auf seinem Sofabettchen ab, das schlicht ein weiches Hundekörbchen auf der Couch war, damit Buddy von dort aus den Überblick über das Wohnzimmer hatte, wie es einem kleinen Prinzen gebührte. »Am Strand oder doch lieber im Club? Vielleicht sogar auf dem See … Herrgott, es gibt zu viele Möglichkeiten, und Jaeg ist mir keine Hilfe, denn er sagt, das muss ich entscheiden. Er sagt, er wäre auch glücklich, wenn wir einfach nur aufs Standesamt gehen, um die Sache offiziell zu machen. Und dann haben uns seine Eltern ihr Anwesen für die Party vorgeschlagen, mit bester Aussicht auf den See, also haben wir diese Option auch noch. Ich meine, es ist ja wunderbar, Optionen zu haben, aber ich möchte, dass es passt, und kann mich nicht entscheiden … Ireland, hörst du mir überhaupt zu?«

Ireland lag neben Buddy auf dem Sofa, in Tagträumen versunken, mit einem Ohr bei ihrer Cousine, während sie das Gefühl, sich in Brans Armen zu befinden, immer wieder aufs Neue heraufbeschwor. Ausgerechnet der Kerl, der sie andauernd von sich gestoßen hatte. Außer, als er sie an sich gezogen hatte.

Und hui, hui, hui, gestern Abend hatte er sie gestreichelt und liebkost. Die Bilder im Kopf – sein sexy zerzaustes Haar, als er ihre Brüste geküsst hatte – sorgten dafür, dass sie sich wohlig auf der Couch wand. Ireland krächzte: »Ich hör' dir zu.«

Cali warf ihr einen ungläubigen Blick zu.

Ireland und Bran hatten aufgehört, bevor es zu heißem Sex auf seinem Schreibtisch gekommen war, weil Bran seinen Verstand eingeschaltet und sich daran erinnert hatte, dass er keine Kondome dabeihatte. Während Irelands Gedanken nur darum gekreist waren, wie sie ihn am schnellsten von seiner Hose befreien konnte. Was stimmte bloß nicht mit ihr?

Sie war sexuell nie aggressiv vorgegangen, aber gestern hatte sie dem armen Kerl die Kleider vom Leib reißen wollen. Sie hatte jegliche Bedenken in den Wind geschlagen und es beinahe mit ihm getan, ohne auch nur eine Sekunde lang über die Konsequenzen nachzudenken. Konsequenzen wie eine Schwangerschaft zum Beispiel.

Ein Baby. Mit Bran. Himmel, das waren wirklich verrückte Gedanken, aber dennoch stellte sie sich kleine Jungs mit dunkelblonden Haaren und intensiv blauen Augen vor. Die sie mit einem Mann bekommen würde, der heiß und kalt und verdammt verwirrend war. Sie musste den Verstand verloren haben!

Er hatte sie gestern Abend um ein Date gebeten, und das würde sie auf keinen Fall ausschlagen. Sie war neugierig, das war alles. Die Art und Weise, wie er sie geküsst und angefasst hatte, mochte auch etwas damit zu tun haben. Denn der Mann war talentiert. Niemand hatte sie je mit solcher Ehrfurcht und Leidenschaft berührt, wie Bran das getan hatte. Als schätze er sie wirklich …

Sie musste aufhören, an ihn zu denken.

»Hallo? Erde an Ireland«, schimpfte Cali. »Woran zur Hölle denkst du eigentlich gerade? Du grinst und windest dich auf dem Sofa und ignorierst meinen Ausraster total.«

»Tut mir leid.« Ireland musste sich dringend wieder einkriegen. Es war nur ein Date, und Bran hatte bisher nicht angerufen, um etwas auszumachen.

Würde er anrufen? Was, wenn er die Sache wieder abbliese?

»Ireland!«

Mist. »Ja. Ich höre doch zu.«

Cali ließ sich auf die Couch plumpsen und zwang Ireland damit, schnell zur Seite zu rücken, weil sie sich sonst auf sie gesetzt hätte. »Was soll das alberne Lächeln?« Cali riss die Augen auf. »Hast du etwa Sex gehabt?«

»Was? *Nein*«, erwiderte Ireland schnell. Aber sie war verdammt nah dran gewesen. Hach.

»Was ist denn dann mit dir los?«

Ireland konnte das nicht vor Cali geheim halten. Ihre Cousine ging über Leichen und würde sie so lange nerven, bis sie einknickte. »Bran hat mich gestern Abend um ein Date gebeten. Aber wir haben noch nichts Konkretes ausgemacht, also mach bitte kein großes Ding daraus.«

Cali drückte Irelands Hand so fest, dass es wehtat. »Ach du grüne Neune. *Bran* hat dich um ein Date gebeten? Weißt du überhaupt, was das bedeutet?«

Ireland verlagerte ihr Gewicht und betrachtete ihre Hand, die in Calis Griff schon dunkelrot anlief. »Dass er mich zum Abendessen einladen möchte? Ich bin nicht von vorgestern, ich hatte schon ein paar Dates.« Gelegentlich, ja ... Na schön, nicht sehr viele. Und noch nie mit jemandem, der so begehrenswert war wie Bran.

Cali hüpfte auf dem Polster auf und ab, aber wenigstens ließ sie endlich Irelands Hand los. »Wir reden hier von Bran, auch bekannt als der Mönch unter den Cade-Brüdern. Der geht niemals aus.« Sie verzog den Mund. »Na gut, er geht sehr selten aus. Kaum vorstellbar, dass ein so gutaussehender Kerl kaum je Sex hat.«

Ireland zog die Brauen zusammen. Der Gedanke an Bran mit anderen Frauen gefiel ihr nicht. »Komm mal zum Punkt.«

»Der Punkt ist«, triumphierte Cali, »dass ich noch nie gehört habe, dass er an irgendjemandem interessiert genug gewesen wäre, um ganz offiziell um ein Date zu bitten. Er bringt nie eine Frau mit. Wenn wir unterwegs sind, quatscht er keine Frauen an. Hast du eine Vorstellung davon, was für ein Riesending das ist?«

»Bin ziemlich sicher, dass es kein Riesending ist.«

Calis Blick ging träumerisch in die Ferne. »Du wirst Bran heiraten.«

Ireland lachte und schnippte vor Calis Gesicht mit den Fingern. »Bist du noch da? Denn du hast gerade den Verstand verloren.«

»Nein, hör mir zu.« Buddy schlich sich auf Calis Schoß, und sie streichelte ihn abwesend. »Wenn Bran dich um ein Date gebeten hat, meint er es ernst mit dir.«

Oder er ist eben notgeil, dachte Ireland. »Du musst dringend aufhören, so besessen von deiner Hochzeit zu sein. Das färbt jetzt auch schon auf andere ab.«

»Na schön, dann nenn' den Teil mit der Hochzeit eben

eine Vorhersage. Aber zweifelsohne hat er es ernsthaft auf dich abgesehen.«

Ireland lachte erneut. »Wir haben nur ...« *Eine Wahnsinns-Chemie? Wir wollen uns nur die Kleider vom Leib reißen? Und können die Finger nicht voneinander lassen?*

Cali hob eine Braue. »Ihr habt nur was?«

»Wir hätten es fast getan. Und das war ganz schön scharf, also ... hat er mich um ein Date gebeten.«

Cali schlug ihr auf den Arm, und Ireland befürchtete langsam, dass sie am Ende dieses Gesprächs blaue Flecken hätte.

»Ach du Scheiße!« Bevor sie es sich versah, lag Cali praktisch auf ihr und drückte sie aufgeregt an sich, während Buddy irgendwo dazwischen zerdrückt wurde und sich mit den Pfoten gegen Irelands Bauch stemmte, um sich aus dieser misslichen Lage zu befreien. »Er liebt dich!«

Ireland rettete Buddy vor der Müllpresse, in die sich ihre durchgeknallte Cousine verwandelt hatte. »Jetzt komm wieder runter. Er liebt mich ganz gewiss nicht.«

In diesem Moment kam Jaeg zur Tür herein, und Buddy sprang auf ihn zu.

»Na, was ist denn hier los?« Jaeg hob Buddy mit einer Hand vom Boden hoch.

»Ireland und ...«

Ireland schlug Cali die Hand vor den Mund. Das fehlte ihr gerade noch – Cali würde aller Welt erzählen, dass Bran sie liebte, bevor der überhaupt mit ihr ausgegangen war. »Gar nichts. Deine Verlobte hat bloß bei der Hochzeitsplanung ihren Verstand verloren. Denkst du, wir sollten ihr eine Brautzilla-Therapie verordnen?«

Jaeg nickte. »Vielleicht, ja. Oder wir bringen sie dazu, sich bis zum Ende der Woche für eine Location zu entscheiden.«

Cali setzte sich wieder normal hin und gab Ireland damit auch endlich wieder Raum. Die nahm vorsichtig die Finger von Calis Mund und bedachte ihre Cousine mit einem warnenden Blick, den Cali zu verstehen schien.

Cali schüttelte ihr Haar auf und sah ihren Verlobten an. »Unsere Hochzeit wird der wichtigste Tag unseres Lebens. Wir können den nicht einfach irgendwo verbringen.«

»Klar können wir das. Immer noch besser, als einen Rekord für die längste Verlobungsphase des Jahrhunderts aufzustellen. Lass uns endlich heiraten, Baby. Wen juckt es schon, wo das Ganze stattfindet? Der Augenblick wird überall und auf jeden Fall wunderbar sein.«

Augenblicklich standen Cali Tränen in den Augen, und sie stand auf, eilte zu Jaeg hinüber und umarmte ihn. »Du bist der liebenswerteste Mann der Welt und du hast recht. Ich werde mich dazu zwingen, bis zum Wochenende endlich zu entscheiden, wo ich dich heiraten will.« Sie biss sich auf die Lippen und schaute zu Ireland hinüber. »Einfach wird das aber nicht.«

»Ich helfe dir«, bot Ireland an.

»Habe ich schon mal erwähnt, dass du die beste Cousine der Welt bist?«

»Ja, aber ich höre das gern jeden Tag.«

»Du bist die beste«, sagte Cali. »Und jetzt hilf mir mit der Wäsche, damit wir rechtzeitig zu Wes' und Kaylees Einweihungsparty kommen.«

Ireland zog ein Handtuch aus dem Wäschekorb und begann, es zu falten. »Einweihungsparty? Wohnen die beiden jetzt nicht schon eine ganze Weile in dem Haus?«

»Doch, aber als sie gerade eingezogen waren, haben sie gleich geheiratet, und dann kam das Baby. Eins nach dem anderen, so dass sie nie eine richtige Einweihungsparty hatten.«

»Bist du sicher, dass es okay ist, wenn ich da mitgehe?«

»Kaylee hat sogar nach dir gefragt, ob du Zeit hast. Ich habe die Einladung in deinem Namen angenommen.«

Ireland verdrehte die Augen. Cali war wirklich ein bisschen penetrant, aber sie hatte ein großes Herz und meinte es immer gut.

Und Ireland wollte sich nicht beklagen. Cali hatte ihr Bran vorgestellt, und nach einem zugegebenermaßen holprigen Start sah die Sache doch nun ganz gut aus.

KAPITEL 14

Bran stellte eine Flasche des besten Weins, den sie im *Prime* ausschenkten, auf den Küchentisch in Wes' und Kaylees Haus, während die lauten Stimmen seiner Brüder den Raum einnahmen.

Wes blickte auf und kam zu ihm herüber. Er schlug Bran auf die Schulter. »Schön, dass du kommen konntest. Kaylee freut sich schon darauf, mit den neuen Möbeln anzugeben. Ist auch besser, dass sie die Bude eingerichtet hat und nicht ich.«

»Da hast du verdammt recht.«

Wes sah ihn mit gespielter Verletztheit im Blick an. »Ich habe sehr wohl Geschmack. Ich habe mir Kaylee ausgesucht. Sie macht meine Welt schöner.«

»Wahre Worte, mein Guter. Sie hat dich aus der Ein-Zimmer-Hütte rausgeholt.«

»In der du jetzt wohnst.«

Bran grinste. »Was nicht kaputt ist, ist noch zu gebrauchen.« Er sah sich im Raum um. Kaylee und Wes lebten seit fast einem Jahr in dem neuen Haus, waren aber erst kürzlich damit fertiggeworden, es einzurichten und zu dekorieren.

Es war merkwürdig, wenn man darüber nachdachte, wie viel sich in den letzten paar Jahren verändert hatte. Es war noch nicht so lange her, dass alle Brüder solo gewesen waren. Jetzt waren Wes und Adam verheiratet, Levi und Emily arbeiteten ebenfalls auf ihr Eheglück hin. Von fünf Brüdern hielten nur noch Bran und Hunt die Stellung als Singles. Und das ergab Sinn.

Bran konnte sich nicht vorstellen, dass Hunt jemals sesshaft werden würde; er liebte die Frauen zu sehr. Dass dieser Kerl sich an eine einzige binden würde, war mehr als unwahrscheinlich. Dazu kam noch, dass Hunt sich jedes verdammte Mal die falsche Frau aussuchte. In dieser Hinsicht waren Bran und Hunt auf ganz ähnliche Weise verflucht.

Wenn Bran seinen Instinkten erlauben würde, sein Handeln zu bestimmen, wäre er höchstwahrscheinlich in derselben Situation wie Hunt – und würde die ganze Stadt bestäuben, eine schöne Frau nach der anderen. Bran hatte Vorkehrungen getroffen, um seine Gewohnheiten zu ändern. Er hatte Regeln aufgestellt. Er musste allerdings zugeben, dass er einige dieser Regeln ignoriert hatte, seit Ireland auf der Bildfläche erschienen war.

Er wollte sie ausführen, na und? Er wollte sie auch nackt sehen, na und? War das so falsch?

Bran schlief gelegentlich mit Frauen ... bei seltenen Gelegenheiten. Wenn er das Gefühl hatte, dass es sicher war und keine Verbindlichkeiten damit einhergingen, keine Gefühle im Spiel waren. Aber seit Ireland in sein Leben getreten war, fühlte er sich eher wie ein eingesperrtes Tier, hungrig nach ihrer Aufmerksamkeit. Die Intensität seiner

Empfindungen ließ seine Alarmglocken schrillen, aber er musste sie trotzdem um ein Date bitten.

Er würde dafür sorgen, dass die Sache unverbindlich blieb. Respektvoll, aber unverbindlich. Und hoffentlich, wenn er Glück hatte, nackt.

Ireland nackt ...

Bran schloss ganz fest die Augen und atmete langsam aus, während die Flammen sich von seinem Brustkorb abwärts zu seinem Schritt fraßen.

Er musste aufhören, sich Ireland ohne ihre Kleider vorzustellen. So konnte er kaum rational bleiben, denn sein Blut floss augenblicklich vom Hirn nach Süden, und dort fand ganz sicher keine sinnvolle Entscheidungsfindung statt.

Hatte er sich tatsächlich selbst überzeugt, dass er locker damit umgehen, die Sache unverbindlich halten konnte? Gott steh ihm bei, wenn er sich irrte. Es gab bereits genug Katastrophen in seinem Leben, um die er sich kümmern musste, er wollte der Liste wirklich keine romantische Katastrophe hinzufügen.

Ein hohes Quietschen kam aus dem Wohnzimmer.

Bran blickte an seinen Brüdern vorbei, die sich in der Küche drängten, und erspähte Hunt, der sich bereits die Aufmerksamkeit des einzigen weiblichen Wesens im Raum gesichert hatte.

Bran ging hinüber und starrte auf seinen jüngeren Bruder hinab, der auf dem Boden lag und seine winzige Nichte auf seiner Brust balancierte. »Du hast es immer noch drauf. Sie sabbert ja schon bei deinem Anblick.«

Hunt schenkte Harlow ein albernes Grinsen und hob sie über seinen Kopf, um ›Flugzeug‹ zu spielen. »Kann ich was dafür, dass die Frauen mich lieben?«

Das Baby kicherte, und ein Spritzer Sabber landete auf Hunts T-Shirt.

»Hör auf, sie ständig in Beschlag zu nehmen«, schimpfte Bran. »Ich habe Harlow seit mindestens einer Woche nicht gesehen. Wes war zu eingespannt mit dem Golfplatz, um sie mal im Restaurant vorbeizubringen. Also gib sie schon her.«

Hunt warf ihm einen beleidigten Blick zu und rappelte sich hoch, hielt das Baby dabei im Arm. »Nur noch eine Minute. Ich habe sie mir doch gerade erst geschnappt und habe noch längst nicht genug von ihr.«

Bran nahm Harlow auf den Arm und zupfte ihr lavendelfarbenes Kleidchen zurecht, zog es über ihren runden Bauch und rückte dann die Leggings zurecht. Dabei machte er mit dem Mund Pupsgeräusche auf ihrer molligen, kleinen Hand.

Das Baby lachte begeistert in sich hinein und sabberte dabei.

Wes hatte gesagt, dass Harlow zahnte und deswegen so viel Sabber produzierte, aber Bran hatte keine Ahnung von sowas. Er wischte ihr den Mund mit dem sauberen Ärmel seines feinen Hemds ab und küsste sie dann auf das Köpfchen.

Harlow war das erste Baby, mit dem die erwachsenen Brüder es zu tun hatten, und sie verwöhnten sie nach Strich und Faden. Sie war außerdem die erste weibliche Cade in zwei Generationen. In Brans Generation waren eben lediglich fünf Jungs nacheinander zur Welt gekommen. Und nun wurde Harlow mit Aufmerksamkeit überschüttet und hatte die geballte Kraft fünf erwachsener Männer mit übertrieben ausgeprägtem Beschützerinstinkt zu ihrer Verfügung.

Kaylee saß ihnen ständig im Nacken, weil sie Harlow verwöhnten, aber das beeindruckte keinen von ihnen. Ein

Cade hatte es im Blut, ein weibliches Wesen nicht weinen zu lassen.

Ihre winzige Nichte würde ihnen ganz sicher graue Haare bescheren, wenn sie erwachsen wurde. Es würde Streit und Prügel und Blutvergießen geben: Jeder Kerl, der sich Harlow näherte, bekäme es mit fünf muskelbepackten Riesen (und all deren Freunden) zu tun, die bereit waren, Knochen zu brechen, wenn er es wagte, ihr wehzutun. Allerdings schien seine Nichte zugegebenermaßen das hitzige Temperament der Cades geerbt zu haben. Also brauchte er sich vielleicht gar nicht allzu sehr um sie zu sorgen. Das Mädchen besaß eine gesunde Lunge und wusste sie einzusetzen.

Bran ließ sich mit ihr auf dem Boden nieder und baute Türme aus Bauklötzen, die Harlow dann umgehend mit ihren Baby-Godzilla-Ärmchen wieder umstürzte. Sie schaukelte auf ihrem winzigen Hintern vor und zurück, feuerte ihn begeistert an, wiederaufzubauen. Was er selbstverständlich auch tat.

Er verwöhnte sie nicht. Er half ihr dabei, starke Arme zu entwickeln. Selbst Wes würde zugeben müssen, dass das ein gutes Training für Harlows zukünftige Golfkarriere war.

Bran hob das Baby hoch und küsste es auf die weiche Wange, während es »Da-da-da« machte und mit den pummeligen Beinchen strampelte, in seinem Arm hoch und runter hüpfte. Vielleicht würden sie ihr erlauben, mit Jungs auszugehen, wenn sie 30 wäre. Mit einem Kerl, der sich respektvoll verhielt und sie wie eine Königin behandelte.

Hunt stand ungeduldig daneben und verdrehte die Augen über Brans Getue. Dann wanderte sein Blick zur Tür, als hätte er trotz Harlows Quieken etwas anderes gehört. Ein breites, raubtierhaftes Grinsen huschte über sein Gesicht. »Na sieh mal einer an, wen wir da haben. Ich habe mich schon gefragt, ob sie auftaucht. Die ist scheu, schwer zu fassen. Das mag ich.«

Bran folgte mit den Augen Hunts Blick, und sein Herz setzte einen Schlag aus. Ireland stand mit Cali und Jaeg in der Tür, und Wes bat sie alle herein.

»Ireland ist tabu«, sagte Bran knapp und zuckte selbst zusammen, weil die Antwort so automatisch gekommen war.

Hunt glotzte ihn an. »Seit wann?«

Bran würde sie ganz sicher nicht offen für sich beanspruchen. Er wollte sie, aber er hatte sich vorgenommen, dass er es locker angehen würde. Was wiederum nicht bedeutete, dass er zulassen würde, dass sein Bluthund von einem Bruder sich an sie ranmachte. »Ireland ist Calis Cousine. Cali zwickt dir höchstpersönlich die Nüsse ab, wenn du sie verletzt.«

Hunt bedeckte seinen Schritt unwillkürlich mit den Händen. »Erstens solltest du sowas nie zu mir sagen, weil mir dann sofort übel wird. Zweitens weiß ich überhaupt nicht, wovon du redest. Ich liebe die Frauen; keine verlässt mein Bett unglücklich.«

»Aber lässt du dich auch auf eine ein?«

Hunt funkelte ihn an, aber es war ironisch gemeint. »Zur Hölle, nein.« Hunts Blick wanderte über Irelands Kurven. »Aber Ireland ist ...«

»Tabu.«

Hunt zog die Brauen zusammen. »Wenn ich nicht wüsste, dass du enthaltsam lebst, würde ich sagen, dass du sie für dich willst.«

Bran schob das Baby vom einen auf den anderen Arm, und sie verkrallte sich mit ihren kleinen Klammerfingern in seinem Hemd. Die Händchen waren ganz schön kräftig für ein so kleines Wesen. »Ich bin bloß pragmatisch. Ich nehme doch an, dass du irgendwann mal deine eigene Harlow möchtest. Dafür brauchst du aber deine Nüsse noch.«

Hunt wand sich. »Hör auf, über meine Eier zu reden, als würden die ohne mich irgendwo hingehen.« Er warf einen weiteren Blick in Richtung Haustür und grinste. »Mach dir keine Sorgen wegen Ireland. Ich weiß doch, was ich tue.«

Er machte einen Schritt auf die Tür zu, und Bran streckte den Arm aus, schlug ihn Hunt vor die Brust. »Ich meine es todernst.«

Hunt kniff die Augen zusammen und hob herausfordernd das Kinn. »Hab' ich's mir doch gedacht. Wenn du das nächste Mal eine Frau für dich haben willst, sag' es doch einfach.« Er marschierte davon, bevor Bran widersprechen konnte.

Spielte auch keine Rolle. Wen interessierte es schon, ob sein Bruder glaubte, dass Bran Interesse an Ireland hatte? Das hatte er, zu einem gewissen Grad. Aber das bedeutete nicht, dass es etwas Ernstes war.

Bran hob das Baby ein bisschen höher und ging in die Küche, um die Neuankömmlinge zu begrüßen. Und Ireland. Aus reiner Höflichkeit.

Wenn sie als Software-Beraterin ins *Prime* kam, war Ireland die zugeknöpfte Professionalität in Person, aber die wenigen Male, wenn Bran sie außerhalb der Arbeit gesehen hatte, hatte sie Kleidung getragen, die sich um ihre Wahnsinnskurven schmiegte. Heute war einer dieser Abende, und der Anblick brachte Brans Herz zum Stolpern. Sie besaß von Natur aus eine umwerfende Figur und ein wunderschönes Gesicht, und beides zusammen brachte ihn um.

Ireland war wohl die schönste Frau, die er je gesehen hatte. Selbstverständlich wollte er ihr nahe sein. Da brauchte sich Hunt gar nicht so aufzuspielen. Dass Bran sich zu ihr hingezogen fühlte, war nur natürlich. Er versuchte lediglich herauszufinden, wie er sich ihr nähern konnte, ohne Komplikationen fürchten müssen.

Damals, als er Ireland zum ersten Mal begegnet war, hatte ihn der kurvige Sexbomben-Look abgestoßen. Das tat er im Grunde immer noch – bei allen anderen Frauen.

Ireland sah er allerdings längst nicht mehr so. Sie war mehr als ein schönes Gesicht und ein heißer Körper.

Nur Gott wusste, was für einen Schaden es anrichten würde, wenn er seinen Gefühlen für Ireland vollständig nachgäbe. Aber nur so ein bisschen? Wie schlimm konnte das schon sein?

Er gab sich ganz cool, trat auf die Neuankömmlinge zu und schüttelte Jaeg die Hand. Dann begrüßte er Cali und wandte sich zuletzt an Ireland. »Schön, dich zu sehen.«

Cool. Ruhig. Das war er. Aber als er Ireland zuletzt gesehen hatte, hatte er ihr die Zunge in den Hals gesteckt, und sie hatte am Reißverschluss seiner Hose gefummelt.

Bran schluckte und versuchte, die Bilder aus dem Kopf zu verbannen, um sich nicht vor allen zu blamieren.

Und dann grabschte das Baby nach seiner Nase, hielt sie mit den winzigen Fingerchen fest und erinnerte ihn wieder daran, wo er war. Brachte ihn zurück auf den Boden der Tatsachen.

Ireland lachte. »Führt sie dich also schon am Gängelband, hm?«

So viel zu cool. Bran schnappte sich die kleinen Finger, die sich an seiner Nase festhielten, und küsste Harlows Hand mit den niedlichen Grübchen. »Darf ich vorstellen, meine Nichte Harlow. Sie weiß, wie sie meine Aufmerksamkeit gewinnt.«

»Ihre Taktik gefällt mir. Sehr subtil. Das muss ich auch

irgendwann mal probieren.« Das humorvolle Funkeln in ihren Augen blieb.

»Du führst mich doch auch an der Leine spazieren.«

Sie hob eine Braue.

Na gut, er flirtete bereits mit ihr. Schadete doch keinem. Ein bisschen Flirten hatte noch nie geschadet. Es waren die Dinge, die darüber hinausgingen, die ihn gestern Abend fast umgebracht hatten. Zum ersten Mal seit der Highschool hätte er beinahe das Verhüten vergessen.

Ireland räusperte sich. »Wegen letzter Nacht ... das war ... unerwartet. Du musst dich nicht verpflichtet fühlen, mit mir auszugehen. Wir müssen das nicht ... äh, fortführen.«

Adam streckte die Hände aus und stahl ihm Harlow aus den Armen, und Bran blickte finster hinterher. *Seine blöden Brüder.* Dann wandte er sich wieder an Ireland. »Du meinst unser Date? Ich habe da schon Pläne. Es sei denn, du hast es dir anders überlegt?«

Sie schüttelte den Kopf. »Nein.« Ein weiches Lächeln breitete sich auf ihren vollen Lippen aus. Lippen, in denen er am liebsten versinken würde ...

Bran rieb sich mit dem Daumen über das Kinn und unterdrückte den Drang, den Kuss-Marathon weiterzuführen, den sie keine 24 Stunden zuvor begonnen hatten. »Was hältst du von Abendessen? Nicht in einem Restaurant, sondern woanders. Da ich den ganzen Tag in Restaurants arbeite, halte ich mich nach Feierabend nur ungern in einem auf.«

Sie legte den Kopf leicht schief. »Was schwebt dir dann vor?«

»Eine Überraschung.«

»Achtung, hier kommt das Baby!« Adam schob Harlow wieder in Brans Arme zurück und eilte davon.

Bran musste sich anstrengen, das sich windende Baby in

den Griff zu bekommen. »Was zum ...?« Er warf einen Blick in Adams Richtung, während Wes ihm quer durch den Raum zulachte und eine Wickeltasche in die Höhe hielt. Bran starrte auf das Baby hinunter. »Dieser ... böse Onkel.«

Wes kam auf ihn zu. »Sieht aus, als wäre Adam sie gerade noch rechtzeitig losgeworden.« Er reichte Bran die Wickeltasche.

Bran wollte sie ihm zurückgeben. »Du bist der Vater. Das ist dein Job.«

Wes hob abwehrend die Hände. »Ich kann nicht. Ich habe Burger auf dem Grill. Außerdem wechsle ich den ganzen Tag lang Windeln. Für dich ist das eine gute Übung.« Wes entfernte sich lachend.

Bran sah Ireland nervös an. »Hast du das schonmal gemacht?«

»Sie ist doch deine Nichte. Hast du es noch nie gemacht?«

»Nein.«

Ireland legte eine Hand vor den Mund und verbarg ein Lächeln. »Das könnte interessant werden.«

Verdammt.

KAPITEL 15

Ireland folgte Bran ins Wohnzimmer, das im Vergleich zu Küche und zum Flur relativ leer war, weil sich die großen Cade-Männer und ihre Partnerinnen alle dort tummelten.

Sie ließ sich auf den Teppichboden sinken und zog die Beine an.

Bran ging in die Hocke und legte Harlow auf dem Boden ab, die Wickeltasche neben seinem breiten Oberschenkel. Er rümpfte die Nase. »Höchste Zeit.«

Ireland sprach leise mit Harlow, die sich schon zum Davonkrabbeln bereitmachte, wenn sich Bran nicht ein bisschen beeilte. Sie warf ihm einen Blick von der Seite zu und sah, wie er die Tasche finster betrachtete. »Du leitest vier Restaurants, kannst aber keine Windeln wechseln?«

Er funkelte sie an. »Natürlich kann ich das.« Er zog eine Windel aus der Tasche und musterte sie, als wäre es irgendeine mysteriöse Vorrichtung. »Wie schwer kann das schon sein?«

Ireland unterdrückte ein Grinsen. Cali und sie hatten weitaus jüngere Cousinen, also hatte Ireland schon die eine oder andere Windel gewechselt. Es war nicht so einfach, wie es aussah. Vor allem, wenn das Baby hellwach und aktiv war wie Harlow.

Ireland zog lustige Grimassen, damit das Baby kichernd abgelenkt war und an Ort und Stelle blieb, während Bran an den Klebebündchen der Windel herumfummelte.

Er starrte auf das Baby hinunter, zuckte die Achseln und zog ihr vorsichtig die Leggings aus.

Ireland hob den Zeigefinger. »Du holst vielleicht besser zuerst die Feuchttücher heraus.«

»Feuchttücher.«

»Für ihren Po. Du weißt schon, bevor du ihr die Windel ausziehst.«

»Natürlich.« Bran wühlte in der Tasche und führte eine rechteckige Packung Feuchttücher zutage.

»Und eine Wickelunterlage«, fügte sie hinzu. »Damit der Teppich keine Flecken abbekommt.«

Bran zog die Brauen zusammen und griff erneut in die Tasche, wühlte darin herum, bis er eine zusammengerollte Unterlage fand. Er breitete sie auf dem Boden aus und platzierte Harlow darauf, aber sie versuchte augenblicklich, sich zur Seite wegzurollen.

Bran legte eine seiner großen Hände sachte auf ihren winzigen Brustkorb und kitzelte sie am Kinn, damit sie weiterhin lachte und vor allem liegenblieb.

»Du kannst ihr den Po abwischen und die Tücher mit in die schmutzige Windel packen, die du dann zusammenfaltest«, wies Ireland ihn an.

Er brauchte beide Hände, um Harlow zu fixieren, und fragte: »Bist du sicher, dass du das nicht übernehmen möchtest? Oder zumindest helfen? Ich nehme, was ich kriegen kann.«

»Auf keinen Fall«, wehrte sie ab. »Dir zuzuschauen, ist sehr unterhaltsam.«

Bran brummelte, und Ireland wechselte in den Schneidersitz, um es bequemer zu haben. Sie überlegte kurz, ob sie ihr Telefon zücken und das ganze fotografisch festhalten sollte, verwarf den Impuls dann aber wieder. Bran würde womöglich kneifen, wenn sie zu viel Aufmerksamkeit auf seine missliche Lage lenkte, und sie wollte zusehen, wie er sich schlug. Ein muskulöser, heißer Kerl, der eine Windel wechselte? Niedlicher würde es heute sicher nicht mehr werden.

Als die Leggings runter waren, nahm Bran die Windel in Augenschein. Der arme Kerl sah richtiggehend verängstigt aus.

Ireland presste die Lippen zusammen und unterdrückte ein Lachen. »Alles in Ordnung?«

»Bestens«, brummte er. Er zog an den Klebeverschlüssen, als würde er ein Pflaster abreißen wollen, und der vordere Teil der schmutzigen Windel fiel nach vorn auf.

Bran schloss die Augen und schüttelte den Kopf. »Womit füttert mein Bruder dieses Kind? Wie kann etwas so Kleines so viel ...« Harlow fing an, mit den Beinchen zu strampeln, und Brans Augen weiteten sich. »Schei– ich meine, Kacke.«

Er zog gleich mehrere Feuchttücher aus der Packung und begann, Harlows Po abzutupfen, als müsse er eine extrem ansteckende Zone säubern.

Ireland konnte das Lachen nicht länger zurückhalten. Sie lachte laut heraus und hielt sich den Bauch. Die anderen Gäste sahen bereits zu ihnen herüber. »Du bist mir keine große Hilfe«, schimpfte Bran, dem bereits die ersten Schweißtropfen auf die Stirn traten.

»Na gut ...« Sie atmete erstickt ein und versuchte, das Kichern zu unterdrücken. »Du hältst die Beine fest und wischst, während ich sie ablenke.« Ireland griff nach einem Spielzeug, das ein Stück entfernt auf dem Teppich lag, und ließ es über Harlows Kopf baumeln. Dabei machte sie wieder Grimassen und versuchte, das Baby dazu zu bringen, nach dem bunten Ding zu greifen.

Nun wurde wild gewischt, aber dann keuchte er auf. »Oh Gott.«

Ireland schaute nach hinten. Er hatte sie doch offenbar ziemlich sauber bekommen. »Was ist denn? Du hast es doch fast geschafft.«

»Da ist ... noch Zeug ... in ihrer ...« Er hob hilflos die Hände. »Das kann ich nicht. Wes! Beweg' deinen Hintern hierher.«

»Sei nicht so ein Waschlappen«, rief Wes laut von der Terrasse hinter dem Haus. Die Schiebetür aus Glas stand offen, und Wes wendete gerade die Burger auf dem Grill.

»Ich bringe ihn um«, grollte Bran und blickte dann Ireland an. »Es ist in ihrer ... ihrer Mumu. Soll ich das da drinlassen?«

»Auf keinen Fall. Dann bekommt sie eine Infektion. Du musst von vorn nach hinten wischen.«

Bran verzog die Oberlippe. »Und was zur Hölle soll das nun wieder heißen?«

»Dass du aufpassen sollst, die Kacke nicht noch tiefer hineinzuschmieren. Wisch' von oben nach unten.« Sie bewegte ihre Hand, um es ihm vorzuführen, und er zog erneut die Brauen zusammen.

»Ich fasse es nicht, dass ich das tue.« Bran schloss die Augen und wischte das Baby sauber, so wie Ireland es ihm gezeigt hatte. Dann öffnete er ein Auge und wischte noch ein letztes Mal. »Gut so?«

Ireland sah hinüber. »Gut so. Und jetzt tauschst du vorsichtig die volle Windel gegen die frische aus. Du ziehst die Klebestreifen über den Tüchern zusammen, die du in der Mitte abgelegt hast, und dann schiebst du die frische Windel unter ihren Popo.«

Bran folgte ihren Anweisungen und machte das überraschend gut.

Sie nickte. »Jetzt schmierst du noch etwas Wundsalbe drauf, damit sie keinen Ausschlag bekommt, dann klebst du die Windel mit den Streifen hier vorne zu, und das war's auch schon.«

Bran benutzte ein weiteres Feuchttuch, um sich die Hände abzuwischen. Er wühlte erneut suchend in der Tasche, während er Harlows strampelnde Beinchen festhielt. Das Baby wand sich verrückt, nachdem es so lange an einer Stelle festgehalten worden war, und Ireland fand keine neuen Spielsachen mehr, mit denen sie die Kleine ablenken konnte.

Bran zog die Salbe heraus und drückte etwas davon auf seinen Finger, verschmierte das Zeug dann schnell auf Harlows Po. Er klappte die Klebeverschlüsse auf und klebte die Windel zu, hob dann beide Hände, als hätte sie die Zeit gestoppt.

Ireland streckte die Hand aus und zog die Verschlüsse noch etwas enger, damit die Windel nicht verrutschen konnte. »Herzlichen Glückwunsch, du hast erfolgreich deine erste Windel gewechselt.«

Harlow rollte sich herum und krabbelte ohne ihre Leggings davon. Ihr kleiner Po wackelte über den Boden, als sie auf Hunt zurobbte, der sie rasch auf den Arm hob.

Bran wischte sich mit dem Unterarm über die Stirn. Er warf die Sachen wieder zurück in die Wickeltasche und hob die volle Windel mit spitzen Fingern vom Boden auf. »Ich nehme nicht an, dass du weißt, wohin damit?«

»Wes oder Kaylee zeigen dir schon, wo du sie entsorgen kannst.«

Bran durchquerte den Raum und wandte sich an Kaylee, während Ireland sich in das Gäste-WC begab, das sie neben der Eingangstür erspäht hatte. Sie machte sich nicht die Mühe, die Tür zu schließen, da sie nur kurz die Hände waschen wollte. Er kam herein, als sie gerade den Wasserhahn zudrehte.

»Oh, pardon«, sagte er und ging rückwärts.

»Ich bin schon fertig. Das Bad gehört dir.« Sie grinste. »Du hast das mit der Windel doch gut hingekriegt.«

Er blickte finster drein, aber es sah zum Lachen aus. Sie trocknete sich die Hände ab, und sie wechselten den Platz. Bran fing an, sich gründlich die Hände zu waschen. »Ich liebe Harlow, aber du lieber Himmel! Windeln wechseln? Ich glaube, dafür bin ich nicht geschaffen.«

Ireland schaute sich zu ihm um und fragte sich, wie komisch es war, dass sie sich hier im Gäste-WC unterhielten. Es war ein intimer Moment, so als hätten sie einen Moment der Zweisamkeit gestohlen. »Niemand wechselt gern Windeln, aber irgendwer muss es trotzdem tun.«

Er trocknete sich die Hände ab und wandte sich ihr zu. »Dann findest du nicht, dass es meine Männlichkeit entzaubert hat? Normalerweise werbe ich nicht um Frauen, indem ich vor ihnen Windeln wechsle.«

Sie lachte. »Aber du wirbst um Frauen?« Die Hälfte der Zeit wirkte Bran desinteressiert. Die andere Hälfte brachte er allerdings damit zu, mit seiner Zunge ihren Mund zu verführen, und sie glaubte zu implodieren, weil seine Berührungen Feuerspuren auf ihrer Haut hinterließen.

Er warf ihr einen sexy Blick zu, und ihre Nippel wurden hart, als hätte er sie zum Appell gerufen.

Sie räusperte sich. Genau darum ging es. Der Mann

stellte eine Gefahr für ihre Seelenruhe dar. »Ich weiß nicht, ich fand es irgendwie sexy. Ein großer, starker Mann, der sich um ein Baby kümmert. Das hat was. Ich finde es scharf.«

Er hob eine Braue, streckte dann die Hand aus und schloss die Tür in ihrem Rücken, so dass sie etwas mehr Privatsphäre hatten. Er stützte sich mit der Hand neben ihrem Kopf ab. »Scharf? Wie scharf denn?«

Sie schluckte. »Sehr scharf.«

Sein Blick wanderte zu ihren Lippen. »Ich finde es sexy, dass du wusstest, was zu tun ist, und mir Anweisungen gegeben hast. Wann hattest du denn mit kleinen Kindern zu tun?«

Ihr Blick war jetzt ganz auf seinen Mund fixiert, der näher zu kommen schien, was sie ablenkte. »Bei meinen Cousinen. Ich habe mehrere Cousinen. Cali und ich liegen vom Alter her in der Mitte, einige der älteren Cousinen haben bereits Kinder.«

Er streckte die Hand aus und ließ die Finger über eine Strähne ihres Haars gleiten. »Ich liebe deine Haare.«

»Meine Haare? Äh, vielen Dank.« Worüber hatten sie gerade geredet?

Windeln. Richtig.

Die meisten Typen hätten ihrem Bruder den Vogel gezeigt, wenn der sie gebeten hätte, eine Windel zu wechseln. Aber Bran hatte sich um Harlow gekümmert, weil er das kleine Mädchen liebhatte. Wie konnte sie das nicht sexy finden?

»I-ich …« Scheiße, sie stotterte schon wieder. Wie zur Hölle sollte sie aber auch klar denken, wenn sein Körper dem ihren so nahe war und seine stahlblauen Augen sie förmlich verschlangen?

»Ach, was soll's.« Ireland packte Brans Hinterkopf und

zog ihn näher an sich heran, bis ihre Lippen sich trafen. Sie küsste ihn und drang mit ihrer Zunge in seinen Mund ein, als er sie auch schon hochhob und sich mit ihr umzudrehen schien. Bevor sie sich versah, saß sie auf der Ablage, die das Waschbecken umgab, und sein breiter Körper drängte sich zwischen ihre Beine.

Sein Mund glitt ihren Hals hinab, während er die Hände von ihrer Taille nach oben wandern ließ und ihre Brüste umfasste.

»Du setzt mich gern irgendwo drauf, was? Schreibtisch, Waschtisch, egal.«

»Ich würde ein Bett vorziehen, aber wenn es sein muss, tut es ein Tisch.«

Das war jetzt das zweite Mal in zwei Tagen, dass Ireland sich plötzlich beim Knutschen mit Bran Cade wiederfand. Was taten sie da nur? Sie war sich nicht einmal sicher, dass sie ihn wirklich mochte. Naja, ganz offensichtlich *mochte* sie ihn, aber sie war sich nicht sicher, ob er gut für sie war.

»Wir sollten besser aufhören«, murmelte sie, während sie sich gleichzeitig zurücklehnte, um ihm ihre Brüste noch besser darzubieten, denn seine Lippen und seine Zunge zogen eine feuchte Spur aus zarten Küssen über die Oberseite ihres Busens, die elektrisierende Blitze in ihren Unterleib sandten.

»Wahrscheinlich«, murmelte er zurück. »Aber ich will nicht.«

»Ich auch nicht. Wie kommt das?«

»Weiß ich nicht. Mir egal.«

Er verschlang erneut ihren Mund mit seinem und packte ihre Pobacken, zog sie eng an sich, so dass sie wieder die Härte seiner Erektion fühlen konnte.

Ireland wurde schwindlig. »Bran, warte.«

Er sah hoch und trat einen winzigen Schritt zurück. »Richtig. Nicht hier.«

Aber woanders? Echt jetzt? Warum konnten sie beide bloß die Hände nicht voneinander lassen?

Ireland mochte Bran, aber bis vor Kurzem war sie nicht sicher gewesen, ob er sie auch respektierte. Eigentlich war sie immer noch nicht sicher. Aber er wuchs ihr zunehmend ans Herz. Der Mann wusste, wie er ihren Körper zum Klingen brachte, und das machte es keineswegs einfacher.

Cali wäre natürlich voll dafür, dass sie etwas miteinander anfingen.

»Wir sollten zu den anderen zurückkehren«, stellte Ireland fest. »Jemand könnte gesehen haben, dass du das Bad betreten hast, ich es aber nicht verlassen habe.«

Bran starrte auf ihre Brüste hinab und kratzte sich am Kinn. »Stimmt.«

»Bran?«

Er hob den Blick, um sie anzusehen.

»Willst du als erstes gehen?«

Er stützte die Hände zu beiden Seiten auf und beugte sich vor, küsste sie sanft auf den Mund. »Ich werde zuerst rausgehen. Du kommst in einer Minute nach.«

Sie grinste. »Das ist wie in der Highschool.«

»Willkommen in meiner Welt. Sowas muss ich ständig machen, weil ich immer von einer Horde neugieriger Brüder umgeben bin.«

Sie sah ihm nach, als er das WC verließ, und sank dann gegen den Waschtisch.

»Himmel nochmal.«

Wenn sowas jedes Mal passierte, wenn sie allein miteinander waren, dann würde ihr Date, das nicht in einem Restaurant stattfinden sollte, mit einer Feuersbrunst enden.

KAPITEL 16

»Nun nimm schon.« Cali drängte Ireland einen Haufen Kondome auf.

»Hey, die brauche ich doch gar nicht.« Sie schob ihr den Packen gleich wieder zurück. »Das ist mein erstes Date in zwei Jahren oder so. Ich werde nicht so weit gehen. Ich bin ja nicht einmal sicher, ob Bran scharf auf mich ist.«

Na gut, das war gelogen. Bran war ausgesprochen scharf auf sie. Das hatte er deutlich gemacht, denn seine Lippen landeten jedes Mal auf ihren, sobald sie allein waren ... oder ihre landeten auf seinen. Wie dem auch sei. Jedenfalls war Ireland nicht sicher, ob Bran mehr als eine Affäre in ihr sah.

Ireland hatte den Verdacht, dass die letzten Freunde, die sie gehabt hatte, für diese eher etwas länger dauernde Affären waren. Männer waren ihr nie mit echter Wertschätzung begegnet, und sie hatte diesen Mist gründlich satt.

Cali trug knappe Shorts und ein Tanktop, hatte die Hüfte zur Seite gestemmt, um Buddy darauf abzustützen. »Nimm wenigstens eins, glaub mir. Du hast gesagt, dass du nicht die Pille nimmst ...«

»Weil es eine Ewigkeit her ist, dass ich mit einem Typen geschlafen habe.«

»Genau. Also verbau' dir doch nicht die Gelegenheit, ein bisschen geliebt zu werden.«

Ireland schüttelte den Kopf. »Ich weiß doch nicht, wie Bran die Sache sieht. Das Ganze könnte eine flüchtige Affäre für ihn sein, und sowas will ich nicht.«

Cali kam zu ihr herüber und legte eine Hand auf Irelands Arm, was Buddy sofort zum Anlass nahm, ihr mit der feuchten Zunge übers T-Shirt zu lecken. »Wenn du dich dazu entschließen solltest, ... im Moment zu leben, dann will ich, dass du kein Risiko eingehst, das ist alles.«

Ireland verzog den Mund. Sie mochte Bran, jedenfalls dann, wenn er sich nicht wie ein Idiot benahm. Und aus irgendeinem, irritierenden Grund machte er sie extrem an – sein Geruch nach Mann und Seife, seine Art, sie anzufassen. Der Kerl schmeckte sogar gut.

Na schön. Wahrscheinlich nicht die schlechteste Idee, auf Verhütung vorbereitet zu sein. Für alle Fälle.

Cali musterte sie und grinste dann, stopfte eins der Kondome in Irelands Handtasche. »Nur eins. Kein Druck.« Sie zwinkerte ihr zu, und Ireland seufzte.

»Ich werde dir hinterher aber nichts erzählen, also brauchst du nicht wach zu bleiben.«

Cali machte einen Schmollmund. »Spielverderberin. Zum Glück kann ich dir immer vom Gesicht ablesen, was passiert ist.«

Verdammt. Das stimmte. »Lass mich bloß in Ruhe!«, rief Ireland ihr nach, als Cali mit Buddy auf dem Arm um die Ecke und in Richtung Schlafzimmer verschwand.

Sie zog das Kondom aus ihrer Handtasche und las die Aufschrift: »Extra groß.«

Na toll. Was, wenn Bran gar nicht ›extra groß‹ war und

das Ding nicht passte? Und warum zum Teufel dachte sie überhaupt über sowas nach? Es würde nichts passieren.

Sie schob das Kondom wieder in das Seitenfach ihrer Tasche, fuhr sich mit dem Finger über die Vorderzähne, um sich zu vergewissern, dass dort keine Lippenstiftflecken waren, und blickte dann zur Zimmerdecke hinauf, schickte ein Stoßgebet zum Himmel. »Das wird schon gutgehen. Es ist nur ein Date.«

―――

BRAN WARF einen Blick auf den Picknickkorb, den er von Hayden und Adam ausgeliehen hatte. Er wollte sichergehen, dass sich der Korb noch immer sicher verstaut hinten im Truck befand, während er die Bodenschwelle umfuhr und auf Jaegs Haus zuhielt. Der Wagen, den er vor dem Pick-up gefahren hatte, war eine verbeulte Kiste gewesen, die noch aus seiner Zeit als Restaurantmanager in der Stadt datierte. Er hatte nie vom Treuhandfonds gelebt, den sein Vater für ihn eingerichtet hatte, und das tat er auch heute nicht. Das Geld hatte ihm nie etwas bedeutet, und wenn er davon leben würde, hätte das für ihn bedeutet, dass er guthieß, wie sein Vater die Arbeit über die Familie gestellt hatte.

In seiner jetzigen Position verdiente er genug, um sich zusätzlich zum neuen Truck auch ein großes Haus zu kaufen, wenn er das denn wollen würde. Stattdessen hatte er Wes die kleine Hütte abgekauft und renovierte sie gerade. Natürlich zog das höhere Einkommen, das damit einherging, dass er nun vier Restaurants statt einem leitete, auch einen Rattenschwanz aus Verantwortung und Stress nach sich. Der Pick-up war auf jeden Fall praktisch, wenn er Vorräte fürs Restaurant kaufen musste, die nicht warten konnten. Oder wenn er eine schöne Frau an einen abgelegenen Ort mitnehmen wollte.

Shit. War das wirklich eine gute Idee? Allein mit Ireland zu sein, wo niemand in der Nähe war, der sie unterbrechen konnte?

Nein. Nein, das war es nicht. Aber jetzt würde er auch nicht mehr umdrehen.

Bran konnte die Zügel dieser Beziehung in der Hand behalten, sie kontrollieren, so wie er jede andere Begegnung mit einer Frau in den letzten Jahren im Griff gehabt hatte. Aber im Hinterkopf wusste er sehr wohl, dass dies eine Lüge war.

Irgendwie war er ganz anders bei der Sache, wenn es um Ireland ging. Er fühlte sich sehr viel mehr von ihr angezogen als von jeder anderen Frau in seiner Vergangenheit, und das war durchaus ein Problem. Es war leicht, alles unter Kontrolle zu behalten, wenn sein Schwanz nichts mitzureden hatte. Aber sobald der große Mann in seiner Hose sich einmischte, brach die Hölle los.

Bran blieb auf Jaegs Veranda stehen. Noch war es nicht zu spät, einen Rückzieher zu machen.

Und dann öffnete Jaeg ihm die Tür. »Sieh mal einer an ... was haben wir denn hier?«

Irelands schönes Gesicht spähte über Jaegs breiten Bizeps hinweg. »Er kommt mich abholen.« Sie wollte sich an ihm vorbeidrücken, aber Jaeg machte keinen Zentimeter Platz.

Großartig. Bran wusste genau, was als Nächstes kommen würde. »Wie geht's dir, Mann?«

»Wie ich höre, willst du mit Ireland ausgehen«, stellte Jaeg fest. »Wohin entführst du sie, und wann dürfen wir sie wieder zu Hause erwarten?« Sein Blick war kritisch, aber seine Mundwinkel zuckten.

Und dann wurde Jaeg von schmalen Armen, die sich um seine Taille schlangen, nach hinten weggezerrt. Eine Hand drückte ihm in die Seite, kannte womöglich eine empfindliche Stelle, denn der große Kerl zuckte heftig zusammen und lachte herzhaft auf.

»Hör auf, ihm die Tour vermasseln zu wollen!«, schimpfte Cali und zog Jaeg weiter zur Seite, während sie Ireland gleichzeitig in Richtung Tür schob. »Tut mir leid, Bran. Hier ist sie. Ihr beide habt Spaß, hört ihr? Ich meine, ganz besonders viel Spaß.« Sie zwinkerte ihm zu, und Bran blickte Ireland an, die sofort rot geworden war.

Sie kam auf die Veranda hinaus und zog rasch die Tür hinter sich zu. »Ich habe meine Cousine echt lieb, aber ich brauche meine eigene Bude.«

Bran lachte leise. »Ich habe noch nie erlebt, dass Jaeg den großen Bruder gespielt hat. Selbst wenn er mich nur aufziehen wollte, das fühlt sich komisch an, weil er mein Kumpel ist.«

»Cali ist meine Cousine. Er passt auf seine Familie auf.«

Bran lachte. »Wohl wahr. Ich hätte einfach nicht gedacht, dass er es mal auf mich abgesehen haben könnte.«

»Weil du nie mit Frauen ausgehst?«

»Weil ich nicht mit den Cousinen der Verlobten meiner Freunde ausgehe.«

Sie lächelte. »Ach ja, natürlich. Die Cousine der Verlobten deines Freundes sollte definitiv tabu sein.«

Bran warf ihr einen Seitenblick zu, als sie die Stufen hinuntergingen. »Sollte sie. Du kannst immer noch einen Rückzieher machen.«

Er hatte sich diese Möglichkeit durch den Kopf gehen lassen, wieso also nicht ihr ebenfalls die Option lassen?

Wenn sie allerdings jetzt versuchen würde abzuspringen, dann würde er alles versuchen, sie vom Gegenteil zu überzeugen.

Er mochte sie viel zu sehr und machte sich Sorgen, dass seine Selbstsüchtigkeit keine Grenzen kennen würde, wenn er das hier weiterverfolgte. Bran hatte keine Ahnung, was die Software-Probleme verursacht hatte, und wenn er James fragte, würde der ihm sagen, dass Ireland die Probleme verschlimmert hatte. Bran glaubte James das nicht, aber der ganze Schlamassel hatte ihn in eine etwas delikate Situation gebracht. Weil er jetzt ganz offiziell mit ihr ausging. Und sie immer noch für ihn arbeitete.

Dennoch ... er würde jetzt mal egoistisch denken. Zumindest heute Abend, denn er würde Ireland jetzt mitnehmen, ob das nun klug war oder nicht.

In ihrem weißen Sommerkleid mit der marineblauen Strickjacke sah sie wahnsinnig schön aus, und aus den Riemchensandalen funkelten hübsch rotlackierte Zehennägel hervor. Er öffnete die Beifahrertür für sie, und Ireland glitt auf den Sitz.

»Einen Rückzieher machen?«, wiederholte sie. »Machst du Witze? Wir gehen zum Abendessen, und du willst mir nicht verraten, wohin es geht, aber es ist kein Restaurant. Ich muss jetzt wissen, wohin dieser Ausflug uns führt.«

Bran ging vorn um den Wagen herum und stieg mit wild klopfendem Herzen auf der Fahrerseite ein. Das war genau das, wovor er sich fürchtete. Denn wenn er mit Ireland allein war, sehnte er sich danach, sie beide auf unerforschtes Territorium zu führen.

KAPITEL 17

Bran bog vom Pioneer Trail auf eine Privatstraße ab. Zunächst war sie noch zweispurig, verengte sich dann zu einer einspurigen Straße mit wenigen Häusern, zwischen denen weitläufige Flächen mit Feldfrüchten und Gewächshäusern lagen. Vor einem kleinen Haus bog er rechts ab und fuhr zum hinteren Ende des Grundstücks, das sich weit in die Länge zog, weil das Haus von knapp einem Hektar Land umgeben war.

Er hielt an seinem Lieblingsplatz auf dem Anwesen und schaltete den Motor ab. Das Hinterteil seines Trucks zeigte in Richtung Wald.

Ireland ließ den Blick schweifen. »Das ist wunderschön, aber denkst du, der Besitzer hat nichts dagegen, dass wir hier parken?«

»Nee.« Es gab viele Plätze, an die Bran sie mitnehmen können hätte. Lake Tahoe besaß eine Menge schöner Fleckchen, die sich gut für ein Picknick am Abend eigneten. »Ich weiß aus zuverlässiger Quelle, dass es den Besitzer nicht stört.«

Sie wirkte skeptisch. »Woher denn?«

»Ganz einfach.« Er warf den Schlüssel ins Handschuh-
fach, und der blumig-orangige Duft mit der eigenen Note
von Ireland umgab ihn wie eine potente Droge. »Das Haus
gehört mir.«

Bran richtete sich langsam auf, war plötzlich wieder
angespannt, weil er unsicher war, wie Ireland darauf
reagieren würde, dass er sein Häuschen für heute Abend
ausgewählt hatte.

»Oh.« Sie biss sich auf die Lippe. »Bleiben w-wir hier
draußen?«

Na toll, er hatte sie nervös gemacht. »Ist das okay? Ich
habe Decken mitgebracht.« Und eine schmale Matratze, auf
der sie es sich bequem machen konnten.

Scheiße. Das sah nicht gut für ihn aus, oder?

»Wir können auch woanders hingehen«, schlug er hastig
vor. »Ich führe dich in ein Restaurant aus. Es gibt mehrere
gleich ...«

»Nein.« Sie lächelte. »Es ist sehr schön hier. Ich habe
noch nie abends gepicknickt. Und die Häuser sind so weit
weg, dass ich mich fühle, als wären wir allein im Wald.«

Er stieß einen erleichterten Seufzer aus. Das letzte, was
er wollte, war, dass Ireland sich unbehaglich fühlte. Heute
Abend ging es um etwas anderes. Er wollte eher wiedergutmachen, dass er sich zuerst wie ein Arsch verhalten und sie
dann plötzlich andauernd geküsst hatte. Auch wenn er
nicht den Eindruck hatte, dass sie etwas gegen die Küsse
einzuwenden hatte.

»Komm mit«, sagte er. »Ich habe einen Korb mit Essen
hinten auf der Ladefläche.«

Das Plätschern des Heavenly Valley Creek bildete die
Hintergrundmusik, als sie aus dem Wagen stiegen. Bran
öffnete die hintere Klappe und ließ sie herab, schnappte
sich eine Decke und reichte sie Ireland. Abends konnte es

ziemlich kühl werden, auch wenn es heute bisher ungewöhnlich warm zu sein schien.

Er kletterte auf die Ladefläche und platzierte die Sitz-
kissen seiner Terrassenmöbel als Rückenlehne gegen die
Rückseite der Fahrerkabine, rückte dann die Matratze zum
Draufsitzen zurecht – und hoffte, Ireland damit nicht einzu-
schüchtern.

Er streckte die Hand aus und half ihr hinauf. Sie krabbelte über die Matratze und lehnte sich gegen eins der
Kissen. Dann schloss sie die Augen.

»Das ist das beste Restaurant, in dem ich je war.«

Er beobachtete sie grinsend und spürte, wie ihm ganz
warm ums Herz wurde. Warum machte es ihn so verdammt
glücklich, Ireland zu erfreuen?

»Vorsicht«, mahnte er. »Ich dachte, ich besäße das beste
Restaurant der Stadt?«

Ohne lange überlegen zu müssen, gab sie zurück: »Die
Restaurants von Club Tahoe kommen gleich danach.«

Sie provozierte gern. Und darauf stand er.

Bran griff nach dem Picknickkorb. »Nun, dann hast du ja
heute Glück. Denn ich habe das Essen von einem der zweit-
besten Lokale mitgebracht. Ich habe gehofft, dich mit der
Lage dieses ›Lokals‹ und der Kulinarik des anderen zu
beeindrucken.«

Sie schlug die Augen weit auf. »Ich bin beeindruckt.«

———

WAS MACHTE dieser Mann bloß mit ihr? Bran hatte nicht
bloß einen unerwarteten Ort ausgesucht, er hatte sie an
einen besonderen Ort mitgenommen. Sicher, im Grunde
befanden sie sich ganz einfach in seinem Garten, aber es
war wahnsinnig schön hier. Und er hatte Kissen und

Decken und einen hübschen Korb voller Essen mitgebracht. Kein Mann hatte sich je so viele Gedanken gemacht, um ihr einen besonderen Abend zu bieten.

Bran klappte einen winzigen Tisch vor ihnen auf, der dank der harten Matratze unter ihnen halbwegs geradestand. Beim Anblick der Matratze hatte Ireland kurz gestockt, allerdings nur für etwa zwei Sekunden, dann war sie hinaufgekrabbelt. Sie wusste die Bequemlichkeit zu schätzen und war nicht allzu misstrauisch, was Brans Absichten anging.

Er stellte einige Schüsseln auf den niedrigen Tisch und goss ihnen zwei Gläser Wein ein. »Ich habe gesehen, dass du bei deinen Gymnastikübungen vor ein paar Tagen Rotwein getrunken hast.« Er bedachte sie mit einem schiefen Lächeln, das furchtbar sexy war und dafür sorgte, dass sich ihr Magen zusammenzog. »Leider gibt's heute keine Weinhalter.«

»Ich bin durchaus in der Lage, auch ohne Halterung zu trinken. Wenn ich allerdings Kniebeugen dabei mache …«

Er reichte ihr eins der Gläser. »Halter und Kniebeugen sind praktisch, wenn man sich verstecken muss.«

Verdammt. Er wusste Bescheid. Ja, sie hatte sich hinter dem Küchentresen versteckt, als er nach dem misslungenen Bootsausflug mit Jaeg zur Tür hereingekommen war. Aber die Dinge hatten sich seither verändert. Er hatte ihr seine weiche Seite gezeigt. Bran war gar nicht der steinerne, sture Kerl, der er zu sein vorgegeben hatte.

Sie sah ihn ernst an. »Jetzt verstecke ich mich nicht.«

»Nein. Und ich versuche, mich auch nicht zu verstecken.« Er lockerte seine Nackenmuskeln. »Tut mir leid wegen der Dinge, die ich auf dem Boot gesagt habe, und auch sonst. Zu Beginn habe ich dich nicht gut behandelt …

Ich bin meist sehr vorsichtig, und das kommt manchmal unfreundlich rüber.«

Sie musterte sein Gesicht. »Aber nur im Umgang mit Frauen.« Das war keine Frage, sondern eine Aussage, denn sie hatte ausreichend Zeit gehabt, ihn zu beobachten. Sie hatte ihn mit seinen Brüdern und mit Freunden erlebt.

»Manchmal, ja. Das liegt vor allem daran, dass ich mir selbst nicht traue«, gab er zu.

Sie nippte an ihrem Wein. »Meiner Erfahrung nach ist das schwache Geschlecht häufiger Opfer unsensibler Männer.«

Er packte Bruschetta aus. »Das mag schon sein. In meinem Fall geht es darum, dass mir nicht zu trauen ist, wenn ich eine Frau schön finde. Weil ich dann völlig den Kopf verliere.« Er bedachte sie mit einem Blick, der Hitzesignale an ihren Schoß sandte.

Sie schluckte. »Und das ist etwas Schlechtes?«

Er reichte ihr eine rote Stoffserviette und platzierte eine weitere über seinem Schoß. »Zumindest dann, wenn ich so tief drinstecke, dass ich nicht mehr klar denken kann.«

Ireland knabberte an ihrem Stück Bruschetta und betrachtete ihn. »Nach allem, was ich weiß, bist du sehr verantwortungsbewusst. Ich kann mir nicht vorstellen, wieso eine Beziehung mit einer Frau, zu der du dich extrem hingezogen fühlst, verändern sollte, wer du bist. Du hast doch dein Leben völlig im Griff.«

»Nicht immer, nein.« Er erlaubte sich einen Blick auf ihre Lippen und erinnerte sie auf diese Weise an all die Gelegenheiten, wenn ihm die Kontrolle entglitten war.

Ireland schluckte. Ihre Umarmungen waren ihr wie das Ergebnis einer extremen Anziehung zwischen zwei Menschen erschienen, und sehr, sehr heiß gewesen. Aber vielleicht sah er die Dinge ja anders als sie. Ireland hatte jedenfalls noch nie zuvor mit jemandem eine solche Lust verspürt. Und sie wollte mehr davon.

»Bereust du, mich geküsst zu haben?«, wollte sie wissen.

»Teufel, nein. Aber du verdienst einen besseren Kerl als mich. Ich befürchte ...«

Bran beendete seinen Satz nicht, sondern griff stattdessen erneut nach dem Picknickkorb.

Damit würde sie ihn nicht davonkommen lassen. »Wovor hast du Angst?«

Er antwortete nicht sofort, sondern kramte langsam in dem Korb herum. »Ich will dich nicht verletzen. Aber mein Job ist mein Leben. Ich darf meine Brüder nicht hängenlassen.«

»Das würde ich auch nicht wollen. Aber was haben deine Brüder mit dir und mir zu tun?«

Er stellte einen Teller mit Folienabdeckung auf den Tisch und rieb sich mit der Hand übers Gesicht. »Nachdem mein Vater gestorben war, musste ich von gemächlichen 20 Meilen pro Stunde auf über 60 hochschalten. Ich war noch nie für mehrere Läden gleichzeitig verantwortlich. Die Restaurants machen einen großen Anteil der Einnahmen des Resorts aus. Ich darf nicht versagen.«

Ireland schüttelte verwirrt den Kopf. »Ich habe mich schonmal mit Emily unterhalten. Das Resort schlägt sich doch tapfer.«

»Sich tapfer schlagen ist nicht dasselbe wie gut laufen. Abgesehen von dem Monat, in dem wir das Tahoe Invitational im Rahmen der Profi-Golftournee abgehalten haben – was auch nur ein Glücksfall war –, haben wir uns seit dem Tod meines Vaters gerade so über Wasser halten können.«

Er zog die Folie vom Teller und enthüllte das saftigste Filet Mignon, das Ireland je zu Gesicht bekommen hatte. Es duftete himmlisch. »Wir haben das beste Essen der Stadt und servieren es in bester Lage«, erklärte Bran. »Wenn die Restaurants Minus machen, ist das ganz allein meine Schuld.«

Bran setzte sich selbst zu sehr unter Druck. Durch ihre Beratertätigkeit bei Club Tahoe hatte Ireland Zugang zu Informationen, und sie hatte die Effizienz gesehen, mit der Bran *Prime* führte. Er machte einen fantastischen Job. Es war beinahe, als rechne er jeden Augenblick damit, dass irgendetwas vom Himmel fiel und alles ruinierte. »Du hast das neue Bestellsystem eingeführt. Das wird eure Einnahmen verdoppeln.«

»Ich habe darauf gedrängt, habe meine Brüder überzeugt, dass wir das System brauchen. Und jetzt kostet es uns Geld, das wir nicht wieder reinbekommen.«

Sie biss erneut von ihrem Stück Bruschetta ab und kaute langsam, nachdenklich. »Im Moment ja. Aber ich bekomme das wieder zum Laufen.«

»James behauptet etwas anderes.«

Ireland legte abrupt ihre Brotscheibe auf den Tisch zurück. »Was stimmt nicht mit diesem Wichser?«

Bran hob eine Braue.

Ireland schlug sich eine Hand vor den Mund. »Tut mir leid … ich kann ihn nicht leiden.«

»Das ist mir nicht entgangen. Wenn du dich dann besser fühlst, kann ich dir sagen, dass ich ihn auch nicht mag. Aber er hat die Software programmiert, und ich verlasse mich darauf, dass er weiß, was er tut.«

Ireland blickte ihn finster an. »Das steht noch nicht fest.«

»Einer von euch beiden muss beweisen, dass er oder sie es draufhat, sonst muss ich mir nämlich einen Plan B überlegen.«

»Plan B – bedeutet das, dass du mich loswirst und jemand anderen hinzuziehst?«, wollte sie wissen.

»Wenn ich muss. Das habe ich gemeint, als ich sagte, dass ich das Resort und meine Brüder an die erste Stelle setzen muss.«

Ireland nippte an ihrem Wein und musterte Bran. »Wir müssen das hier nicht machen. Ich mochte dich vom ersten Moment an, aber ich verdiene einen Mann, der sich ganz auf mich einlässt.«

Er hörte auf, weiteres Essen auszupacken, und blickte sie scharf an. »Das tust du. Ich will dich kennenlernen und alles über dich wissen, aber ich habe das Gefühl, als würde mir die Kontrolle über mein Leben und über unser Verhältnis entgleiten, wenn es um dich geht.«

»Und wieso wolltest du dennoch mit mir ausgehen?« Sie machte eine Geste, die ihre momentane Umgebung einschloss.

Er starrte sie einen Augenblick lang an, beugte sich dann zu ihr hinüber und küsste sie sanft auf die Lippen. »Weil ich dich mag.«

Und in dieser gleichzeitig verwirrenden und anregenden Stimmung machten sie sich über die Steaks her und aßen sie in relativer Stille. Das lag zum Teil daran, dass das Essen einfach so unglaublich gut schmeckte, aber auch daran, dass Ireland nicht wusste, was sie erwidern sollte. Und dann holte Bran den hausgemachten Pfirsichauflauf mit Streuseln aus dem Korb. Der verschlug ihr komplett die Sprache, und sie konnte nur noch wohliges Stöhnen von sich geben, das Bran dazu brachte, sie anzustarren. Sie, nicht den Auflauf.

Hitze. Lust. Anziehung. Deswegen waren sie hier. Auf einer Matratze. Unter dem Sternenhimmel. Wer konnte gegen die Mächte der Natur ankämpfen?

»Ich kann mich nicht mehr rühren«, sagte sie schließlich. »Du hast recht. *Prime* macht das beste Essen.« Sie ließ sich gegen das Kissen in ihrem Rücken sinken und betrachtete ihren gerundeten Bauch, in dem sich ein *Foodbaby* befand. »Weißt du, das ist vielleicht eine lohnende Geschäftsidee hier mit dem Essen unter freiem Himmel. Hast du schonmal darüber nachgedacht, irgendwo ein *Prime*-Pop-up aufzumachen?«

Bran lehnte sich zurück und faltete die Arme hinter dem Kopf. »Ich sehe den Laden aber nicht in einem leeren Geschäft an der Ausfallstraße.«

Ireland rückte näher zu ihm heran. »Nein, ich meine eher ein separates Restaurant unter freiem Himmel auf dem Gelände des Clubs, mit Heizpilzen und kuscheliger Umgebung. Das Resort verfügt über einige der schönsten Plätze in Lake Tahoe, von denen aus man den See und die Berge ringsherum wunderbar sehen kann. Wieso nicht sowas wie *Prime* nach draußen bringen? Zumindest im Sommer. Denn im Winter ist es sicher zu kalt dafür.«

Er rollte sich seitlich herum und blickte sie direkt an, nur wenige Zentimeter entfernt. Er fuhr ihr sanft mit dem Zeigefinger über die Schläfe. »Was geht dir denn noch so durch dein kluges Köpfchen?«

Nichts Gutes, dachte sie und beugte sich vor, um ihre Lippen auf seine zu drücken.

KAPITEL 18

Brans Lippen bewegten sich nicht. Das hielt etwa eine Nanosekunde an, bevor sie sich unter Irelands Lippen bewegten, während er seinen Arm um ihre Taille schlang und sie noch näher zu sich heranzog, was einen Schauer über ihren Rücken laufen ließ.

Ireland fuhr mit den Fingern durch sein weiches Haar, kontrollierte den Kuss, während seine Hand an ihrer Seite entlangwanderte, sich um ihren Hintern legte und dann an ihrem Bein hinabglitt.

Er beugte sich langsam immer weiter über sie und drückte sie auf die Matratze hinunter. »Ist das okay?«

Himmel, der Kerl würde den Moment doch jetzt nicht mit Worten kaputtmachen? »Nicht reden, schon vergessen?«

»Richtig. Weniger Reden, mehr Hände. Habe ich schon erwähnt, wie intelligent du bist?«

Das war nicht immer ein Kompliment, wie sie aus Erfahrung mit früheren Freunden wusste. Manche Menschen mochten keine Frauen mit Hirn. »Macht mich das attraktiver oder eher weniger attraktiv?«

»Definitiv attraktiver«, erwiderte er und richtete sich ein

Stückweit auf. Offenbar nur, um sich abzustützen, denn er packte ihre Taille und zog sie tiefer hinunter, bis sie flach auf dem Rücken lag. »Sag' Bescheid, wenn meine Hände zu weit gehen.«

Sie schob ihre Hüfte einladend auf der Matratze zurecht. »Ich warte immer noch darauf, dass sie irgendwas machen.«

Ein tiefes Grollen kam aus seiner Brust, und er beugte sich wieder über sie, nahm ihr Bein und hob es ein Stück an, schob seine Taille zwischen ihre Oberschenkel. »Ist das nah genug?«

Sie beugte sich hinauf und küsste seinen Hals, ließ ihre Zunge mit einer genüsslichen Bewegung daran entlangschnellen. Gott, er schmeckte gut. »Wir kommen der Sache näher.«

Bevor sie sich versah, küsste Bran sie, und seine Zunge liebkoste und verschlang ihren Mund. Seine Lippen glitten an ihrem Hals hinab, verteilten sexy Küsse auf ihrem Weg nach Süden. Er schob ihre blaue Strickjacke zur Seite und küsste die Wölbung ihrer Brüste, legte die Lippen durch den Stoff ihres Kleides um einen ihrer Nippel.

»Jetzt kommen wir der Sache sehr nah«, hauchte sie mit atemloser Stimme.

Bran löste sich von ihr, richtete sich etwas auf, und sie wollte sich schon aufregen, aber dann griff er nach hinten und zog sich das langärmlige Shirt, dessen kurze Knopfleiste bereits offen gewesen war, über den Kopf.

Ireland berührte seine muskulöse Brust. »Na also. Ich bin ganz dafür.« Sie fuhr mit den Händen an seinen kräftigen Armen entlang.

»Wie schaffst du es, bei all dem guten Essen um dich herum so fit zu bleiben?«

»Fitnessstudio. Und Cade-Stoffwechsel«, gab er zurück, während er ihre Strickjacke immer weiter herunterschob, bis sie nachgab und ihre Hände gerade lange genug von ihm ließ, damit er sie ihr ausziehen konnte.

Natürlich. Die Cade-Männer waren heiß – das musste in ihren Genen liegen.

Er schien ihr Kleid zu studieren, bis er sich zusammengereimt hatte, dass es einen Reißverschluss am Rücken besitzen musste, denn er hob ihren Oberkörper zu sich hin, und dann spürte sie die kühle Abendluft auf ihrer Haut.

Sie half ihm, das Kleid über ihre Schultern hinabzuziehen, bis sie nur noch ihren BH trug und das Kleid ihren Körper bis zur Taille freigab.

Zumindest dachte sie, dass sie den BH noch trug, aber in dem Moment, als sie sich für einen weiteren Kuss nach oben reckte, hatte er ihn bereits aufgehakt und zur Seite geworfen.

Instinktiv bedeckte sie ihre Brüste mit den Händen.

Bran sah sie an. »Geht das zu weit?«

Glaubte er ernsthaft, sie würde klein beigeben, bevor er es tat? Sie war seit *Monaten* scharf auf diesen Mann. Sie hatte festgestellt, dass sie sich in einer unmöglichen Situation befand, als sie tatsächlich etwas Zeit mit ihm verbracht hatte, und nun lag sie nackt in seinen Armen. Naja, teilweise nackt.

Auf keinen Fall würde sie jetzt kneifen.

Plötzlich ging ihr durch den Kopf, wie Cali ihr das Kondom aufgedrängt hatte. Sie selbst hatte darauf beharrt, dass es nicht soweit kommen würde. Woher zur Hölle hatte Cali es besser gewusst? Ihre Cousine und ihre verflixten hellseherischen Fähigkeiten, wenn es um Liebesdinge ging.

Ireland ließ die Arme sinken. War doch egal. Ihre Brüste waren groß und passten zu ihrer auch ansonsten kurvigen Figur. Sie war empfindlich, was ihr Aussehen anging, aber wenn sich Bran nicht daran störte, wieso sollte sie sich dann unnötig Gedanken machen? Sie küsste seine durchtrainierten Brustmuskeln, ließ die Zunge darüber schnellen – er schmeckte so gut – und fuhr mit den Händen seitlich an seinem muskulösen Oberkörper entlang. Und fand sich augenblicklich wieder flach auf dem Rücken wieder.

»Offensichtlich muss ich hier die Zügel in der Hand halten«, sagte er. »Einer muss ja die Kontrolle behalten.«

Ireland öffnete den Mund. »Was soll das wieder heißen?«

Er brachte sie mit einem Kuss zum Schweigen. »Nicht reden, schon vergessen?«

Und dann streichelte und küsste er ihre Brüste. »Ich liebe deine weiche Haut. So weich.« Er ließ seine Zunge mit einem ihrer Nippel spielen.

Sie ignorierte den Kommentar über Kontrolle, denn es war Bran, und aus seinem Mund kam eben ab und an dummes Zeug. Sie ließ die Hände über seine breiten Schultern gleiten. »Du schaust mich und meine Brüste aber oft ganz finster an. Bist du sicher, dass du sie magst?«

Er machte ein ersticktes Geräusch. »Oh ja, ich mag sie.« Er wechselte zum anderen Nippel und liebkoste ihn ebenso gründlich wie den ersten, was Ireland dazu brachte, sich unter ihm zu winden und ihre Beine gegen seine Taille zu pressen.

»Deine Jeans ist kratzig«, stellte sie fest. »Du solltest in Betracht ziehen, sie auszuziehen.«

Er hob den Kopf. Sein dunkelblondes Haar war ganz zerzaust, weil sie dauernd mit ihren Fingern darin wuschelte. Na gut, auch daran zog. »Auch wenn meine Brüder behaupten, ich sei ein Mönch, ist das nicht ganz richtig. Wenn ich die Jeans jetzt ausziehe, ist meine Selbstkontrolle für'n Arsch.«

Sie verzog die Lippen zu einem Grinsen. »Das Risiko gehe ich ein.«

Er schenkte ihr einen finsteren Blick, als hätte *sie* diesmal ihn zum Duell gefordert.

Das hatte sie ja auch.

Bran setzte sich auf und fing an, seine Hose aufzuknöpfen, aber Ireland stoppte ihn mit ihrer Hand.

»Hast du deine Meinung geändert?«, fragte er.

»Ganz und gar nicht. Ich will sie dir ausziehen.«

Ireland strich mit der Hand über die drängende Erektion unter dem Jeansstoff, und er atmete angespannt ein. Sein Penis war offenbar lang, die Eichel kaum mehr bedeckt vom Bund der Hose. Was bedeutete, dass sie mit ihrem Daumen darüberstreicheln konnte. Was wiederum ihm einige schwere Atemzüge entlockte.

Und sie gleichzeitig verdammt scharfmachte.

Ireland fummelte mit dem Knopf, der nicht so einfach aufgehen wollte.

»Brauchst du Hilfe?«

»Nein«, gab sie entschlossen zurück und zog dann auch den Reißverschluss auf.

Brans Taille war schlank, die Muskeln an seinem Bauch eine scharf geschnittene Hügellandschaft, seine Hüften wurden durch Einbuchtungen seitlich vom Hintern und den muskulösen Oberschenkeln abgegrenzt.

Nackt war er noch schärfer, und mehr brauchte sie auch nicht.

Und wenn das hier nur eine Affäre war, machte ihr das momentan so gar nichts aus. Das sähe morgen vielleicht schon wieder anders aus.

Aber mit Bran fühlte sich gar nichts unverbindlich und vergänglich an, nicht einmal, wenn er sie finster ansah. Er schien nur aus intensiven Gefühlen und Hitze zu bestehen.

Und der heutige Abend fühlte sich an, als wolle er ihr seine beste Seite zeigen – denn seine große Klappe störte die Romantik nicht.

Ireland nahm an, dass seine knappen Antworten Teil seines Selbstschutzes waren. Wieso er solche Mauern um sich errichtet hatte, wusste sie nicht, aber immerhin ließ er die Zugbrücke herab, wenn sie beide allein miteinander waren.

Unter ihren Händen erzitterte er ganz leicht, und da wurde ihr klar, dass sie ihn angestarrt und sich kaum noch bewegt hatte.

Nun, das würde sich jetzt ändern.

Ireland zog ihm die Unterhose hinunter und enthüllte den Rest von ihm.

Himmel. Oh Mist.

Wenn sie sein Gesicht und seinen Körper schon so schön fand, dann hatte sie eins der besten Stücke bis gerade noch nicht gesehen. Seit wann waren denn Penisse attraktiv? Niemals, absolut niemals. Aber seiner war es.

Lang und dick, leicht gebräunt bis auf die Eichel, die ein wenig dunkler wirkte. Selbst die dicken Adern entlang des Schafts waren erotisch.

Wie sie es auch mit seinem Hals und seinen Bauchmuskeln getan hatte, beugte sie sich vor und leckte daran entlang.

Ein ersticktes Geräusch löste sich aus seiner Kehle. »Okay«, presste er hervor. »Das reicht.«

Ireland sah zu ihm hoch. »Du willst aufhören?«

»Auf keinen Fall.« Er zog ihr Kleid und das Höschen mit einer geschickten Bewegung von den Beinen. »Wir wechseln bloß die Position, denn deine rosa Zunge, dein flammendrotes Haar und dein wunderschöner Mund bringen mich noch um, wenn ich dich so weitermachen lasse. Ich bin kein

Mönch, aber es ist schon eine Weile her, und die Lunte brennt. Das ist kein Euphemismus.«

»Oh, du meinst so wie im Restaurant?«, fragte sie und beobachtete ihn, wie er ihren nackten Körper bewunderte.

Sie legte ihre Hände über ihren Schritt, und er sah zu ihr hoch. »Willst du aufhören?«

»Wieso fragst du mich das immer wieder?«, wollte sie wissen.

»Ich versuche nur, deine Körpersprache zu deuten. Wenn ich mit dir schlafe, dann will ich, dass du es auch willst.«

»Ich will dich doch schon die ganze Zeit! Du bist derjenige, der sich so lange geziert hat.«

»Habe ich das?« Er rutschte tiefer, bis seine Brust sich zwischen ihren Beinen befand. Dann senkte er den Kopf und leckte sie. Fuhr mit seiner Zunge ihre Mitte hinab. »Erzähl mir mehr.«

Irelands Kopf fiel nach hinten, denn er leckte sie erneut, setzte seine Zunge ganz sachte ein. Worte hatte sie keine mehr, aber aus ihrem Mund drangen definitiv Laute. Stöhnen und andere seltsame Laute. Es hätte ihr eigentlich peinlich sein müssen, was sie da von sich gab, aber es war ihr absolut egal.

Er küsste die Falte zwischen ihren Beinen und ihrem Venushügel, saugte daran. Und sie verschob ihr Becken, um ihn wieder dorthin zu bekommen, wo eben noch seine Zunge gewesen war.

Ein rollendes, leises Lachen ertönte von da unten.

Ihr Kopf ruckte hoch. »Hör' auf, mich zu quälen.«

Bevor die Worte komplett aus ihrem Mund waren, war seine Zunge bereits damit beschäftigt, sie äußerst erotisch zu bearbeiten, so dass sie sich jetzt wild auf der Matratze wand. Scheiße, war das geil!

Seine Finger glitten an den Innenseiten ihrer Oberschenkel hinauf und hinab, fanden dann ebenfalls ihr Zentrum. Sanft schob er einen Finger in sie hinein, während sein Daumen an den Falten entlangstrich und seine Zauberzunge den pulsierenden Knoten aus Nervenenden bearbeitete, in dem sich ihre ganze Lust sammelte.

Er bewegte den Kopf, änderte den Winkel seiner Zuwendungen, und schon explodierte sie.

Hinter ihren Lidern flackerte ein Feuerwerk, sie bog den Rücken durch, und ihrer Kehle entschlüpfte ein animalisches Geräusch. Zumindest glaubte sie, sich daran zu erinnern, als sie wieder in ihren Körper zurückkehrte.

Bran glitt an ihr hoch, und sein Penis verführte ihr Bein, ihren Oberschenkel im Vorbeistreichen mit einer langgezogenen Liebkosung.

Er küsste ihren Hals und dann ihre Lippen. »Du schmeckst gut.«

Sie schob seine Jeans erst mit den Händen, dann mit den Füßen weiter hinunter. »Nein, *du* schmeckst gut. Was glaubst du, warum ich immer wieder an dir lecken muss?«

»Weil du hungrig bist?«

»Hungrig bin ich allerdings.« Sie blickte hinab zu der Stelle, wo ihre Körper eng aneinandergepresst waren. »Willst du einen Rückzieher machen?« Ireland konnte sich an keinen Moment in ihrem Leben erinnern, in dem sie einen Mann auch nur halb so sehr gewollt hatte, wie sie ihn jetzt wollte, aber bei ihm wusste man ja nie. Vielleicht wollte er es beim Oralverkehr belassen?

Er berührte ihre Schläfe und strich mit seinen Fingern einige Locken zurück. »Ich habe nichts zum Verhüten mitgebracht. Dabei hätte ich wissen müssen, dass ich meine Finger nicht von dir lassen kann.«

Ireland wurde ganz rot.

»Was habe ich gesagt?«

»Naja, weißt du«, brachte sie heraus, »vielleicht habe ich ja etwas mitgebracht.«

Er atmete ein und rieb sich noch einmal an ihr. »Hast du?«

»Womöglich.«

»Ist das ein Ja oder ein Nein?«

»Das ist ein Ja. Cali dachte, ich würde es vielleicht brauchen.«

Seine Hüften verharrten in der Bewegung. »Nichts gegen Cali, aber mir ist nur wichtig, was du willst.«

»Ich will dich. Will dich wie verrückt. Und am liebsten sofort.«

Er sah sich um und griff nach ihrer Handtasche. »Hier drin?« Sie nickte und zog das Kondom aus der Seitentasche.

Bran verschwendete keinen Blick auf die Marke oder die Größe – wie sich herausstellte, war XL genau richtig für ihn –, sondern riss einfach die Verpackung auf und rollte das Kondom über seinen Penis, bevor er ihn vor ihrer Vulva positionierte.

Er schob sich vorwärts, bewegte sich nicht zu schnell, küsste sie gleichzeitig auf die Wangen, dann die Nase, schließlich auf den Mund. Und dann war er in ihr, drang zentimeterweise tiefer ein, während seine Arme, die er zu beiden Seiten ihres Kopfes aufstützte, sich anspannten.

»Scheiße, fühlst du dich gut an.« Bran hielt inne und ließ die Stirn neben ihrer Schulter hinabsinken. Er atmete einige Male tief ein, biss sie sanft in die Schulter und bewegte dann langsam die Hüften, bis er einen Rhythmus fand, der einige Stellen berührte, die seine Zunge noch nicht erreicht hatte.

Ireland fuhr mit ihren Händen über seinen Rücken,

platzierte sie auf seinem strammen Hintern und drückte ihn noch tiefer, während sie kaum zu Atem kam.

Sie waren beide nackt, und ihre Körper passten so viel besser zusammen, als sie es sich vorgestellt hatte. Nur das Mondlicht und die Bäume waren Zeugen ihrer Vereinigung.

Brans Mund fand ihren Hals, seine Finger rollten sacht ihre harten Nippel, und dann schrie sie ihre Lust hinaus in die Nacht und kam noch heftiger als bei ihrem ersten Orgasmus.

Als sie damit fertig war, den Waldtieren eine heiße Show zu liefern, küsste Bran sie mit einer solchen Leidenschaft, dass ihr der Atem wegblieb. Und dann kam er, stieß tief in sie hinein, war ihr so nah, so eng an sie gepresst, dass sie sich auf mehr als körperliche Weise mit ihm verbunden fühlte.

KAPITEL 19

Bran rollte sich zur Seite und zog Ireland mit sich, bis sie auf ihm lag. Dann zog er eine der Decken heran, um ihren perfekt gerundeten Hintern zu bedecken. Er wollte sich liebevoll um diesen Hintern kümmern und ihn dann erneut liebkosen.

Vielleicht hatte er in den letzten Jahren wie ein Mönch gelebt, weil nichts an das herankam, was er gerade mit Ireland erlebt hatte. Er kuschelte sich noch näher an sie heran, während ihre leisen Atemzüge die Härchen auf seiner Brust kitzelten. Er wollte das gleich noch einmal wiederholen. Sobald sein Schwanz aus dem Tiefschlaf erwachte.

Was nicht lange zu dauern schien.

Sie hob den Kopf und blickte mit schiefem Lächeln auf ihn hinab. »Wacht da jemand schon wieder auf?«

»Wie viele Kondome, sagtest du, hast du mitgebracht?«

Sie lachte. »Nur das eine.«

»Dann müssen wir etwas unternehmen.«

Sie legte die Arme überkreuz auf seine Brust und stützte das Kinn darauf ab. Gleichzeitig begann sie, ihre Hüften langsam gegen seine wachsende Erektion zu reiben – um ihn komplett in den Wahnsinn zu treiben, da war er sicher. »Ich dachte, du hast gesagt, dass du keine hast.«

»Ich habe keine hier. Aber mir gehört das Haus auf diesem Grundstück, schon vergessen?«

Sie kniff die hübschen Augen misstrauisch zusammen. »Hast du also nur gesagt, dass du keine dabeihast, um aus der Nummer raus–«

Er schob die Hände unter ihre Arme und zog sie höher, um einen Kuss zu stehlen. Das hatte den zusätzlichen Vorteil, dass ihre wunderbaren Brüste an seinem Körper hinaufglitten. »Ich wollte nicht, dass du dich unter Druck gesetzt fühlst, deswegen habe ich zu unserem Date keine mitgebracht. Aber wenn du darauf bestanden hättest, wäre ich ganz schnell rüber ins Haus gelaufen. Stattdessen haben wir das benutzt, was in Griffweite war. Gottseidank, denn es hätte ganz sieben Minuten gedauert, zum Haus und wieder zurück zu rennen.«

Sie lachte. »Und das wäre zu lange gewesen?«

Er drückte sie eng an sich; sein Schwanz war hart und bereit. »Was glaubst du wohl?«

Sie legte die Stirn in Falten. »Deine Brüder kennen dich nicht sehr gut, oder? Du bist doch alles andere als enthaltsam.«

»Ich habe doch versucht, dir das klarzumachen. Allerdings war das Flachlegen von Frauen nie eine Sportart für mich, so wie für einige meiner Brüder.«

»Die wirken auf mich jetzt nicht gerade wie Aufreißer. Abgesehen von Hunt.«

»Lass dich nicht von ihren jetzigen Beziehungen täuschen. Sie waren alle Schweine, bevor sie ihre Freundinnen oder Frauen kennengelernt haben.«

Er reckte den Kopf und küsste ihre weichen Lippen, die ihn von oben her anlachten.

»Warst du jemals wie deine Brüder?«, wollte sie wissen.

Bran war augenblicklich verspannt und konnte ihr den Moment ansehen, in dem sie es merkte, denn sie zog die Brauen zusammen.

»Als ich jung war, ja«, sagte er dann.

Er schob sie sanft zur Seite und setzte sich auf. Sie waren heute Abend vorsichtig gewesen, und Bran wollte Ireland weiß Gott mehr als seinen nächsten Atemzug, aber die Geister der Vergangenheit suchten ihn immer noch heim. »Ich war leichtsinnig als Teenager.«

Sie zog sich die Decke bis über den Busen und setzte sich neben ihn. »Was meinst du mit leichtsinnig?«

Er wandte sich ihr zu und sah ihr in die Augen. »Auf der Highschool habe ich mit echt vielen Mädchen geschlafen. Wenn eine willig war, war ich es auch. Das war bescheuert, und ich hatte Glück, dass ich mir nie etwas eingefangen habe. Aber was passiert ist, war auch nicht besser.«

Ireland rückte näher, bis ihre Seite sich an seine schmiegte. Sie betrachtete ihn und schien darauf zu warten, dass er fortfuhr.

Der einzige seiner Brüder, der etwas von dem Desaster in der Highschool wusste, war Wes, und das auch erst seit Kurzem. Aber Bran wollte, dass Ireland Bescheid wusste.

Er wollte, dass sie ihn besser verstehen konnte.

»Ich habe ein Mädchen geschwängert«, sagte er.

Ihre Augen wurden groß. »Du ... du hast ein Kind?«

»Nein.«

»Ich verstehe nicht ...«

»Das Mädchen, das ich geschwängert habe, hat abtreiben lassen. Es war meine Schuld.«

IRELAND WUSSTE NICHT RECHT, was sie mit Brans Geständnis anfangen sollte. Sie war schon älter gewesen, als sie ihre Jungfräulichkeit verlor, und selbst beim ersten Mal war sie vorsichtig gewesen. Sie konnte sich Bran – das Musterbeispiel eines Mannes, der alles unter Kontrolle hatte – kaum als jemanden vorstellen, der keine Vorsichtsmaßnahmen ergriff. Aber selbst wenn ... »Wie kann das denn deine Schuld gewesen sein?«

Sein Blick ging in die Ferne. »Sie hat mir gesagt, dass sie schwanger sei, und ich habe gar nichts gesagt. Ich war so ein dummer, kleiner Junge, dass ich gar nicht in Betracht gezogen hatte, dass mir so etwas passieren könnte.«

»Du hast nicht geglaubt, dass du ein Mädchen schwängern könntest?«

Sein Lächeln war harsch. »Doch, schon. Wenn ich dazu bereit wäre.« Er rieb sich über den Oberschenkel. »Bescheuert, ich weiß, aber ich war 17 und sie 16. Ich hatte von nichts eine Ahnung.«

Sie stieß einen langgezogenen Seufzer aus. »Das tut mir leid, Bran. Was hat deine Familie dazu gesagt?«

»Die haben es nie erfahren.«

Sie blinzelte mehrfach, weil sie nicht sicher war, ob sie ihn richtig verstanden hatte. »Niemals?«

»Mein Leben zu Hause bestand aus meinen Brüdern und einer Haushälterin. Mein Vater war nie da. Er wohnte ja praktisch im Club Tahoe, was auch den Widerwillen erklärt, den meine Brüder und ich dem Laden entgegenbringen.«

»Aber du ... ihr leitet ihn jetzt.«

Er bedachte sie mit einem Seitenblick. »Ironie des Schicksals. Mein Vater stirbt und hinterlässt uns die Leitung des Resorts, und keiner von uns bringt es fertig, den Laden hinter sich zu lassen. Wir haben alle unser bisheriges Leben damit verbracht, den Club zu meiden. Unseren Vater zu meiden, um ihn dafür zu bestrafen, dass er Club Tahoe an erste Stelle gesetzt hat, und jetzt widmen wir ihm all unsere Zeit. Das Leben ist kompliziert.«

»Familie kann kompliziert sein. Ich habe drei Brüder, und sie treiben mich in den Wahnsinn.«

Sein Blick war jetzt ganz bei ihr. »*Drei Brüder?* Die sind aber nicht alle groß und breit, oder?«

Sie legte die Stirn in Falten.

»Zuerst benimmt sich Jaeg mir gegenüber wie ein Vater, weil ich mit dir ausgehe«, erklärte Bran, »und jetzt erfahre ich, dass du Brüder hast? Als nächstes erzählst du mir aber nicht, dass dein Vater ein Ex-Boxer ist, oder?«

Sie schüttelte lächelnd den Kopf. »Er ist Bauingenieur.«

»Gottseidank.«

»Aber er ist groß.« Sie gestikulierte mit ihrer Hand am eigenen Körper hinab, der sich unter der Decke befand. »Das muss in unserer Familie in den Genen liegen.«

Er nickte. »Das glaube ich sofort. Ich würde mir die klassische Schönheit mit den roten Haaren schnappen, auch wenn sie drei Brüder hat. Wir wären verloren, wenn wir Kinder hätten. Wir würden sicher nur Jungs bekommen, wenn man bedenkt, wie viele Söhne es in beiden Familien gibt.«

Ireland spürte, wie ihr die Brust eng wurde. Kein Mann hatte je mit ihr über Kinder gesprochen, nicht einmal im Spaß. »Willst du denn Kinder? Nach dem, was damals passiert ist?«

Er blickte auf seine großen Hände hinunter. Hände, die so viel Vergnügen und Trost spenden konnten. »Ich bin nicht sicher, ob ich Kinder verdiene.«

Sie ließ den Kopf auf seine breite Schulter sinken. »Du

bist zu streng mit dir. Du würdest einen tollen Vater abgeben.«

»Väter müssen Verantwortung übernehmen. Man muss für seine Kinder da sein.« Er hob den Blick zu den Sternen. »Geld, Freunde, selbst gute Noten – das ist mir alles zugeflogen. Und ich habe es als selbstverständlich angesehen. Weißt du, was ich gemacht habe, nachdem das Mädchen mir damals eröffnet hatte, dass sie schwanger sei?«

Plötzlich hatte Ireland Angst, es zu erfahren. Hatte Angst, dass seine Taten Bran Cade in den steinharten Kerl verwandelt hatten, der er heute war. Aber heute Abend war er nicht verschlossen und auf der Hut gewesen. Er war offen, sexy und ... liebevoll gewesen.

»Ich habe ein paar Kumpel angerufen und mich betrunken. Ich habe so viel gesoffen, dass ich zwei ganze Tage Schule verpennt habe. Als ich dann endlich soweit war, ihr zu sagen, dass ich sie unterstützen würde, war es schon vollbracht.«

»Was war vollbracht?«

»Ihre Eltern hatte sie dazu überredet abzutreiben. Sie hatten ihr gesagt, dass sie mit dem Kind allein sein und ich nicht für sie da sein würde.«

Ireland blickte auf die Bäume hinaus. »Die kannten dich nicht. Du bist doch verantwortungsbewusst. Sieh dir bloß mal an, wie gut du die Restaurants führst.«

Er lachte, aber es klang bitter. »Nach den Entscheidungen, die ich getroffen habe, halten sich die Restaurants gerade so über Wasser. Ich bin mir auch nicht sicher, ob es im Moment so verantwortungsbewusst ist, eine Beziehung anzufangen.«

Irelands Schultern versteiften sich, und sie rückte von ihm ab. »Bereust du den heutigen Abend?«

»Nein«, gab er zurück. »Niemals.«

»Denn es war magisch, also bring' mich nicht dazu, dass ich bereue, was wir geteilt haben.«

Er schlang die Arme um ihre Taille und zog sie wieder an sich. »Ich will, dass alles, was wir teilen, für dich stimmt. Ich mache mir nur Sorgen um das Timing, aber ich lasse nicht zu, dass mich das von irgendwas abhält. Ich will das hier. Und solange du glücklich bist, bin ich auch glücklich. Und wiederhole gern das, was wir eben gemacht haben.« Er zwinkerte und küsste sie sanft auf die Lippen. »Von mir aus gleich jetzt, wenn du willst.«

Sie betrachtete sein Gesicht. »Ich will nichts mehr davon hören, dass du irgendwas bereust.«

»Ich bereue nichts. Nicht mit dir.«

Sie glaubte, dass sie Bran vertrauen konnte, aber sein Verhalten war nicht immer widerspruchsfrei gewesen. »Woher der Wechsel von kalt zu heiß?«

»Heiß?«, echote er.

»Erregend, sengend heiß, sodass meine Unterwäsche in Flammen steht.«

»Hmmm.« Er strich mit den Lippen ihren Hals entlang. »Gut, dass du jetzt keine Unterwäsche trägst. So komme ich besser an die interessanten Stellen und riskiere dabei nicht einmal einen Waldbrand.«

Sie lächelte. »Beantworte meine Frage. Wieso hast du mir die kalte Schulter gezeigt, als wir uns kennenlernten?«

»Ich habe meine Grundsätze. Regeln.«

»Das klingt ja ominös. Du weißt schon, in Anbetracht der Tatsache, dass diese Regeln dich zu einem Riesenarsch gemacht haben.«

Er lachte. »Das habe ich wohl verdient.«

»Wie lauten die Regeln?«

Er zählte an den Fingern ab: »Keine allzu hinreißenden Frauen, nicht zu viel trinken, immer die Kontrolle behalten. Oh, und Verhütung. Immer an Verhütung denken.«

»Wieso keine schönen Frauen?«

Er zog sie an sich und küsste sie auf die Lippen. Nur ein flüchtiger Kuss. Wenn flüchtige Küsse von einem Brennofen angeheizt wurden. »Zu verführerisch. Schöne Frauen haben mich immer schon dazu verleitet, mit dem Schwanz zu denken statt mit dem Hirn im Kopf.«

»Also bin ich nicht hinreißend. Oder verführerisch. Und deswegen haben wir heute ein Date?« Beim letzten Satz war ihre Stimme höher geworden.

»Ganz im Gegenteil. Du bist beides viel zu sehr. Du bist wunderschön und sexy, und dann musste ich auch noch herausfinden, wie klug und nerdig du bist. Eine tödliche Kombination. Warum glaubst du wohl, dass ich dich auf Abstand halten wollte?«

»Also hast du deine eigenen Regeln gebrochen?«

Er zuckte die Achseln. »Ich wollte sie nicht mehr befolgen, wenn das bedeutete, dass ich nicht mit dir zusammen sein konnte.«

KAPITEL 20

Irelands Herz klopfte schneller. Brans Worte waren das Süßeste, was sie jemals gehört hatte. »Aber w-was ist, wenn es schwierig wird? Was geschieht dann?«

Beziehungen konnten rau und schmutzig und schmerzhaft sein. Ireland wollte mit einem Mann zusammen sein, der sie hoch genug schätzte, um auch durch den Sumpf zu gehen.

Bran hielt sie eng an sich gedrückt. »Vertrau mir, ich kann Club Tahoe und unsere Beziehung unter einen Hut bringen.«

Unsere Beziehung. Darüber redeten sie nun schon seit einer Weile, obwohl das theoretisch ihr allererstes Date war. »Haben wir denn eine Beziehung?«

Er schüttelte den Kopf und machte ein Geräusch, das wie das Glucken einer Henne klang. »Ach, Ireland, wir haben schon seit dem ersten Augenblick eine gehabt.«

Seine Hände gingen auf Wanderschaft, und sie klopfte ihm auf die Finger. »Du meinst wohl eine Hassliebe?«

Er küsste ihre nackte Schulter. »Ich meine eher meine

grenzenlose Lust. Ich musste sichergehen, dass ich keinen Fehler begehe.«

Sie fuhr zurück. »Einen Fehler? Wenn irgendjemand einen Fehler hätte machen können, dann ja wohl ich. Du warst nichts als ein kaltherziger, giftsprühender ...«

Er vergrub wieder den Mund an ihrem Hals, und sie spürte, wie er an der zarten Haut dort saugte. »Ich war. Präteritum. Und sprich ruhig weiter. Ich mag es, wenn du kämpferisch bist.«

Sie umfasste sein Kinn. »Ich meine es ernst.«

»Ich doch auch. Ich musste ganz sichergehen, dass es das Richtige ist, bevor ich mich darauf einlassen konnte.«

»Du klingst schon wieder wie ein Arsch, und das bringt dir keine Bonuspunkte.«

»Ireland, ich hatte seit ... ewigen Zeiten keine feste Freundin mehr. Zuletzt wahrscheinlich in der Junior High-school? Das musst du auch in Betracht ziehen. Ich gehe auf die 30 zu und hatte keine ernsthafte Beziehung. Wieso sollte ich wohl jetzt hier sein, wenn du mir nicht eine Menge bedeuten würdest?«

»Weil du scharf auf mich bist?«

»Ich bin dauerscharf. Wieso also sonst?«

»Weil du mich gern anfasst?«

»Mmm, das tue ich allerdings«, gab er zu. »Aber es gibt einen anderen Grund.«

Sie pustete eine Locke aus der Stirn, die ihr in die Augen fiel. »Ich gebe auf. Wieso also sind wir hier?«

»Weil ich dich mag. Ich will dich berühren, dich küssen, nachts an deiner Seite liegen. Ich will mit dir streiten, mit dir lachen. Ich will mit dir zusammen sein. Begreifst du das?«

»Du magst mich.« Die meisten Menschen mochten ihre Katze oder Schokoladenbonbons. Aber Brans Augen waren ganz dunkel, seine Arme beschützend um ihren Körper geschlungen. Er meinte das aufrichtig. Das hier war eine Beziehung, keine lockere Affäre. »Bin ich deine feste Freundin?«

»Absolut.«

»Also möchtest du nicht, dass ich mit anderen Männern ausgehe?« Für die meisten Paare verstand sich das von selbst, aber sie hatte es mit Bran zu tun – sie brauchte eindeutige Aussagen. Zum einen, weil es ihr zu wichtig war, als dass sie ihre Zukunft auf Unklarheiten aufbauen wollte. Und zum Zweiten, weil er nicht für Monogamie bekannt war.

»Ich war am Anfang ein richtiger Wichser. Ich versuche, das wiedergutzumachen, aber ich würde es verstehen, wenn du dir lieber einen anderen suchst. Aber wenn du mit mir zusammen bist, will ich dich nicht teilen.«

Okay, das war eine klare Ansage. Er hatte sich gerade festgelegt.

Sie fuhr mit dem Finger die Konturen seiner Lippen nach, und diese wurden weicher, öffneten sich und saugten genüsslich an ihrem Finger.

»Na gut. Ich gebe dir eine Chance.«

Er ließ ihren Finger mit einem lauten Schmatzgeräusch los und küsste dann ihre Hand. Sein Mund ahmte die Bewegungen nach, die sie vorhin auf der Ladefläche seines Trucks perfektioniert hatten. »Ich werde mich vorbildlich benehmen.«

»Da bin ich aber mal gespannt.«

»Naja, vielleicht werde ich mich nicht immer und überall vorbildlich benehmen«, gab er zu. »Im Bett habe ich vor, ein ganz böser Junge zu sein.«

Sie zappelte unter ihm. »Wo, hast du gesagt, sind diese Kondome?«

Bran zog sich sein Shirt und die Jeans über, bevor er sie so schnell in die Decke einwickelte, dass ihr schwindlig wurde.

Sie lachte, als er sie von der Ladefläche hinabtrug, die Heckklappe mit einem Tritt und einem Grunzen zuklappte, und sie dann beinahe auf den Beifahrersitz seines Wagens warf. »Im Haus, ganze fünf Sekunden entfernt, wenn ich das Gaspedal durchtrete. Um welche Uhrzeit musst du nochmal zu Hause sein?«

»Ich muss gar nichts.«

Seine Nasenflügel bebten. »Genau das wollte ich hören.«

———

BRAN HATTE EINE FREUNDIN. Eine feste Freundin. Keinen Gelegenheitssex, kein lockeres Date, sondern eine Freundin. Das war nicht wirklich so geplant gewesen, aber es fühlte sich verdammt gut an.

Beinahe hätte er dieses Date sausen lassen und einen Rückzieher gemacht. Jedenfalls hatte er sich das eingeredet, als er vor Jaegs Tür stand. Tief in seinem Innern aber hatte er mit Ireland zusammen sein wollen, genau wie er es gesagt hatte. Verbindlich. Kein anderer Mann sollte sie anfassen, sie begehren. Es sollte nur sie beide geben, die ihre freie Zeit miteinander verbrachten. Und ganz viel explosiven Sex.

Nach ihrem Date hatte Bran romantischen Scheiß aus dem Bilderbuch gemacht und ihr beim Schlafen zuge-schaut. Er hatte so getan, als würde er ebenfalls schlafen, aber nein, er hatte sie beobachtet.

Sie schnurrte ganz leise im Schlaf. Es war nicht wirklich ein Schnarchen, sondern ein niedliches Geräusch. Ihr Gesicht hatte so hübsch ausgesehen – schöner, als er es je zuvor gesehen hatte. Naja, abgesehen von den Momenten, in denen sie sauer auf ihn gewesen war. Sie versprühte Feuer und war unglaublich sexy, wenn sie sauer auf ihn war. In jenen Momenten verspürte er den Drang, sie auf die nächstbeste, weiche Unterlade zu werfen und sie davon zu überzeugen, ihm zu vergeben. Vorzugsweise unter Einsatz seiner Hände und Lippen.

Bran rieb sich mit der flachen Hand über das Gesicht, weil die Zahlen vor seinen Augen verschwammen. Es war verflucht nochmal seine eigene Schuld, dass er jetzt allein war und nicht im Bett mit ihr. In den letzten paar Tagen hatte er mittags immer bei Blue vorbeigeschaut und sie zum Mittagessen ausgeführt, aber abends hatte sie bis spät noch im Club daran gearbeitet, die Software-Probleme zu lösen.

Wieso hatte er auch niemand anderen hinzugezogen? Dann könnte er seine schöne Freundin jetzt groß ausführen. Oder noch besser, sie könnten gemeinsam zu Hause bleiben, sich ein leckeres Abendessen liefern lassen und danach stundenlang Liebe machen ... *Liebe machen?*

Bran schloss die Augen und tippte mit den Fingern auf der Schreibtischplatte herum. Na gut, vielleicht war er ein ganz kleines bisschen in Ireland verliebt.

Sie war anders als die Frauen, mit denen er in der Vergangenheit ausgegangen war. Sie war die erste, die ihn dazu gebracht hatte, seine Regeln über den Haufen zu werfen. Obwohl er niemals gedacht hätte, dass das passieren würde, bevor er Ireland begegnet war ...

Ein Klopfen schreckte ihn aus seinen Gedanken auf, und dann trat Ireland mit einem breiten Grinsen im Gesicht ein.

Sie lehnte sich mit der Hüfte gegen die Schreibtischkante und verschränkte die Arme vor der Brust. »Es läuft wieder.«

Er starrte sie abwesend an und zog in Betracht, das fortzuführen, was sie vor Wochen in diesem Raum begonnen hatten, als sie noch nicht seine Freundin und es ungehörig war, auf Schreibtischen herumzuknutschen. »Was läuft wieder?« Sex auf dem Schreibtisch war doch immer noch ziemlich ungehörig, oder? Hmmm ...

Er streckte die Hand nach ihr aus, aber sie hob sein Kinn an, bis er ihr direkt in die Augen schaute.

»Das Programm. Es funktioniert wieder«, sagte sie mit blitzenden Augen.

Dann fuhr sie herum und begann, auf seinem Computer zu tippen, bis Bran auf dem Bildschirm die Bestellmaske des neuen Systems zu sehen bekam.

Die langsamere Gehirnhälfte holte zur klügeren auf. »Hast du gerade gesagt, dass es wieder läuft?«

Sie drehte sich zu ihm um, und er spürte ihre Verletzbarkeit. »Zweifelst du an mir?«

»Nein.« Er war kein Dummkopf. Er wusste, dass es besser war, nicht an der Frau zu zweifeln, mit der er schlief.

Aber die Software-Probleme der Restaurants waren ja schon fast zur Legende geworden. Schwer zu glauben, dass jemand sie schneller aus der Welt schaffen konnte als die Technikfirma, die das System programmiert hatte. »Funktioniert sie auch, wenn ich von meinem Handy aus bestelle?«, wollte er wissen.

Sie lachte. »Stellst du mich gerade auf die Probe?«

»Darauf kannst du wetten«, antwortete er mit einem nervösen Grinsen. Wenn sie das Programm wirklich repariert hatte, würde das ihm das ganze Jahr retten. Denn dann hätte er seine Brüder nicht enttäuscht, und der Club wäre wieder in sicherem Fahrwasser.«

Sie streckte die Hand nach dem Telefon aus, das auf

seinem Schreibtisch lag, und reichte es ihm mit gehobener Braue.

Bran rief die Webseite von Club Tahoe auf und klickte das Restaurant-Portal an. Er gab eine Bestellung für einen Tex-Mex-Burger mit doppelt Nachos und extra Salsa auf.

Eine Nachricht poppte auf: Vielen Dank für Ihre Bestellung!

Die Bestellung wurde verarbeitet, aber bis dahin hatte ja auch alles funktioniert, als die Software die Bestellungen durcheinandergebracht hatte. »Ist scheinbar eingegangen.«

Ireland schüttelte den Kopf und tippte wieder etwas in seinen Rechner ein. »Du hast zu wenig Vertrauen.« Sie rief etwas auf, das er für die böhmischen Dörfer des Backend hielt, denn plötzlich öffneten sich Dutzende von Datenbanken auf dem Bildschirm.

Sie klickte eine Zeile in einem der Excel-Dokumente an, in der seine Bestellung stand.

Und sie war korrekt eingegangen.

Und war an das richtige Restaurant gegangen.

Und der korrekte Betrag war berechnet worden.

»Verdammt«, stieß er hervor. »Du hast es repariert.« Er betrachtete sie ehrfürchtig. Was Bran anging, war seine Freundin ein verdammtes Genie. Er stand auf und schlang die Arme um sie, hob sie hoch und drückte sie eng an sich.

»Hey, ich bin nicht gerade zierlich«, sagte sie. »Du brichst dir noch den Rücken.«

»Du bist klein. Und riesig. So riesig und wundervoll.« Er küsste sie, und seine Gedanken wanderten umgehend wieder zurück zu dem, was ihm durch den Kopf gegangen war, als sie den Raum betrat. Der Weg zum Sex auf dem Schreibtisch war nicht weit, wenn er nicht aufpasste. »Ich muss direkt ein paar Anrufe machen. Dafür sorgen, dass alle wissen, dass wir wieder online sind. Wie kann ich dir bloß danken?«

»Du bezahlst mich doch, also passt das. Club Tahoe hat dafür gesorgt, dass meine Raten für die Studienkredite ordentlich gesunken sind.«

»Nein, ich meine, dir meine Dankbarkeit ausdrücken. Hast du eine Ahnung, wie sehr du mir und meinen Brüdern damit geholfen hast?«

Sie schenkte ihm ein weiches Lächeln, das er ganz tief in seiner Brust spürte. »Das hat doch Spaß gemacht. Verurteile mich nicht dafür, aber diese Art von Aufgabe finde ich aufregend.«

»Glaub mir, ich verurteile dich keineswegs.« Er zog ihre Hüften gegen seine Schenkel. »Ich finde das gerade auch ganz schön aufregend.«

»Das merke ich.«

»Lenk' mich nicht ab«, mahnte er.

»Du bist doch derjenige, der mich an sich presst ...«

»Sag' es nicht, sonst sehe ich mich gezwungen, dich auf den Schreibtisch zu werfen und dir zu zeigen, wie dankbar ich dir bin.«

»Das klingt nicht nach einer Drohung. Das klingt eher nach etwas, das mir gefallen könnte.«

Er küsste ihren Mundwinkel und ihre volle Unterlippe. »Du darfst mich jetzt nicht verführen. Ich habe meine Regeln vernachlässigt, was dich betrifft, aber ich darf meine Verantwortung nicht komplett über Bord werfen.« Bran entzog sich ihr, obwohl das schon beinahe schmerzhaft war. »Geh, bevor ich das Versprechen mit dem Schreibtisch wahrmache.«

Ireland zog einen Schmollmund. »Na schön. Aber nachdem du schon erwähnt hast, dass du mir unbedingt deine Dankbarkeit beweisen willst, nehme ich dich beim

Wort und werde dich beizeiten an deine ›Drohungen‹ erinnern.«

Er starrte auf ihren Hintern, als sie sein Büro verließ, und fragte sich, worauf er sich bloß eingelassen hatte. Dank Ireland benahm er sich wie schon so lange nicht mehr, wie ein Kind, sorglos und leichtsinnig. Hoffentlich nicht zu leichtsinnig.

Was ihn daran erinnerte ... Er nahm sein Telefon zur Hand und rief eine der Köchinnen an, die seinem Restaurant vorstanden.

»Hallo Cindy?«, sagte er. »Ich bin's, Bran. Ich wollte nur nachsehen, ob du eine Bestellung reinbekommen hast, die ich über das Online-Bestellportal getätigt habe.« Bran beschrieb, was er geordert hatte. Er hatte die Bestätigung in der Datenbank gesehen, aber eine mündliche Bestätigung vom anderen Ende konnte nicht schaden.

»Die habe ich hier«, sagte sie. »Läuft das System denn jetzt wieder?«

Bran schloss die Augen. Seine Freundin war einfach brillant. Wie hatte er daran je zweifeln können? »Sieht ganz danach aus.«

Bran rief die restlichen Restaurantmanager und alle anderen an, die wissen sollten, dass das System wieder fehlerfrei lief, auch den Chef von *Tech Banquet*.

Der Mann hatte nur lobende Worte für Ireland und bat Bran, dass sie James über die Änderungen informieren möge, die sie vorgenommen hatte, um das Problem zu lösen.

Immer noch hocherfreut, dass seine Restaurants wieder online waren und alles bald wieder seinen gut geölten Gang gehen würde, schnappte sich Bran seinen Schlüssel und machte sich auf die Suche nach Ireland.

Sie saß an der Bar im *Prime* und trank ein Mineralwasser.

»Wie hast du das geschafft?«, wollte er wissen.

»Oh, das war eigentlich leicht«, gab sie zurück. »Ich habe James' Programm komplett verworfen und das Backend neu geschrieben. Das ging immer noch schneller als die Reparatur des Labyrinths, das er da geschaffen hatte.«

Bran kratzte sich am Kopf. Er wusste, wie arrogant James war. Das würde dem Kerl gar nicht gefallen, aber das war nicht Brans Problem. Er war sich inzwischen sicher, dass Ireland besser für diese Aufgabe geeignet war. TB sollte sie einstellen und James feuern. »Weißt du, was das bedeutet?«

»Was denn?«, fragte sie, während er sich zu ihr beugte, um sie auf die Wange zu küssen und ihr verstohlen an den Hintern zu fassen. »Zeit zum Feiern. Das System läuft wieder, und ich habe ein bisschen Freizeit. Obwohl ich wahrscheinlich auch Levi und Emily anrufen sollte. Ich muss auch dafür sorgen, dass jemand im Restaurant die Nummern und Bestellungen überprüft, um sicherzugehen, dass auch wirklich alles fehlerfrei läuft – nur für alle Fälle. Nicht, dass ich an deinen Fähigkeiten zweifeln würde«, fügte er hastig hinzu. »Aber der Software traue ich nicht mehr über den Weg, nach allem, was wir erlebt haben. Ich muss sichergehen, dass keine Fehler mehr passieren.«

Sie lächelte. »Das verstehe ich. Ist ja auch schlau, die Sache im Auge zu behalten. Fehler kommen immer wieder vor. Aber wenn irgendwas nicht rundläuft, bin ich sicher, dass ich das schnell reparieren kann. Aber du willst mir eigentlich damit sagen, dass ich dich bis nächste Woche nicht zu Gesicht bekomme, weil du all das noch erledigen musst.«

Sein Blick wanderte zu ihren Brüsten, die züchtig hinter

einer ihrer zugeknöpften Blusen auf ihn warteten. »Zwei Stunden. Gib mir zwei Stunden, dann bin ich zurück, um dich abzuholen.«

»Aber es ist schon nach zehn.«

Er marschierte rückwärts aus dem Restaurant. »Sex mit Ansage!«

Glücklicherweise war das Restaurant fast komplett leer, denn sonst wüssten jetzt alle ganz genau, was Bran im Sinn hatte. Er war immer noch fassungslos und froh, dass das neue Bestellsystem endlich wieder lief, und er war geil. Er war verdammt geil, nachdem er seine Freundin tagelang jeden Abend bis spät im Club arbeiten lassen hatte und seine plötzlich unersättliche Lust auf sie nicht befriedigen konnte.

Gottseidank würde diese kleine Durststrecke nun enden.

KAPITEL 21

Nachdem Bran gegangen war, um sicherzustellen, dass alle Restaurants Bescheid wussten, dass die Software wieder lief, wartete Ireland nur noch auf ihre Essensbestellung zum Mitnehmen. Sie packte das Essen ein und machte sich auf den Weg zu ihrem Auto, ging wie auf Wolken. Nichts war erfüllender als das Lösen eines Problems, mit dem sie hunderten von Menschen half. Außer vielleicht, ein Problem zu lösen, mit dem sie tausenden oder zehntausenden helfen könnte. Sie liebte ihren Job wirklich, und nun arbeitete sie endlich auch mit guten Kollegen zusammen.

Sie grinste, als sie sich Brans Gesichtsausdruck wieder ins Gesicht rief, als er das Steakhaus verlassen und ihr versprochen hatte, sie später abzuholen. Sie brauchte zwar keineswegs eine weitere Nacht ohne ausreichend Schlaf – und wusste, dass sie mit Bran heute Nacht keinen Schlaf bekommen würde –, aber sie hatte ihn vermisst. Ihr Körper bibberte aufgeregt, weil sie das mitternächtliche Rendezvous kaum erwarten konnte.

Sie zog den Autoschlüssel aus der Handtasche und

drückte auf den Türöffner. Keine zwei Meter entfernt blinkten die Lichter ihres Wagens auf.

»Sie haben sich mit dem Falschen angelegt.«

Ireland zog die Brauen zusammen und fuhr herum. Und machte einen erschrockenen Schritt rückwärts. James stand direkt einen Meter vor ihr. »Was?«

Er trat noch näher, war jetzt nur noch Zentimeter von ihr entfernt, und starrte mit verzerrtem Gesicht auf sie hinab. »Ich bin nur ein paar Tage nicht da, und dann kommen Sie mit Ihren« – er ließ den Blick an ihr hinabwandern – »Nuttentricks und bezirzen den Milliardär, damit er Ihnen erlaubt, mit meiner Software Schindluder zu treiben. Haben Sie den Verstand verloren?«

Ireland blickte sich um. Der Parkplatz lag zwar nicht komplett im Dunklen, aber außer ihnen befand sich hier niemand, und sie fühlte sich isoliert.

Kalte Schauer rannen ihr das Rückgrat entlang. Von Anfang an hatte James sie an die Arschlöcher erinnert, mit denen sie in ihrem alten Job klarkommen musste, aber heute Abend machte er ihr ernsthaft Angst.

Sie wollte weiter zurückweichen, wollte wegrennen. Sie hielt den Atem an und brachte kein Wort über die Lippen.

»Strunzdumm sind Sie, nicht wahr? Brans Gesicht möchte ich sehen, wenn das Programm abstürzt.«

James konnte sich ihretwegen über ihr Aussehen lustig machen, aber sie war die Beste in dem, was sie tat. Und sie würde nie mehr irgendeinem Wichser erlauben, so mit ihr zu sprechen.

Sie straffte den Rücken. »Das Programm wird nicht abstürzen und nein, ich habe auch nicht den Verstand verloren. Ich habe das gesamte Backend neu geschrieben, und das hat nur ein paar Tage gedauert. Wie lange haben

Sie damit zugebracht, das Problem angeblich zu lösen? Wochen?«

»Sie haben was?« Sein Kiefer mahlte, die Augen blickten finster. »Haben Sie ihn gefickt? Haben Sie ihn damit überredet, Sie das Programm umschreiben zu lassen?«

Sie schüttelte langsam den Kopf und steckte eine Hand in ihre Tasche, um ihr Handy herauszuholen. »Verschwinden Sie oder ich rufe die Polizei.«

Er packte ihren Arm. »Was wollen Sie denen sagen? Dass Sie firmeneigene Software gestohlen und als Ihre eigene ausgegeben haben? Dass Sie mit dem Boss geschlafen haben, um nach oben zu kommen?«

Sie hatte mit Bran geschlafen, das stimmte. Aber die gegenseitige Anziehung hatte schon lange vor ihrer freiberuflichen Tätigkeit bei Club Tahoe begonnen.

Ireland wollte sich losreißen, aber James ließ das nicht zu. »Meine Beziehung zu Bran hat nichts damit zu tun.«

»Also haben Sie ihn gefickt. Wenn ich Sie ficke, was bekomme ich dann?«

»Sie Arschloch!« Sie zerrte und stieß nach ihm und versuchte sich mit aller Kraft von ihm loszumachen, aber für einen durchschnittlichen großen Kerl war er ganz schön stark. Stärker als sie.

Verdammt, sie wollte nicht die hilflose Frau sein. In ihrer Karriere war sie stets die Schwache gewesen, immer in der Minderzahl, und nun wurde sie von ihren Selbstzweifeln überrollt. Sie schnürten ihr die Kehle zu. »Lassen Sie mich los!«

Ireland konnte nicht an ihr Telefon gelangen, solange James sie festhielt.

»Sie sind nicht zierlich, haben aber trotzdem kaum mehr Kraft als ein Kind. Och, habe ich jetzt Ihre Gefühle verletzt?« Er lehnte sich noch näher heran, und sie spürte seinen säuerlichen Atem auf ihrer Haut. »Gewöhnen Sie sich schonmal daran, denn ich habe vor, Ihnen noch weit mehr wehzutun, bevor ich ...«

Gerade hatte James ihr noch aus nächster Nähe Drohungen ins Gesicht gespien, im nächsten Augenblick befand er sich auf dem Boden und rang mit einem Kerl, der wie der Linebacker eines Footballteams gebaut war.

»Bran?«, hauchte Ireland.

Bran hatte James nun unter sich und drosch auf dessen Gesicht ein.

»Aufhören!«, brüllte Ireland, während sie fieberhaft nach ihrem Telefon fischte.

James hob die Hände, um Brans Schläge abzuwehren, und versetzte ihm dann einen unerwarteten Schlag gegen die Kehle.

»Nein!«, kreischte Ireland. »Lass ihn nicht gewinnen, Bran!«

Der rollte sich hustend von James weg, war aber im nächsten Moment schon wieder auf ihm. »Wehe, du fasst sie auch nur einmal an, hast du mich verstanden?!«

»Warum? Bist du der einzige, der die Schlampe ficken darf?«

Bran riss James unsanft auf die Füße und zwang ihm die Arme auf den Rücken. Dann stieß er James gegen das nächstbeste Auto und hielt ihn dagegen gedrückt. »Ireland«, rief er, »ruf die Polizei.«

Ireland hantierte mit ihrem Telefon und tippte dauernd auf die falschen Tasten, Herrgott! Endlich gelang es ihr, den Notruf zu wählen.

Alles ging so verwirrend schnell. Brans Kampf mit James, das Auftauchen der Polizei.

»Ich erstatte Anzeige!«, kreischte James. »Dieser Mann hat mich angegriffen.«

Bran blieb gelassen neben dem Polizeibeamten stehen. »Ich habe ihn von einer Frau weggezogen, die er auf dem Gelände meines Resorts angegriffen hat.«

»Er hat mich geschlagen!«, krächzte James dazwischen.

»Und ich tue es gleich noch einmal«, murmelte Bran, aber Ireland konnte seine Worte hören, und der Polizist ebenso.

Der wandte sich nun an sie und fragte, ob sie Anzeige erstatten wolle. Ihr Kopf war wie leergefegt. James hatte sie bedroht, hatte sie gepackt und festgehalten und ihr dabei wehgetan. Aber die eigentliche Schlägerei hatte zwischen Bran und James stattgefunden. Wenn Bran allerdings nicht im richtigen Moment aufgetaucht wäre ... »I-ich weiß nicht. Ich will nur, dass er mir nicht mehr zu nahekommt.«

Bran legte ihr eine Hand auf den unteren Rücken, und die Berührung spendete ihr Wärme und Kraft, die sie durch ihren Körper fließen spürte. »Du kannst auch morgen noch Anzeige erstatten.«

Der Beamte wandte sich an James. »Sie haben die Lady gehört. Hätten wir das für den Moment geklärt?«

James nickte knapp, mied aber ihren Blick.

»Entfernen Sie ihn von meinem Grundstück«, sagte Bran zu dem Beamten. »Und James?« Er sandte ihm einen harten, warnenden Blick. »Tauchen Sie hier nicht wieder auf. Ihr Boss wird das von heute Abend zu hören bekommen. Würde mich überraschen, wenn Sie morgen noch einen Job hätten.«

James stürmte zu seinem Wagen, und der Streifenwagen folgte seinem schnittigen Fahrzeug vom Resortgelände.

Bran schlang seine Arme um Ireland und vergrub sein Gesicht seitlich an ihrem Kopf. »Alles in Ordnung?«

»Ja.«

Er rückte wenige Zentimeter von ihr ab und musterte ihr Gesicht. »Wirklich?«

»Es geht gleich wieder.«

»Er hat dir wehgetan.«

»Woher wusstest du …?«

»Ich war von einem der Lokale zum anderen unterwegs und habe eine Abkürzung genommen. Dann bin ich auf dein Haar aufmerksam geworden.«

Sie stieß ein gezwungen schnaubendes Lachen aus. »Ich schätze, dann ist es doch für irgendwas gut.« Ihr kamen die Tränen. Das Erlebnis war schlimm gewesen. Der Abend hatte so gut angefangen, und dann … Aber Bran war bei ihr. Er hatte sie beschützt. Sie wünschte dennoch, dass das nicht nötig gewesen wäre.

Er zog sie enger an sich und strich ihr über den Hinterkopf. »Dein Haar ist wunderschön. Ich bin nur froh, dass ich rechtzeitig gekommen bin. Ich wollte ihn erwürgen.« Seine streichelnde Hand stockte bei den letzten Worten.

»Er ist wie alle anderen, ein kläffender Hund, der nicht beißt. Aber eben hat er mir wirklich Angst gemacht.«

Bran löste sich von ihr und hielt sanft ihre Schultern fest. »Welche anderen?«

Fast niemand wusste, was sie in ihrem alten Job durchgemacht hatte. Ihrer Familie hatte sie nie etwas erzählt – ihre Brüder wären ausgerastet. Aber bei Bran war es etwas anderes. Er hatte gesehen, wie leicht sie sich von Typen wie James einschüchtern ließ. »Kerle wie James gibt es in meiner Branche zuhauf. Die Männer, mit denen ich im Silicon Valley gearbeitet habe, waren Fieslinge, die mich gemobbt haben. Nicht auf so körperlich bedrohliche Weise wie James heute Abend, aber das hat es beinahe noch schlimmer gemacht. In meinem alten Job war mein Leben die Hölle.«

»James wird im Umkreis von Lake Tahoe keine Arbeit mehr finden, wenn ich mit ihm fertig bin.«

Wenn man in Betracht zog, was für einen Wirrwarr von einer Software James für *Tech Banquet* fabriziert hatte, war das ganz sicher keine schlechte Idee, mal ganz abgesehen von seinen Drohungen.

Bran nahm ihr Gesicht in beide Hände. Seine Handflächen fühlten sich warm und kräftig an. »Bist du sicher, dass es dir gut geht?«

Nein. Sie glaubte, dass sie dieser Gefahr entronnen war, aber vielleicht lag das Problem ja auch bei ihr. Vielleicht war es gar nicht die Firma gewesen, in der sie gearbeitet hatte, sondern ein Fehler ihrerseits, der sie zur Zielscheibe für Männer wie James machte. Sie wollte aber nicht, dass Bran sich Sorgen machte, also lächelte sie. »Es geht gleich wieder.«

KAPITEL 22

Bran hätte James dafür ermorden können, dass er Ireland wehgetan hatte, und das sah ihm gar nicht ähnlich. So tief ließ er sich auf niemanden ein. Keine Frau sollte ihm je so zu Kopf steigen. Aber offensichtlich hatte sich das geändert.

»Ich kann dich zu Jaeg nach Hause fahren«, sagte er zu Ireland, nachdem der Polizist James vom Gelände eskortiert hatte. »Wenn du jetzt lieber bei deiner Cousine sein möchtest, verstehe ich das, aber ich würde dich heute Nacht sehr gern in den Armen halten.«

Sie schloss die Augen und nickte. »Ich will bei dir sein.«

Bran wurde bei diesen Worten ganz warm ums Herz. Er hatte vergessen, wie sich das anfühlte, wenn eine Frau ihn brauchte. Wenn er darüber nachdachte, war er denn jemals der Mann gewesen, an den sich eine Frau um Trost wandte? Nein, nie. Er war jung und selbstbezogen gewesen, dann älter und nicht an etwas Dauerhaftem interessiert. Dass er in der Lage war, Ireland zu geben, was sie brauchte, sorgte dafür, dass er sich stark und glücklich fühlte.

Bran lenkte Irelands Wagen. Sie fuhren zu Jaeg, wo er

draußen wartete, während sie ein paar Sachen zusam-
menpackte.

Sie zog die Haustür leise zu und kam zum Wagen
zurück. »Die beiden schauen fern. Cali ist ausgeflippt, als
ich ihr erzählt habe, was passiert ist. Sie hat mich nur gehen
lassen, weil ich gesagt habe, dass ich bei dir bleibe.«

Eigentlich müsste sich Bran unbehaglich dabei fühlen,
für ihre Sicherheit zuständig zu sein. Wahrscheinlich würde
es ihm bei jeder anderen Frau so gehen, nicht aber bei
Ireland. Er wollte sie beschützen, wollte derjenige sein, an
den sie sich wandte, wenn sie Hilfe brauchte. Er öffnete die
Beifahrertür ihres Wagens, um sie einsteigen zu lassen, und
packte ihre Tasche auf den Rücksitz, bevor er selbst wieder
einstieg.

Ireland beobachtete ihn, während er den Sicherheits-
gurt anlegte. »Ich schäme mich so für alles, was heute
Abend geschehen ist.«

Er drehte sich zu ihr. »Was passiert ist, war doch nicht
deine Schuld. James hat sich schon aufgespielt, bevor ich
dich hinzugezogen habe. Er ist ein Mobber.«

»Ich scheine Mobber anzuziehen.«

Er zog sie an sich und hielt sie im Arm, küsste sie auf die
Stirn. »Das hat nichts mit dir zu tun. Manche Typen sind
einfach Arschlöcher. Aber ich will, dass du dich sicher
fühlen kannst.« Bran hatte plötzlich Angst, dass ihr etwas
zustoßen könnte. Der Gedanke, dass ihr jemand wehtun
könnte, war kaum auszuhalten. »Würdest du in Betracht
ziehen, einen Selbstverteidigungskurs zu machen?«

Sie berührte seine Hand nahe eines frischen, roten Krat-
zers. »Damit ich so kämpfen kann wie du?«

Er rückte ein Stück von ihr ab. »Damit du jedes Stück
Scheiße, das versucht, dir wehzutun, verletzen und dann
wegrennen kannst. Ich will nicht, dass du dich mit

irgendwem prügelst, aber ich will auch nicht, dass du schutzlos und verletzbar bist. Diese Stadt ist ein schönes Fleckchen, aber auch hier gibt es Nichtsnutze. Du musst auf dich aufpassen.«

Wenn er darüber nachdachte, was Ireland hätte widerfahren können, wenn er nicht rechtzeitig dazugekommen wäre, wurde er sehr nervös. »Lass uns von hier verschwinden.«

———

IRELAND ZITTERTE NOCH, als er die lange Zufahrt zu seinem Haus entlangfuhr. Das Adrenalin rann ihr nach wie vor durch die Adern.

Mit zusammengezogenen Brauen sah er zu ihr hinüber. Dann nahm er ihre Hand und drückte sie, und die Berührung erdete sie irgendwie. Noch vor wenigen Wochen hätte sie sich das Gefühl von Frieden, das er ihr vermittelte, nicht vorstellen können. Es war, als hätte sie ihn damals überhaupt nicht gekannt. Als hätte er sein wahres Ich vor ihr und vor allen anderen verborgen.

Ein kleiner Teil von ihr machte sich Sorgen, der alte Bran könnte zurückkehren und die letzten paar Wochen seien nur ein Traum gewesen.

Sie hielten vor seinem Haus, und Bran holte ihre Tasche vom Rücksitz. Er ging mit ihr zur Tür, und sie betraten das kleine Haus. Bran schaltete das Licht ein.

Aus irgendeinem Grund war Ireland gar nicht aufgefallen, wie leer und nackt sein Haus wirkte, als sie es zum ersten Mal betreten hatte. Das mochte daran gelegen haben, dass sie beide auf einer Mission gewesen waren, Kondome zu finden. Und dann damit beschäftigt, diese zu benutzen. Sie wurde rot.

Bran kratzte sich am Kopf. »Macht nicht gerade viel her, oder?«

»Quatsch, ist doch hübsch. Die Wände und der Boden sehen brandneu aus.«

»Das sind sie auch. Aber ich habe mich immer noch nicht darum gekümmert, mich hier groß einzurichten.«

»Dein Bett ist hübsch«, merkte sie lächelnd an.

Seine Mundwinkel hoben sich. »Da sieht man meine Prioritäten.«

Ireland schlang die Arme um seine Taille. »Du weißt deine Prioritäten clever zu setzen.«

Er zog sie vor sich, sodass ihre Oberschenkel und Bäuche gegeneinanderdrückten. »Ja, nicht wahr?« Er grinste anzüglich, und sie musste lachen.

Sie hatte sich richtig schlecht gefühlt, als sie hierhergefahren waren, und nun lachte sie schon wieder. Tief in seinem Innern verbarg Bran ein ganz weiches Herz, und sie liebte die Tatsache, dass sie diejenige war, die diese Seite von ihm zu sehen bekam. Er war liebevoll und fürsorglich, und sie wusste nicht, wieso sie das Glück hatte, ihn jetzt in ihrem Leben zu haben.

Bran ließ den Blick durch das Zimmer schweifen. »Aber mal ernsthaft, es ist echt Zeit, die Bude etwas mehr einzurichten. Wir könnten uns ja noch nicht mal einen Film anschauen, wenn wir das wollten.«

Ireland betrachtete den massiven Fernsehsessel vor dem riesigen Fernseher – die beiden einzigen Gegenstände im Wohnzimmer. »Eine Couch wäre nicht schlecht. Aber willst du jetzt wirklich einen Film anschauen?«

Er strich ihr über die Arme. »Ich tue alles, was du willst.«

»Nach dem Hochgefühl darüber, dass ich die Software zum Laufen gebracht habe, und dem Tiefpunkt mit James ...

bin ich echt erschöpft. Ich würde gern dein Angebot annehmen, mich in den Armen zu halten.«

»Aber sicher doch.«

Sie gingen hinauf in den zweiten Stock, den er ebenfalls renoviert haben musste, denn im Badezimmer glänzte alles ganz frisch, und die Wände sowie der Boden im Schlafzimmer wirkten ebenfalls wie neu. Vorhänge oder Möbel abgesehen von seinem Bett gab es nicht, und letzteres hatte sie bereits kennengelernt.

Er schnappte sich einige Kleidungsstücke vom Bett und warf sie in einen begehbaren Kleiderschrank, stellte dann ihre Tasche neben dem Bett ab. »Ich hole uns etwas zu trinken. Hast du Hunger?«

Sie hatte sich vor ein paar Stunden etwas zu essen gekauft, es aber dann nicht gegessen. Ihr Magen war verkrampft. Eine komplette Mahlzeit klang jetzt nicht gut, aber irgendetwas musste sie essen. »Vielleicht etwas Kleines, einen Snack?«

Ireland zog sich um, während Bran nach unten rannte. In Shorts und T-Shirt saß sie auf dem Bett und grübelte über den Abend nach, als er zurückkehrte.

Sie musste ein sauertöpfisches Gesicht gemacht haben, denn er fragte: »Wie fühlst du dich?«

»Aufgebracht.«

Er kam mit einem Tablett auf sie zu. Käse und Kräcker. »Das ist verständlich.« Er schüttelte den Kopf. »Ich hätte dich zu deinem Wagen begleiten sollen. Diesen Fehler werde ich nicht noch einmal machen.«

Sie griff nach seiner Hand. »Du kannst mich nicht immer beschützen. Und bis vor Kurzem hättest du mich gar nicht beschützt.«

»Aber natürlich hätte ich das.«

»Am Anfang mochtest du mich überhaupt nicht.«

Ein reumütiges Lächeln spielte um seine Lippen. »Wir haben doch schon darüber gesprochen, wie sehr ich dich mochte. Das war ja das Problem.«

Sie schnaubte. »Nun, du hast deine Gefühle verflixt gut versteckt.«

»Ich werde dir beweisen, wie sehr ich dich mag, wie sehr ich dich will, aber nicht heute Nacht. Du brauchst eine Ruhepause.«

»Okay, Boss«, erwiderte sie. Und ruinierte den Sarkasmus mit einem Gähnen, denn er hatte leider nur allzu sehr recht.

Sie aßen den Teller mit Käse und Kräckern leer, und dann glitt Ireland auf dem Bett langsam immer weiter in die Horizontale. Es fühlte sich an, als wäre ihr Körper mit Sandsäcken beschwert, und es fiel ihr immer schwerer, die Augen offenzuhalten.

Bran legte seinen Arm um sie, zog sie nah an seinen Körper, was sie nur noch schläfriger machte. Seine Brust war warm und kuschelig, und er roch nach Bran und Waschmittel. Sie hätte sich nicht von seiner Seite rühren können, selbst wenn sie das gewollt hätte.

Eins war sicher – abgesehen von Familienmitgliedern hatte Ireland noch niemals erlebt, dass ein Mann so für sie da gewesen war wie Bran heute Abend. Sie wusste nicht genau, wie sich das alles entwickeln würde, aber er war der einzige Mensch, der an ihrer Seite stand und dafür gesorgt hatte, dass sie sich sicher fühlen konnte. Und das bedeutete alles.

KAPITEL 23

Bran wachte mit einem Ruck auf. Er blinzelte mehrmals, als er sich seiner Umgebung bewusst wurde, in Löffelchenstellung hinter Ireland. Er wunderte sich auch über das Gefühl von Entspanntheit und tiefem Frieden, das ihn erfüllte. Er hatte seit Ewigkeiten nicht mehr so gut geschlafen. Er wollte jeden Tag mit Ireland in seinen Armen aufwachen.

Bran zog in Betracht, einfach im Bett zu bleiben, aber dann fiel ihm ein, dass ein Arbeitstag vor ihm lag und keiner von ihnen über den Luxus verfügte, liegenbleiben zu können. Bran nahm sich nur äußerst selten einen Tag frei. Aber wenn er darüber nachdachte, war er der einzige seiner Brüder, für den das galt. Er würde das schleunigst ändern müssen, denn wie sollte er entspannt Zeit mit seiner Freundin verbringen, wenn er immer nur arbeitete?

Widerwillig rollte er sich auf seiner Seite aus dem Bett und blickte sich dann um. Das konnte er sich nicht verkneifen. Ireland lag auf der Seite, die Hände unter dem Kopf gefaltet. Eins ihrer glatten Beine war auf verführerische

Weise ein Stück angezogen, und ihre Shorts bedeckten nur knapp die Rundung ihres extrem sexy Hinterns.

Und schon waren auch andere Teile von ihm wach.

Er wollte sich wieder zurück ins Bett und an sie heranrollen, sie eng an sich ziehen, mit seiner Hand über diese glatten Beine fahren, dann über ihre anderen Kurven, ihren Haarschopf packen und … Dieser Gedankengang war jetzt ganz unangemessen. Was eben erwacht war, richtete sich jetzt hellwach auf, bereit für Morgensex.

Bran stand auf und streckte seinen Rücken, die Arme über dem Kopf. Nach dem gestrigen Abend würde er Ireland auf keinen Fall jetzt wecken. Er konnte seine Bedürfnisse zügeln. Das hatte er schließlich jahrelang getan. Außerdem hatte er ja bereits geplant, sie später nach allen Regeln der Kunst zu verführen, wenn sie sich erst einmal ordentlich ausgeruht hatte.

Er ging zum Schrankzimmer und schnappte sich eine saubere Jeans und ein Poloshirt mit dem Logo von Club Tahoe. Auf dem Weg in die Dusche hielt er allerdings am Fuß des Bettes noch einmal inne. Irgendwann im Laufe der Nacht war ihr die Decke heruntergerutscht.

Er nahm die dicke Bettdecke und deckte sie ganz sachte damit zu. So war es besser. Auch wenn er ihre Kurven so liebte, wollte er nicht, dass ihr kalt wurde, wenn er nicht bei ihr lag, um sie warmzuhalten … was ihn wiederum auf dumme Gedanken brachte, *wie* er sie warmhalten könnte.

Verflixt. Bran eilte unter die Dusche.

Als er sauber, frisch und wieder etwas abgekühlt war, vergewisserte er sich noch einmal, dass Ireland noch schlief, bevor er leise die Treppe hinunterlief.

Er hatte seinen Brüdern gestern Nacht noch eine SMS geschickt und ihnen von dem Zwischenfall auf dem Parkplatz berichtet, nachdem Ireland eingeschlafen war. Sie hatten sich entsprechend entsetzt gezeigt, aber Levi war am wütendsten und sofort bereit gewesen, mehr in die Sicherheit zu investieren, und in Anbetracht dessen, was hätte passieren können, hatte Bran ihm zugestimmt. Sie hatten entschieden, einen weiteren Sicherheitsmann einzustellen, der den Parkplatz im Blick behielt. Natürlich hatte diese Unterhaltung insgesamt fast eine Stunde gedauert, da er sich durch endlose Flüche in Textform scrollen und schnell tippen musste, um zwischen dem Hin und Her seiner vier Brüder überhaupt auch mal eine Nachricht unterzubringen. Gruppenchats mit seinen Brüdern waren stets ein Quell der Freude.

Bran schrieb Adam eine Nachricht, um ihn wissen zu lassen, dass Ireland vielleicht etwas später zur Arbeit erscheinen würde, und schaltete dann die Kaffeemaschine ein. Betrunken, verkatert, völlig übermüdet – Bran vergaß niemals, die Maschine am Vorabend zu befüllen. Bald würde er sich ein noch schickeres Gerät leisten, um das Ding abzulösen, das er gekauft hatte, bevor er im Club angefangen hatte. Schließlich verdiente er jetzt mehr Geld. Er hätte gern ein Ding mit Timer, das ihm die perfekte Tasse Kaffee vorprogrammiert zum richtigen Zeitpunkt einschenkte. Andererseits besaß er noch nicht einmal eine Couch. Vielleicht sollte der multitaskingfähige Kaffee-Vollautomat warten, bis er die Couch von der Liste der Dinge gestrichen hatte, mit denen er sein Haus einrichten wollte.

Er holte Eier und ein paar andere Sachen aus dem Kühlschrank und schnitt Gemüse klein, um ein Omelett zu zaubern. Trotz seines Berufs war er kein guter Koch, aber für Eier reichte es allemal.

Bran deckte das fertige Omelett ab, um es warm zu

halten, und steckte Brotscheiben in den Toaster, stellte Kaffeebecher auf die Kücheninsel, holte Besteck heraus. Er ließ den Blick durch den Raum schweifen und zog innerlich die Schultern ein. Wenn er wie jetzt genauer hinsah, war seine Hütte verdammt deprimierend. Er brauchte einen Esstisch und Stühle und eine Million anderer Dinge. Wieso war ihm das bisher so egal gewesen?

Weil er nie jemanden gehabt hatte, den er beeindrucken wollte. Sein Haus war ein Ort zum Schlafen und Duschen. Er aß ja kaum je hier, auch wenn er das Nötigste im Vorratsschrank hatte.

Das Zuhause, das er Wes abgekauft hatte, war kaum mehr als eine bessere Einzimmerwohnung mit Terrasse auf einem weitläufigen Grundstück gewesen. Wes hatte es damals renovierungsbedürftig gekauft, war aber nie wirklich dazu gekommen, viel zu renovieren. Als sein Bruder dann etwas Größeres brauchte, erwarteten er und Kaylee bereits Nachwuchs, also musste es vor allem schnell gehen. Also hatte Bran ihm die Bude abgekauft.

Mit der Hilfe eines Freundes der Familie, dem das Sallee-Bauunternehmen gehörte, hatte Bran das Haus erst vor Kurzem so umgebaut, dass es zwei Schlafzimmer und auch zwei Bäder gab. Das Haus war in gutem Zustand, bot ein hübsches Dach über dem Kopf, aber was fehlte, war jeglicher Komfort.

Ireland kam die Treppe hinunter. Ihre langen Haare waren noch nass, und sie trug ein Outfit, das sie wohl gestern für den heutigen Arbeitstag eingepackt hatte. Am Fuß der Treppe gähnte sie und schenkte ihm ein schüchternes Lächeln. »Ich bin irgendwann einfach weggepennt.«

»Das bist du.«

»Tut mir leid?«

»Quatsch. Du hast den Schlaf gebraucht. Auch wenn ich

zugeben muss, dass ich dich heute Morgen am liebsten geweckt hätte.«

Sie spähte lächelnd über seine Schulter. »Wie es scheint, hast du mir stattdessen Frühstück gemacht.«

»Enttäuscht?«

Sie verzog den Mund. »Irgendwann möchte ich mal morgens ›Bran spezial‹ – zuerst Sex, dann hausgemachtes Frühstück.«

Er kam auf sie zu und schlang seine Arme um sie, packte mit den Händen ihren Hintern. »Führe mich nicht in Versuchung. Ich mache alle möglichen unerwarteten Sachen, wenn es um dich geht – zu spät zur Arbeit zu erscheinen, ließe sich ganz leicht der Liste hinzufügen.« Er küsste ihren Hals und ließ seine Lippen dann tiefer gleiten. »Ich breche meine selbstauferlegten Regeln ... kaufe Möbel ... und sehe Schreibtischsex plötzlich als absolut akzeptable Pausen-Aktivität.«

»Du willst neue Möbel kaufen?«

»Und ich will Schreibtischsex. Hast du den Teil überhört?«

Sie schlang nun ihrerseits ihre Arme um ihn und vergrub die Hände in seinem Hintern, griff hart zu. »Du bist doch derjenige, der das mittendrin abgebrochen hat, nicht ich. Du weißt, ich wäre dabei.«

»Ireland«, sagte er warnend.

Sie küsste sein Kinn. »Ja?«

»Wir müssen zur Arbeit.«

»Und?«

»Und jetzt würde ich dich am liebsten auf den Fernsehsessel werfen und mich an dir vergreifen.«

Sie rümpfte die Nase. »Das klingt nicht sehr ... stabil. Was, wenn das Ding hintenüberkippt?«

»Guter Punkt. Gehst du nachher mit mir einkaufen? Ich

muss die Möbelsituation umgehend beheben, damit solche Bedenken unsere gemeinsame Zeit nicht weiter beeinträchtigen. Wie steht's mit deinem Dekorationstalent?«

———

BRAN VERLIESS seinen Arbeitsplatz frühzeitig und holte Ireland dann ab, um mit ihr zu einem Möbelhaus in der Stadt zu fahren. Aus dem italienischen Restaurant des Clubs hatte er etwas zu essen mitgebracht, und sie aßen an einem Picknicktisch zu Abend, der sich auf einer grasbewachsenen Anhöhe mit Blick über den See befand. Er hätte kaum einen malerischeren Ort finden können. Die Sonne stand bereits tief am Horizont, und aus der Nähe hörte man das Plätschern des Wassers – perfekter hätte die Kulisse nicht sein können. »Lief die Arbeit heute einigermaßen?«, fragte er.

Ireland aß zuerst ihren Happen Spaghetti Bolognese und schluckte, wischte sich den Mundwinkel ab. »Eigentlich sogar richtig großartig. Ich habe meinem Chef erzählt, dass ich dieses Programm für Club Tahoe neugeschrieben habe, und er möchte, dass ich etwas Ähnliches für eins der größeren Casino-Hotels in Las Vegas mache.«

Sie strahlte, während Bran das Knoblauchbrot plötzlich ganz schwer im Magen lag.

Er kaute langsam auf dem nächsten Stück herum und überlegte, was er sagen sollte. Ireland war glücklich, und er freute sich für sie, fühlte sich aber gleichzeitig habsüchtig. Er wollte Ireland auf keinen Fall wieder verlieren, nachdem er sie gerade erst gefunden hatte. »Dann wirst du in einem anderen Hotel arbeiten? Im Nachbarstaat?«

Sie schüttelte abrupt den Kopf und berührte ihre Lippen mit der Hand, als ein Krümel Knoblauchbrot hinunterfiel.

Üppige Lippen … Lippen, die er küssen wollte. »Nein, nichts dergleichen. Mein Chef bezahlt mich als Subunternehmerin für die Aufgabe. Ich werde wohl ein paar Geschäftsreisen machen müssen, aber Lake Tahoe ist jetzt mein Zuhause.«

Der Druck in seinem Brustkorb ließ nach. Und auch das war eine ganz neue Erfahrung. Niemand war ihm bisher so wichtig gewesen.

»Was bedeutet«, fuhr Ireland aufgeregt fort, »dass meine Studienkredite im Handumdrehen abbezahlt sein werden.« Sie schüttelte den Kopf und lächelte schüchtern. »Alles läuft so gut, dass ich Angst habe, es irgendwie zu vermasseln. Ich war in meiner bisherigen Laufbahn noch nie so glücklich, und dann …«

»Und dann?«

Sie ergriff seine Hand. »Und dann mag ich auch dich noch irgendwie.«

»Irgendwie?« Er zog ein gespielt beleidigtes Gesicht.

»Ein bisschen, ja. Du bist ziemlich heiß. Und süß.«

»Moment mal – niemand hat mich je als süß bezeichnet.«

»Aber die haben dich auch alle nicht gekannt, oder?« Sie lehnte sich zu ihm hinüber und küsste ihn auf die Lippen, eine federleichte Berührung. Sein Herz stand sofort in Flammen.

Er rückte auf der Sitzbank näher zu ihr heran, bis sich ihre Seiten berührten. »Nenn' mich bloß nicht vor meiner Familie so. Meine Brüder würden mich auf ewig damit aufziehen.« Er küsste sie heftig, um ihr zu zeigen, wie wenig ›süß‹ er sein konnte.

Mit gerötetem Gesicht und leicht verwirrtem Blick versprach sie: »Dein Geheimnis ist bei mir sicher. Außerdem glaube ich eh, dass du deine süße Seite nur mir zeigst, und das gefällt mir. Gibt mir das Gefühl, jemand Besonderes zu sein.«

Er schob eine Locke zurück, die über ihre wunderschönen, grünen Augen fiel. »Du bist jemand Besonderes.«

Bran war zum ersten Mal glücklich seit ... er wusste nicht, wie lange das her war.

Selbst auf der Arbeit liefen die Dinge rund, nachdem Ireland seinen Arsch gerettet hatte. Heute war der erste Tag gewesen, an dem alles perfekt funktioniert hatte, seit er die Leitung der Restaurants übernommen hatte. Nach einem Jahr voller 14-Stunden-Tage hatte er die Dinge wohl endlich gut im Griff. Und jetzt hatte er auch noch eine Frau in seinem Leben, die er niemals wieder verlieren wollte. Dafür würde er alles tun.

Sie aßen auf und gingen dann rüber zu dem Möbelhaus, bevor dieses schloss.

Auf der Hinfahrt hatte er mit Ireland darüber gesprochen, was er kaufen sollte. Sie waren sich einig, dass als erstes eine Couch hermusste. An zweiter und dritter Stelle standen ein Esstisch mit Stühlen und eine größere Kommode für sein Schlafzimmer.

Bran hätte auch die erstbeste Couch im Laden genommen, die ihm groß genug für seine Statur erschien, aber Ireland schleppte ihn durch den Laden und lauschte der Verkäuferin, die ihr lang und breit die Vorzüge jeder einzelnen erläuterte. Ob die Polster mit einer Daunenlage umhüllt waren, ob sie Sprungfedern enthielten ... letztendlich nickte er einfach immer wieder und versuchte, an Irelands Körpersprache abzulesen, welche er denn nun kaufen sollte.

»Die hochwertigen kosten mehr, halten aber dafür auch länger«, fasste Ireland zusammen, nachdem die Verkäuferin ihnen etwas Raum gab, damit sie sich in Ruhe besprechen konnten. »Wie steht's mit deinem Budget?«

Wenn sie wüsste. Bran hatte seit Jahren nicht mehr nachgeschaut, wie es um seinen Treuhandfonds stand, aber beim letzten Mal war da genug Geld gewesen, um einer vierköpfigen Familie ein ganzes Leben in verschwenderischem Wohlstand zu finanzieren. »Es gibt kein Budget. Such' einfach eine aus, die dir gefällt.«

»Du möchtest, dass ich sie aussuche?« Sie schien überrascht.

Wusste sie denn nicht, wie das lief? Bran war es gleichgültig, welche Couch er kaufte, solange sie sich bei ihm zu Hause wohlfühlte. Damit sie noch häufiger zu ihm kam. Und mit ihm Filme schaute. Und sein Zuhause mit ihrer Gegenwart schöner machte.

Er zuckte die Achseln. »Ich vertraue auf dein Urteilsvermögen. Such' bloß eine aus, die groß genug für mich ist. Nichts ist schlimmer als ein großer Kerl auf einer winzigen Couch.«

Sie kicherte, und er schlang einen Arm um ihre Taille. Bran hasste Einkaufen, aber das hier war gar nicht so schlimm. Ireland roch gut und hatte offenbar die Verkäuferin verzaubert, denn die hatte ihnen bereits einen Rabatt von 15 Prozent auf jede Couch, die sie heute noch kauften, angeboten.

Ireland wählte eine aus weichem, braunem Leder, das sich nicht kalt anfühlte, wenn man es anfasste.

Er setzte sich darauf und beschloss, dass sie zu seiner Statur passte. Weder sank er zu tief ein, noch fühlte es sich an, als säße er auf Stein.

Er winkte sie mit dem Finger zu sich, und Ireland setzte sich neben ihn.

Bran legte seinen Arm um ihre Schultern, um ein

Gefühl dafür zu bekommen, wie es sein würde. »Das passt«, sagte er, aber in Gedanken rechnete er sich bereits aus, ob sie auf dieser Couch auch bequem Sex haben konnten.

Sah ganz danach aus. Und prompt dachte er über all die Stellungen nach, die sie ausprobieren könnten. »Ist gekauft«, rief er, bevor sich sein Unterleib unübersehbar in die Entscheidungsfindung mischen konnte.

Ireland suchte als Nächstes einen Esstisch mit gepolsterten Stühlen aus, dann noch eine Kommode und Nachttische, die sie als ›Crossover mit rustikalem Anstrich‹ bezeichnete, was auch immer das heißen sollte. Die Möbel waren aus Holz und sahen nett aus. Mehr brauchte Bran nicht zu wissen, bevor er seine Kreditkarte zückte.

Die Verkäuferin kümmerte sich um die Rechnung und versprach, dass die Couch in wenigen Tagen geliefert werden würde. Die restlichen Möbel mussten vom Lager geordert werden und würden in zwei bis vier Wochen geliefert werden.

Es war ein wenig enttäuschend, so lange darauf warten zu müssen, nachdem er sich endlich durchgerungen hatte, seine Bude einzurichten. Aber Ireland schlug vor, dass sie ja inzwischen einige Lampen und andere Dinge kaufen könnten, um das Haus noch etwas gemütlicher zu machen, und Bran hatte seinen Kaffee-Vollautomaten wieder auf die Liste gesetzt. Was seine Laune augenblicklich verbesserte.

Er wollte ein richtiges Profi-Gerät haben, mit einer Einweich-Funktion für die gemahlenen Bohnen, einer Höhenlagen-Anpassung – eben mit allen Schikanen. Er würde das genauer recherchieren, aber nicht mehr heute Abend. Denn für heute Abend hatte er Pläne, die Ireland und das einzige Möbelstück einschlossen, das er bereits besaß.

Sie spazierten zu seinem Pick-up zurück, und Bran musterte sein Mädchen.

Sie blinzelte. »Woran denkst du gerade?«

Er öffnete ihr die Beifahrertür. »An dich. Und an mein Bett.«

Sie grinste, und er ging um den Wagen herum und stieg auf der Fahrerseite ein.

»Was ist denn mit mir und deinem Bett?«, fragte sie schamhaft.

»Ich habe daran gedacht, wie schön das war, heute früh neben dir aufzuwachen.«

»Das ist alles?«

»Und daran, wie viel toller es sich anfühlen wird, nackt neben dir aufzuwachen, nachdem ich deinen Körper heute Nacht ein paar Mal vernascht habe.«

»Ein paar Mal gleich!«

»Ich habe Ausdauer. Überrascht dich das?«

»Nein.« Sie schüttelte den Kopf. »Ich muss mich immer wieder daran erinnern, dass der Bran, den du der Welt zeigst, nicht der wahre Bran ist.«

Er lehnte sich zu ihr herüber und hielt ihr Kinn mit Daumen und Zeigefinger, um ihre weichen Lippen zu küssen. »Nur du bekommst den wahren Bran zu sehen.« Dann hob er eine Braue. »Wenn du ihn sehen willst, wie wäre es dann, wenn wir zurück zu mir fahren und uns nackig machen. Nach all der harten Shopping-Arbeit.«

»Aber wir haben stundenlang mit Shoppen verbracht, und jetzt habe ich schon wieder Hunger. Lass uns irgendwo vorbeischauen und uns etwas Süßes holen.«

»Ich gebe dir etwas Süßes«, sagte er und lehnte sich erneut zu ihr, um sich noch einen Kuss zu rauben.

»Ich will aber Nachtisch. Ohne Witz jetzt.« Sie drückte ihre Hand auf ihren Bauch. »Außer unserem Abendessen habe ich heute nicht viel gegessen, und für das, was dir vorschwebt, brauche ich Energie. Du willst mich doch im Vollbesitz meiner Kräfte, oder?«

Verflixt, damit hatte sie ihn.

Bran rechnete sich aus, wie lange dieser Abstecher wohl dauern mochte. Es war ein Dilemma: Sie mit Süßigkeiten glücklich machen oder doch lieber mit süßen, schmutzigen Einfällen im Bett? »Wir brauchen gar nicht im Laden vorbeizuschauen. Ich habe noch Eier im Kühlschrank.«

Ireland schlug ihm spielerisch auf den Arm. »Bran Cade, Eier sind kein Nachtisch!«

Er wusste, wann er sich geschlagen geben sollte. Bran fuhr mit ihr zum Supermarkt und warf alles Cremige, Süße, nach Nachtisch Aussehende, was ihm ins Auge fiel, in den Einkaufswagen. Wenn Ireland vor einem Regal innehielt, drängte er zur Eile.

Er nahm ihr eine Packung Kekse aus der Hand und warf sie ebenfalls in den Wagen.

»Meine Güte, jetzt wird es aber lächerlich. Wir hatten doch erst vor Kurzem Sex ... das ist erst ein paar Tage her ... oh. Ach so.«

»Ganz genau.«

»Aber du hattest weit längere Durststrecken.«

Er schnaubte. »Ich hatte jahrelang keinen Sex, da kannst du meine Brüder fragen. Aber das ist nicht der Punkt.«

»Was ist denn der Punkt?«

Er streckte die Hand aus und fasste ihr an den Hintern. »Meine Freundin ist heiß.«

Sie grinste, aber das Lächeln verschwand gleich wieder von ihrem Gesicht.

»Was habe ich gesagt?« Er legte die Sachen aus dem Wagen auf das Kassenband. »Soll ich dich lieber nicht meine Freundin nennen? Ich kann das lassen, wenn du dich damit noch nicht so richtig wohlfühlst.«

»Es gefällt mir, dass du mich als deine Freundin bezeichnest. Es gefällt mir viel zu gut. Ich warte die ganze Zeit darauf, dass eine Bombe einschlägt. Es ist alles zu perfekt.«

Sie waren jetzt beim Kassierer angekommen, also wartete Bran mit der Antwort, bis sie mit der Tüte in der Hand draußen waren. »Hier schlägt keine Bombe ein. Ich kannte dich bis vor Kurzem noch nicht, und jetzt ist alles perfekt, weil ich dich gefunden habe.«

»Wärst du dafür auch bereit gewesen, wenn wir uns schon Jahre zuvor begegnet wären?«

Sie verdiente eine ehrliche Antwort. »Das würde ich gern glauben. Du bist ja immer noch du. Es ist mehr als deine Schönheit, was mich anzieht. Deine Intelligenz, dein Sinn für Humor, deine Brille ...« Er grinste.

Sie schüttelte den Kopf. »Du bist der einzige Mann, der meine Brille mag.«

»Das bezweifle ich. Es gibt ganz sicher eine Porno-Seite, auf der sich alles um scharfe Bräute mit Brillen dreht. Das ist ein Fetisch.«

Sie sah ihn misstrauisch an. »Ist es dein Fetisch?«

Er beförderte die Einkaufstüte hinten in den Wagen. »Ich hatte nie einen Fetisch, bis du in mein Leben getreten bist. Jetzt habe ich einen Ireland-Fetisch.« Ihr Lächeln war so strahlend, dass sein Herz auf einmal schneller schlug.

»Ich hätte mich auf jeden Fall in dich verliebt, ganz gleich, wann wir uns begegnet wären«, befand er.

Sie waren ja im Grunde gerade erst zusammengekommen, und er wollte sie nicht verschrecken. Aber das war ja der springende Punkt: Er hatte noch nie eine richtige Freundin gehabt. Unverbindliche Begegnungen waren eher sein Ding gewesen. Bis er sie traf.

Sie war anders. Klug, lustig und frech – und das waren nur einige ihrer liebenswerten Eigenschaften. Sie duftete auch unglaublich gut, und ihre Haut war das Weichste, was er je berührt hatte. Er mochte es auch, wie gut sie in seine Arme passte, als wäre ihr Körper für seine Umarmung gemacht. Sie war alles, was er brauchte, und auch alles, wovon er nie geahnt hatte, dass er es wollte.

Und nun gehörte sie ihm, und er würde sie nicht wieder loslassen.

KAPITEL 24

»Du hast was vor?«, hakte Irelands ältester Bruder Gabe ungläubig nach.

»Ich bringe meinen Freund mit zu Calis Hochzeit«, wiederholte Ireland. »Naja, nachdem ich ihn gefragt habe, ob er mein Date für den Tag sein möchte. Wieso?«

»Wer zum Teufel ist dieser Clown?«, wollte Gabe wissen.

»Du bist so ein Idiot. Ich bin eine erwachsene Frau. Kannst du dich nicht einfach für mich freuen?«

»Nicht, bevor ich ihn nicht kennengelernt habe und seine Absichten kenne.«

»Richtig, weil wir ja auch im 19. Jahrhundert leben. Du machst dich echt lächerlich.« Irelands Blick ging quer durch Jaegs Wohnzimmer, und auf Calis erhobene Braue hin verdrehte sie die Augen. »Hast du überhaupt gehört, was ich gesagt habe, bevor du dich an der Tatsache aufgehängt hast, dass ich einen Freund habe? Cali hat ihren Hochzeitstermin vorverlegt. Kannst du da oder nicht?«

Gabe stieß einen tiefen Seufzer aus. »Ich werde im Kalender nachsehen. Wieso hat Cali es überhaupt so eilig. Sie ist doch nicht schwanger, oder?«

Ireland starrte an die Zimmerdecke und flehte um Gottes Beistand. »Nein, sie ist nicht schwanger, aber es würde auch keinen Unterschied machen, wenn sie es wäre. Cali und Jaeg sind seit vier Jahren zusammen und sind sich einig.«

»Das kommt ziemlich kurzfristig. Kann sein, dass ich schon Pläne habe.«

Ireland fasste sich mit Daumen und Zeigefinger an die Nasenwurzel. »Deswegen rufe ich ja an und bitte dich, in deinem Kalender nachzusehen. Welche Laus ist dir eigentlich heute über die Leber gelaufen? Du bist dermaßen missmutig drauf.«

Gabe grummelte: »Jennifer versucht, mich festzunageln. Sie will sich verloben.«

»Gabe, du bist seit drei Jahren mit der Frau zusammen und du wirst dieses Jahr 30. Willst du denn nicht bei ihr bleiben?«

»Bei ihr bleiben, ja. Aber heiraten ... ich weiß nicht. Und mir gefällt es definitiv nicht, dass sie mir solchen Druck macht.«

Cali machte eine Kurbelbewegung mit der Hand, damit Ireland zum Ende kam.

»Hör zu, ich muss auflegen«, sagte Ireland. »Da die Hochzeit nun früher stattfindet, braucht Cali meine Hilfe. Ruf mich einfach zurück und sag' Bescheid, ob du kommst. Jake kann nicht dabei sein, weil er außer Landes ist, aber Lucas wird da sein. Wenn du also nicht auftauchst, lässt du deine Geschwister und Cali hängen. Kein Druck.«

»Wer ist jetzt der Arsch?«

»Beweg' deinen Hintern hier runter für Calis Hochzeit und geh' mal in dich, was du nun wirklich von Jennifer willst. Wenn es keine gemeinsame Zukunft ist, dann lass' das arme Mädchen gehen. Die Eierstöcke einer Frau haben eine begrenzte Halbwertszeit.«

»Jetzt fang' du nicht auch noch so an«, stöhnte er.

»Du bist doch der Arzt und müsstest am besten wissen, wie das alles funktioniert.«

»Ganz genau, und deswegen muss es mir auch nicht jeden Tag wieder jemand vorkauen.«

»Wenn Jennifer dir damit auf den Geist geht, muss sie echt frustriert von dir sein. Aber das kann ich ihr auch nicht verdenken.«

»Was ist aus der Familienloyalität geworden?«

»Ich bin loyal. Ich verstehe bloß nicht, wieso du so ein Drama daraus machst, wenn du sie doch liebst.«

Gabe schwieg einen Moment lang. »Sag' Cali einfach, dass ich da sein werde.«

»Mit Jennifer?«

»Das weiß ich noch nicht.«

»Okay, na schön, dann viel Glück damit. Sag' Bescheid, wenn du wieder meinen großartigen Rat brauchst.«

»Ich passe lieber«, gab er kratzbürstig zurück.

Ireland lachte und legte dann auf. »Er kommt«, informierte sie Cali.

»Gut«, erwiderte diese. »Und jetzt komm hierher und hilf mir mit den Einladungen. Wir müssen noch 100 Adressen auf die Umschläge schreiben.«

Ireland stand von der Couch auf und gesellte sich zu Cali am Esstisch. »Wieso hast du die Adressen nicht draufgedruckt?«

»Weil Pinterest sagt, dass handschriftliche am traditionellsten sind.«

»Nun, wenn Pinterest das sagt ...«

Cali zog die Brauen zusammen. »Mach mich jetzt bloß nicht fertig. Ich bin schon gestresst.«

»Tut mir leid, meine Brüder treiben mich jedes Mal in den Wahnsinn. Ich bin ja da, um dir zu helfen. Was soll ich machen?«

Cali reichte ihr den ersten Briefumschlag vom Stapel und schnappte sich dann ein Blatt Papier. »Fang' bitte mit den Anschriften an.« Sie musterte ihre Cousine noch einmal, als diese den Stift zur Hand nahm. »Du bringst also Bran als deine Begleitung mit?«, hakte sie nach.

»Mh-hm.«

»Er ist sowieso eingeladen, weißt du. Du brauchst ihn nicht als Begleitung zu nennen. Wenn er allerdings dein fester Freund ist, wie du am Telefon gesagt hast ...«

»Hast du gelauscht?«

»Selbstverständlich.«

»Wir sind ... in einer Beziehung. Er nennt mich seine Freundin.« Der Gedanke, dass Bran ihr fester Freund war, brachte ihren Magen zum Flattern.

Cali senkte ihren Stift. »Und wie nennst du ihn?«

»Meinen Freund?«

»Bist du sicher, dass das deine Gefühle für ihn sind? Denn es schien mir, als hättest du gezögert.«

Ireland hörte zu schreiben auf und blickte ihre Cousine an. »Bran ist wunderbar. Ich liebe es, dass er mich seine Freundin nennt, und ich bin stolz darauf, ihn als mein Date mitbringen zu können. Manchmal bin ich bloß ...«

»Was?«, fragte Cali nach.

»Manchmal bin ich besorgt, weil er noch nie vorher eine feste Freundin hatte.«

»Er hatte einfach die richtige Frau noch nicht gefunden. Steht er loyal zu dir?«

»Ja.«

»Und ist er liebenswürdig und denkt ständig an dich,

macht er Pläne, um Zeit mit dir zu verbringen? Gibt er dir das Gefühl, etwas Besonderes zu sein?«

»Ja, all das und mehr. Er ist wundervoll. Ich wusste ja nicht, dass diese Seite von ihm existiert, und seit ich es weiß, bin ich sehr verliebt.«

Ein fettes Grinsen breitete sich auf Calis Gesicht aus. »Ich habe es immer noch drauf.«

»Wovon redest du denn jetzt?«

»Ich habe es vorhergesagt. Ich habe dich in seine Richtung gestupst, und ihr beide habt euch verliebt.«

Hatten sie das?

»Moment mal«, protestierte Ireland. »Du hast mich in Hunts Richtung gestupst, nicht in Brans.«

»Habe ich das?« Calis Gesichtsausdruck war völlig selbstgewiss, so als hätte sie all das von Anfang an geplant.

Ireland schüttelte den Kopf. »Du hättest niemals wissen oder auch nur vorhersehen können, dass ich mit Bran zusammenkommen würde. Du warst krank, und an dem Tag hätte eigentlich Hunt die Tour machen sollen.«

Cali stand vom Sofa auf und streckte die Hand aus, als bewundere sie ihre schön manikürten Fingernägel. »Wie gesagt, ich habe es vorhergesehen. Vielleicht habe ich nicht alles perfekt durchgeplant, aber ich wusste, dass du ihm gefällst.«

Cali und ihre Verkuppelungsversuche ... »Genug über mich und Bran geredet«, beschied Ireland. »Wir haben eine Hochzeit zu planen. Was müssen wir sonst noch erledigen? Ich fasse es nicht, dass du den Termin in zwei Wochen genommen hast. Haben die Leute überhaupt genug Zeit, die Anreise hierher zu organisieren?«

»Ich habe vor einer Woche allen eine Mail geschrieben und ihnen das Datum mitgeteilt, außerdem angekündigt, dass die schriftlichen Einladungen bald in die Post gehen.«

Cali hörte wieder auf zu schreiben und blickte auf. »Ich konnte nicht mehr länger warten. Meine eigene Unentschlossenheit hat mich verrückt gemacht.«

»Ich weiß, ich habe es ja mitbekommen«, erwiderte Ireland lachend. Cali funkelte sie böse an. »Aber mal im Ernst, ich glaube, es war die richtige Entscheidung, das Ganze auf dem Grundstück von Jaegs Eltern abzuhalten. Nach allem, was du erzählt hast, klingt das nach einer wirklich idyllischen Kulisse.«

Cali seufzte. »Ist es auch. Und die Langs haben eine Hochzeitsplanerin engagiert, die mir helfen soll, Sitzordnung und Menü und im Grunde alles, was ich sonst noch brauche, auszuwählen. Morgen soll ich mich mit ihr treffen. Jetzt muss ich nur noch ein Hochzeitskleid finden.«

»Das sollte doch Spaß machen.«

»Willst du mitkommen? Du kannst dann auch Kleider anprobieren. So als Trauzeugin.«

Ireland machte große Augen. »Bin ich denn deine Trauzeugin?«

Cali lächelte. »Würdest du? Gen ist auch Brautjungfer.«

Ireland stand auf und umarmte ihre Cousine, die noch auf dem Sofa saß. »Liebend gern. Du bist die Schwester, die ich nie hatte, und zwischen meinen Brüdern brauchte ich eine Schwester ganz dringend. Wenn du nicht gewesen wärst, hätte ich sie alle schon vor langer Zeit ermordet.«

»Da bin ich ja froh, dass ich dich vor dem Knast bewahrt habe. Aber ich verstehe gar nicht, wieso ihr euch ständig streitet. Ich liebe deine Brüder.«

»Das sagst du nur, weil du nie mit ihnen unter einem Dach leben musstest.«

»Stimmt. Was hältst du davon, wenn wir in den nächsten Tagen mal shoppen gehen? Gen nimmt sich auch einen Tag an der Uni frei, um mich zu begleiten.

Habe ich dir erzählt, dass sie jetzt eine Postdoc-Stelle hat?«

»Nein, das ist ja großartig. Das ist toll für sie. Und ja, ich werde zusehen, dass ich mitkommen kann. Wenn nötig, nehme ich mir einen Tag frei.«

»Wunderbar!« Cali ließ den Blick über den Tisch schweifen, wo noch viel zu viele unbeschriftete Briefe lagen. »Holen wir die Weinhalter aus dem Schrank. Das hier wird noch eine Weile dauern. Wir brauchen Stärkung.«

»Wenn wir trinken, werden die Adressen aber immer schiefer. Ich kann dir keine ruhige Hand versprechen, wenn ich den Wein quasi direkt inhaliere.«

»Pinterest hat nur gesagt, dass man sie handschriftlich machen soll, von perfekt war keine Rede. Und ich brauche jetzt ein Glas, nachdem ich schon 200 Adressen geschrieben habe.« Cali machte mehrmals eine Faust. »Ich glaube, ich bekomme Karpaltunnelsyndrom.«

»Himmel, wie viele Leute hast du denn eingeladen?«

»Na, 300. Aber wie du eben richtig gesagt hast, ist es recht kurzfristig, also werden es nicht alle schaffen.«

»Ich hoffe, Jaegs Eltern sind auf so viele Menschen vorbereitet.«

»Machst du Witze? Ich musste denen ausreden, dass wir alles auf 400 Gäste ausrichten. Sie wollten die gesamte österreichische Bagage einladen. Wir haben uns auf Tanten, Onkel, Cousins und Cousinen ersten Grades geeinigt.«

Cali stand auf und kramte in einer Küchenschublade herum. Sie holte ihren glitzernd verzierten Weinhalter heraus und brachte Ireland einen leuchtend blauen. Weinhalter gehörten in Calis Haus zur Grundausstattung.

Sie öffnete eine Flasche Rotwein und goss zwei Gläser ein. »Auf geht's zum Schreib- und Trinkmarathon!«

Oh weia.

KAPITEL 25

»Rate mal, was eben geliefert wurde!« Bran telefonierte auf dem Weg zum Parkplatz. Als er am Golfshop vorbeiging, hob er grüßend den Kopf, denn Wes stand mit Harlow auf dem Arm vor der Boutique. Er machte einen Ausfallschritt und drückte Harlow einen Kuss auf die rosige Backe, blieb aber nicht stehen.

»Hey!«, rief Wes ihm nach. »Wo brennt's denn?«

Bran hob nur die Hand, drehte sich aber nicht um. Er hatte keine Zeit, mit seinem Bruder zu reden, auch wenn er gern etwas Zeit mit Harlow verbracht hätte. Er würde es später mit einem Besuch bei seiner Nichte wiedergutmachen. Aber jetzt hatte er etwas Wichtiges zu erledigen. Mit seiner Freundin.

»Was ist es denn?«, fragte Ireland und klang dabei etwas abgelenkt. Er konnte hören, dass sie gleichzeitig in einer Wahnsinnsgeschwindigkeit auf einer Computertastatur tippte.

In den letzten Tagen hatte Ireland immer lange gearbeitet, weil sie und ihr Vorgesetzter das neue Projekt in Vegas planten. Außerdem half sie Cali mit der Hochzeit, die mit

Riesenschritten nahte. Daraus resultierte, dass Bran sie nur im Bett zu Gesicht bekam. Er beklagte sich nicht, aber er genoss es auch, mit seiner Freundin ganz entspannt außerhalb des Bettes Zeit zu verbringen. Im Augenblick konnte er allerdings an nichts anderes als an Sex denken. Er wollte sie ausgiebig lieben.

»Der Esstisch und die Stühle«, sagte er. »Du weißt, was das bedeutet?«

»Wir können endlich am Tisch essen?«

Bran lachte leise. »So wenig Fantasie? Ich bin auf dem Weg nach Hause. Komm vorbei, dann wirst du schon sehen, was mir vorschwebt.«

Das Tippen im Hintergrund hörte abrupt auf. »Ich wollte eigentlich noch einige Dinge geschafft kriegen ...«

»Du klingst unentschlossen. Ich habe Essen von *Prime* dabei und halte ein Schoko-Lava-Törtchen in den Händen.«

»Soll dich doch der Teufel holen ...« Sie stieß einen langgezogenen Seufzer aus. »Wie viele Lava-Törtchen?«

»Eins für jeden von uns. Und echte Schlagsahne.«

»Ich bin in 15 Minuten da.«

Er grinste. »Bin ich denn nur für den Nachtisch gut? Was ist mit meinem hübschen Gesicht und meiner charmanten Art? Willst du denn nicht auch so Zeit mit deinem Kerl verbringen?«

Sie senkte die Stimme. »Diese Woche habe ich doch jede Nacht bei dir verbracht. Und das nicht etwa, weil ich dann genug Schlaf bekomme.« Er hörte das Lächeln in ihrer Stimme. »Dein hübsches Gesicht und deine charmante Art sind zu überwältigend.«

»Willst du dich etwa beklagen?«

»Nein. Aber irgendwann schlafen wir mal 14 Stunden am Stück. Und ich meine wirklich schlafen, nicht die anderen Sachen, die wir bisher im Bett gemacht haben.«

»Das ist ein interessantes Konzept. Ich werde es in Betracht ziehen. Hast du deine Übernachtungstasche mit zur Arbeit genommen?«

Sie zögerte. »Womöglich.«

Das wertete er als ein Ja. »Ich mag Frauen, die vorbereitet sind. Bis gleich.«

Ireland klopfte an Brans Tür. Ihre Schultern waren völlig verspannt, weil sie den ganzen Tag am Schreibtisch gesessen hatte.

Bran öffnete die Tür und begrüßte sie mit einem Grinsen. Sein Haar war noch feucht vom Duschen. Der Duft nach sauberem Mann und Duschgel umhüllte ihn, und er trug ein enganliegendes T-Shirt und eine Jeans, die tief auf seinen Hüften saß. Er war barfuß.

Und schon hatte sie wieder Schmetterlinge im Bauch. Heute Nacht würde sie kaum Schlaf bekommen, aber das war ihr jetzt auch schon egal. Der Mann war unwiderstehlich, und sie wollte ihn ablecken.

Brans Lächeln wurde breiter, und er zwinkerte ihr zu.

Gut, sie war müde, und ihr Gaffen war wohl keineswegs so verstohlen, wie sie glaubte.

»Lass mich das wegpacken«, sagte er und nahm ihr die Tasche ab.

Ireland betrat das Haus, das mit jeder Woche voller wirkte, nachdem nun neben der Couch auch der Tisch und die Stühle angekommen waren, die Bran am Telefon erwähnt hatte. Sein Essbereich befand sich gleich links vom Wohnzimmer und besaß ein Fenster mit Blick auf den Wald und den hinteren Garten. Wo sie verdammte heißen Sex gehabt hatten.

Ihr Gesicht wurde ganz warm. Eine nervige Begleiterscheinung ihres rothaarigen Typs. Ihre roten Wangen verrieten sie immer.

Und dann bemerkte sie andere Düfte neben dem ihres sexy Freundes. Bran hatte das Abendessen ausgepackt und auf dem neuen Tisch ausgebreitet. »Die Möbel sehen toll aus, aber das Essen ... Ich habe mal wieder das Mittagessen vergessen, und das hier sieht himmlisch aus und riecht auch so.«

Bran stellte ihre Tasche am Fuß der Treppe ab und trat von hinten an sie heran, schob ihre Haare beiseite und küsste ihren Nacken.

Sie erschauerte unter seiner Berührung. »Lass das bloß sein«, warnte sie ihn. »Ich meine es ernst; ich stehe kurz vor dem Verhungern.«

»Das kann ich natürlich nicht zulassen.« Er lud sie mit einer Geste ein, sich an den Tisch zu setzen. »Es steht alles bereit für dich.«

Wieso glaubte sie, dass er nicht nur vom Essen sprach? Weil er ein ganz Schlimmer war, darum, und weil der Schalk in seinen Augen blitzte. Was ihr keinesfalls missfiel.

Bran ging in die Küche. »Was möchtest du denn trinken?«

»Wodka«, gab sie prompt zurück.

Er hob eine Braue. »Harter Tag?«

Ireland nahm Messer und Gabel in die Hände und hielt dann inne. Sie hätte sich am liebsten ein ganzes Steak auf den Teller geladen und mit drei Happen verschlungen. Aber sie besaß ja Manieren.

»Fang' ruhig schon an«, sagte er. »Ich bin in einer Minute bei dir.«

»Du hast ja keine Ahnung«, seufzte sie als Antwort auf seine vorherige Frage und schnitt sich ein Stück von dem saftigen Fleisch ab. »Einer der Gründe, wieso ich das Mittagessen vergessen habe, war Cali. Wieder habe ich meine Pause damit verbracht, mit Cali und Gen nach Brautjungfernkleidern zu schauen. Ich verstehe ja noch, dass Cali von ihrem Hochzeitskleid besessen ist, aber nein, sie muss auch wegen der Brautjungfernkleider völlig austicken. Pflaumenfarben oder silberblau? Lang oder kurz?«

»Für welche Farbe hat sie sich letztlich entschieden?« Er stellte ihr ein schweres Glas mit Wodka hin.

»Es ist ein langes, asymmetrisch geschnittenes Kleid mit V-Ausschnitt in einem rosigen Milchkaffeeton.« Sie nahm den ersten Bissen von ihrem Steak und schloss in plötzlicher Ekstase die Augen. Es wurde ganz still, und dann blinzelte sie.

Bran starrte auf ihren Mund. »Zuerst mal, wenn du so stöhnst mit geschlossenen Augen, dann bringt mich das auf dumme Gedanken, aber du hast gesagt, du willst zuerst essen. Und zweitens habe ich keinen Schimmer, was das bedeuten soll. Entwerft ihr gerade ein Haus oder sucht ihr ein Kleid aus?«

»Wir suchen ein Kleid aus. Und keine Sorge, du brauchst gar nicht zu wissen, was das bedeutet. Solange du mir sagst, dass ich gut darin aussehe, wenn es soweit ist. Du wirst doch als meine Begleitung zu Calis Hochzeit kommen, oder?«

Er setzte sich neben sie, eine Flasche *Blue Moon* in der Hand. Er lehnte sich zu ihr hinüber und küsste sie auf die Lippen. »Ich wäre sehr gern dein Date.«

Sie schluckte den Bissen hinunter und grinste. Sie war das glücklichste Mädchen der Welt. Glücklich, weil sie so ein Riesenglück hatte. Schwerbeschäftigt oder nicht, ausgeschlafen oder nicht, es war alles in Ordnung, denn sie war glücklicher als je zuvor in ihrem Leben.

Bran fing ebenfalls an zu essen, und sie unterhielten

sich über ihren jeweiligen Tag. Ireland dachte kurz für sich, dass dies endlich das Richtige war. Sie hatte schon Beziehungen gehabt, aber sie und Bran waren wirklich ein Paar. Er unterstützte sie, und sie unterstützte ihn. Und wenn ihre Körper aufeinandertrafen ... Feuerwerk.

Ireland räusperte sich. Sie hatte gerade das Schoko-Lava-Törtchen verspeist und fühlte sich wohlig warm und zufrieden, was sie auf andere Gedanken brachte ... »Also«, sagte sie und fuhr mit dem Finger über den neuen Tisch, »gefällt dir der Tisch?«

Brans Blick folgte ihrem Finger, während er einen Schluck Bier trank. Er war mit seiner Mahlzeit schon längst fertig, obwohl er später angefangen hatte zu essen. »Du hast eine gute Wahl getroffen.«

Sie legte den Kopf auf die Hände. »Ich habe doch nur mitgeholfen.«

Bran trommelte mit den Fingern auf der Tischplatte, während sein Blick an ihrem Mund hängenblieb. »Das Aussehen ist kein guter Indikator für die Qualität eines Möbelstücks.«

»Ach nein?«, fragte sie lächelnd.

»Vielleicht sollten wir den Tisch einem Stresstest unterziehen. Du weißt schon, ob er was aushält und so.«

Sie ließ einen Finger über ihre Unterlippe gleiten, als müsse sie über diesen Vorschlag nachdenken. »Stimmt, etwas Instabiles wollen wir ja nicht haben.«

Bran atmete scharf ein und stand abrupt auf. Er fing an, alles vom Tisch auf den Küchenblock zu tragen. Bevor Ireland ihm dabei helfen konnte, hatte er das Geschirr bereits weggeräumt und wischte nun die Servietten mit einer schwungvollen Geste auf den Boden.

Dann kam er auf sie zu geschlendert. »Wo waren wir

gerade?«, fragte er und zog sie in seine Arme. »Ach ja, richtig: das neue Mobiliar einem Stresstest unterziehen.«

Bran ließ die Hände an der Rückseite ihrer Beine hinabgleiten und hob sie hoch, setzte sie sanft auf dem Tisch ab. »Soweit, so gut.« Er stemmte sich mit den Händen zu beiden Seiten neben ihren Hüften ab, als wolle er die Stabilität des Tisches testen.

Ireland lachte. »Der ist brandneu. Was, wenn wir ihn kaputtmachen?«

Er blickte sie mit allem gebotenen Ernst an. »Ich darf hier doch keinen Weichei-Tisch stehen haben. Der würde meinen männlichen Zauber ruinieren.«

Ireland krümmte sich vor Lachen, und Bran lächelte ebenfalls ... öffnete aber gleichzeitig einen Knopf nach dem anderen an ihrem Oberteil.

»Du hast keine Jalousien. Jeder kann uns beobachten«, gab sie zu bedenken.

»Wer denn?«, murmelte er über der Wölbung ihrer Brust, die jetzt entblößt wurde, weil er ihr Top zur Hälfte aufgeknöpft hatte. »Da draußen gibt es nur Bäume und Bären.«

»Bären?«

»Mh-hm«, machte er und knöpfte das Oberteil komplett auf, warf es dann zur Seite. Er umfasste mit den Händen ihre Brüste.

Ireland lehnte sich zurück, und er trat zwischen ihre Beine, presste seinen Körper an ihren. »Dann haben die Bären uns beobachtet, als wir auf der Ladefläche deines Trucks Sex hatten?«, fragte sie mit einem plötzlichen Quietschen am Ende, weil er ihre Brustwarze durch den BH mit den Lippen umfasst hatte.

»Die haben uns wahrscheinlich angefeuert«, murmelte

er gegen die empfindsame Haut, was einen wahren Funkenflug zwischen ihren Beinen auslöste.

Ireland war ungeduldig, was den Stoff anging, der sich noch im Weg befand, also griff sie nach hinten, um ihren BH aufzuhaken, aber Bran war schneller. Er öffnete ihn mit einer Hand.

»Woher kennst du diese Tricks? Du bist doch gar kein Aufreißer.«

»Nee, ich bin ein Liebhaber.« Er umfasste ihre nunmehr nackten Brüste mit beiden Händen und leckte und liebkoste sie abwechselnd mit dem Mund.

Ireland gab jeden Widerstand auf und ließ sich flach auf den Tisch zurücksinken. Sie spürte, wie der Reißverschluss ihrer schwarzen Anzughose heruntergezogen wurde, dann wie Bran Hose mitsamt Unterhose an ihren Beinen hinunterzog.

Er positionierte sie mit dem Hintern an der Tischkante und schob ihre Knie hoch.

Ireland blickte nach unten – und der Anblick war atemberaubend sexy. Brans Kopf zwischen ihren Beinen, und er leckte sich die Lippen und starrte direkt auf ihr Lustzentrum. Und dann war sein Mund auch schon hinabgetaucht, und sie wand sich überwältigt.

»Noch mehr Talente ... die du gar nicht ... haben solltest«, stieß sie zwischen schweren Atemzügen hervor.

Er küsste die Falte zwischen ihrem Bein und ihrem Venushügel. »Ich kann den ganzen Tag so weitermachen.«

Ihre Augen rollten nach hinten. »Ich werde dich nicht davon abhalten.«

Aber er brauchte nicht den ganzen Tag, denn innerhalb einer weiteren Minute hatten seine magische Zunge und die nicht weniger magischen Finger sie zum Höhepunkt gebracht, und sie schrie ihre Lust heraus.

Nach ihrem explosiven Orgasmus kam Ireland langsam wieder zurück in die Wirklichkeit und schenkte ihm ein träges Grinsen. Dann zog sie die Brauen zusammen. »Wieso bist du immer noch angezogen?«

»Weil du zu beschäftigt warst, meine liebevollen Zuwendungen zu genießen, und es dir egal war.«

»Richtig. Und danke dafür. Aber jetzt brauche ich dich nackt.«

»Dein Wunsch ist mir Befehl.« Er griff sich in den Nacken und zog sich das T-Shirt über den Kopf, ließ es auf den Boden fallen und präsentierte Ireland die spektakuläre Aussicht auf seine breiten, muskulösen Schultern, straffe Brustmuskeln und ein wohldefiniertes Sixpack.

Sie wollte ihn in sich spüren, und zwar augenblicklich.

Er riss den oberen Knopf seiner Jeans auf und ließ sie an seinen Beinen hinabgleiten, behielt sie dabei die ganze Zeit im Blick. Er trug keine Unterwäsche.

Irelands Mund wurde trocken. »Heute kein Höschen?«

»Hast du ein Problem damit?«

Sie schüttelte den Kopf. »Überhaupt kein Problem.« Er war lang und hart und bereit für sie. »Du bringst mich allerdings noch um mit deinem langsamen Striptease.«

Sie wollte sich aufsetzen und stellte sich bereits vor, wie sie ihn in den Mund nahm, aber er presste seine Hand auf ihren Bauch, sodass sie blieb, wo sie war.

Er eroberte ihren Mund mit seinem und schob sich vor ihrem Eingang zurecht. Seine andere Hand wanderte von ihrem Bauch zu ihrem unteren Rücken, zog sie ein wenig nach vorn, sodass sie ein Hohlkreuz machte und die Brüste nach oben zeigten. Und dann stieß er in sie hinein, während sein Mund ihren Hals fand und zu saugen anfing.

Der Tisch wackelte, ihr Körper erzitterte, und ein

weiterer Höhepunkt kündigte sich an. »Bricht der gleich durch?«, fragte sie atemlos.

»Mir egal.« Bran änderte den Winkel ein wenig, sie drückte den Rücken noch mehr durch, und sie begann bereits, völlig loszulassen.

Ihr Inneres pulsierte, und Bran bewegte sich schneller, stieß immer wieder in sie hinein. Sie fiel, schrie, löste sich völlig auf.

Eine Sekunde darauf biss er ihr leicht in die Schulter und stöhnte seine eigene Erlösung hinaus.

Und dann fiel es ihr ein. Es drang langsam durch den Nebel ihres überwältigenden Orgasmus' hindurch ... Sie hatten kein Kondom verwendet.

Und sie nahm die Pille nicht.

Scheiße.

KAPITEL 26

Bran hatte sich noch nie im Leben so gut gefühlt. Er war immer noch in Ireland, und sein Körper zuckte, weil ihn die Lust immer noch in ihren Fängen hielt. Und hey, der Tisch war nicht zusammengebrochen. Das war der Bonus.

»Wir haben ihn nicht kaputtgemacht«, stellte er schläfrig fest. Ireland lag auf dem Rücken, und er auf ihr; ihre wunderbaren Brüste waren das beste Ruhekissen.

»Er scheint ... stabil zu sein«, gab sie lahm zurück.

Er blickte zu ihr auf. »Erdrücke ich dich gerade?«

»Nein, ich mag das Gefühl, wenn du auf mir liegst. Und in mir bist.«

»Mmm. Wir können nach oben gehen und es uns noch gemütlicher machen. Bequemer liegen.«

»Bran, warte. Das ist ja das Problem.«

Er zog die Brauen zusammen. »Es gibt ein Problem?« Er musterte ihren Körper und fragte sich, ob er ihr wehgetan hatte.

»Es ist nur ... wir sind wohl schon zu bequem geworden. Du hast kein Kondom benutzt.«

Brans Kopf war wie leergefegt. Nein, das traf es nicht. Eher rasten seine Gedanken plötzlich mit Höchstgeschwindigkeit, bis alles verschwommen war, während er versuchte, seine Schritte zurückzuverfolgen. Er hatte geduscht, die Unterhose in Erwartung schnellen Zugriffs links liegengelassen, und aus dem Badezimmer die Kondome geholt.

Er hatte sie auf sein Bett gelegt und wollte sich eins in seine hintere Jeanstasche stecken.

Aber das hatte er nicht getan. Die Packung lag immer noch auf seinem Bett.

Er war so erpicht und froh gewesen, Ireland zu sehen, dass er die Treppe hinuntergejoggt war, sobald er das Klopfen gehört hatte. Die Kondome hatte er dabei völlig vergessen. Er war so scharf darauf gewesen, sie zu vögeln – auf dem Tisch, in seinem Bett –, dass er seinen verdammten Verstand verloren und nicht an Verhütung gedacht hatte.

Bran stieg von ihr herunter und griff nach seiner Jeans; zog sie an, als könne er damit den Fehler ungeschehen machen. *»Fuck.«*

Ireland setzte sich auf und bedeckte ihre Brüste, auch wenn der Rest von ihr noch nackt war. »ich habe es auch vergessen.«

Aber wie hatte *er* es vergessen können? Er vergaß dieses Detail nie.

»Bran ... es ist okay.«

Sein Kopf fuhr herum, und er starrte sie an. »Es ist nicht okay.« Sein Tonfall war zu harsch, aber die Worte waren schon gesprochen, bevor er etwas daran ändern konnte.

Ireland zuckte zusammen und glitt vom Tisch, suchte hastig ihre Sachen zusammen. »Ich sollte jetzt gehen.«

»Nein.« Er strich ihr mit der Hand übers Haar. »Es tut mir leid. Ich – ich mache diesen Fehler einfach nie.«

Sie blickte hoch. »Einmal hast du ihn gemacht.« Jetzt war es an ihm zusammenzuzucken.

Ein gequälter Ausdruck huschte über ihr Gesicht. »Tut mir leid. Das war unnötig hart.«

»Aber dennoch wahr.«

Sie zog sich wieder an. »Wir sind keine Kinder. Das wird schon alles. Es war ja nur einmal. Ist doch nicht garantiert ...« Dass sie schwanger war? Ein Kind bekommen würde?

Er nickte steif, war aber alles andere als beruhigt.

Wie hatte nur alles so entgleisen können? Der Abend hatte sich in nur einem Herzschlag verwandelt: von der wahnsinnigsten Verbindung, die er je mit einer Frau gehabt hatte, zum völligen Scherbenhaufen.

»Ich werde gehen«, verkündete sie und wirkte dabei verloren.

Bran trat auf sie zu und nahm sie in die Arme. »Es tut mir leid. Ich bin wütend auf mich selbst, nicht auf dich. Du hast recht – das wird alles schon.« Aber die Worte klangen hohl in seinen Ohren.

Ireland schluckte. »Wir sollten heute Nacht in unseren eigenen Betten schlafen. Endlich wieder genug Schlaf kriegen. Wir sind beide übermüdet, und das hat heute Abend wahrscheinlich dazu beigetragen ...«

Er wandte den Blick ab. Er wollte sie in seinem Bett haben. Wollte sie festhalten. Aber er wollte auch Zeit, um darauf klarzukommen, dass er denselben Fehler wie vor zehn Jahren gemacht hatte, obwohl er sicher gewesen war, dass ihm das nie wieder passieren würde. »Du hast recht. Ich habe dich diese Woche immer viel zu lange wachgehalten.«

Sie nickte, aber ihm war der winzige Moment der Enttäuschung nicht entgangen.

Er hatte es schon wieder vermasselt. »Ireland ...«

Sie griff nach ihrer Tasche, die noch an der Treppe stand, und sah zu ihm auf.

»Willst du, dass ich dich nach Hause fahre?«

Ein angespanntes Lächeln spielte um ihre Lippen, aber in ihren schönen, grünen Augen war der Funke erloschen. »Ich habe doch mein Auto hier.«

Er blickte zur Decke hoch, wollte etwas sagen, irgendetwas, als sie sich auch schon zur Tür wandte. »Geht es dir auch wirklich gut?«

Sie hielt mit den Fingern am Türknauf inne. »Ich komme schon klar.«

Aber das glaubte er ihr nicht. Er hatte sie beide in eine Situation manövriert, in der sie sich darüber klar werden mussten, was sie im Falle einer möglichen, ungewollten Schwangerschaft tun würden. Er hatte sich selbst enttäuscht. Er hatte sie enttäuscht. Und er wusste nicht, ob er sich das jemals verzeihen konnte.

KAPITEL 27

Schlaf? Hatte Bran wirklich geglaubt, er würde ohne Ireland besser schlafen?

Er hatte sich die ganze Nacht ruhelos im Bett gewälzt und war von den überwältigenden Lustgefühlen heimgesucht worden, die er in ihren Armen erlebt hatte und die jetzt von seinen Schuldgefühlen verzerrt wurden.

Sowas passierte. Menschen ließen sich von der Hitze des Augenblicks mitreißen und vergaßen oder ignorierten die Notwendigkeit zu verhüten. Aber Bran passierte das eben nicht. Er hatte seine Lektion in der Highschool gelernt und beinahe das Leben eines Mädchens ruiniert. Nur Gott wusste, welche bleibenden Spuren seine Leichtsinnigkeit bei ihr hinterlassen hatte. Und nun hatte er es wieder getan. Nur war es diesmal mit einer Frau passiert, in die er sich verliebt hatte.

Ireland war der helle Stern in seinem Leben geworden. Diese wunderschöne, humorvolle, sexy Frau war ihm praktisch in den Schoß gefallen – und er hatte sie beide in eine kompromittierende Situation gebracht.

Bran marschierte ins Prime, mit den Gedanken immer

noch bei der Frage, wie er einen so dummen Fehler hatte machen können, als die Tagesmanagerin sich ihm plötzlich aus dem Nichts in den Weg stellte.

»Hey, Jacky«, begrüßte er sie. »Alles in Ordnung?«

Jacky trat nervös von einem Fuß auf den anderen und rang die Hände. »Nicht wirklich.«

Na großartig. »Wie kann ich Ihnen helfen?«

»Es ist das Bestellsystem. Wir haben wieder Probleme damit, nur ist es diesmal noch schlimmer.«

Er legte die Stirn in Falten. »Es lief doch einwandfrei. Keine Falschbestellung, seit wir es neu programmieren ließen.«

»Ich verstehe es ja auch nicht, aber irgendwas läuft gewaltig schief. Wir hatten heute Morgen 200 fehlerhafte Bestellungen, und die Finanzwerte sind das reinste Chaos.«

»*Zwei ... hundert?*«, wiederholte er. »Wie kann das sein? Es ist doch gerade erst zehn Uhr.«

Sie schüttelte den Kopf. »Ich weiß es nicht, aber den ganzen Morgen rufen hier wütende Kunden an. Falsche Bestellungen. Zu hohe Abbuchungen.«

Bran knirschte mit den Zähnen. »Fahren Sie das System runter.«

»Das habe ich bereits vor einer Stunde gemacht, aber die Bestellungen ...«

»Bringen Sie die in Ordnung«, unterbrach er sie. »Geben Sie allen ihr Geld zurück. Rufen Sie die Manager an, die schichtfrei haben, und bitten Sie sie, bei der Schadensbegrenzung zu helfen.«

Jacky nickte, aber der Druck stand ihr ins Gesicht geschrieben.

Bran streckte den Nacken, bis die Sehnen knackten. »Wie hoch sind die Verluste, über die wir hier reden?«

»Grob gerechnet 10.000, plus die Kosten für die Lebensmittel, die Ausgaben für den Lieferservice und die Fixkosten.«

Also praktisch die gesamten Morgeneinnahmen aller vier Restaurants.

Sie bekamen vormittags öfter Bestellungen für Mahlzeiten zum Mitnehmen oder zum Liefern, aber keine 200 Stück. »Ich werde die Softwarefirma anrufen und rausfinden, was da schon wieder los ist.« Aber Bran hatte keinen Schimmer, wie *Tech Banquet* das reparieren sollte. Das Programm war auf Irelands Mist gewachsen.

Ireland. *Scheiße.* Er hatte sie nicht angerufen, seit sie gestern Abend gegangen war. Und jetzt musste er hier im Club einen Flächenbrand verhindern. Einen Brand, für den sie verantwortlich sein könnte.

Er würde Ireland jetzt auf keinen Fall wegen dieser Sache anrufen. Er fühlte sich auch so schon mehr als unwohl, nachdem er sich gestern so bescheuert verhalten hatte. Er würde versuchen, das Problem selbst in den Griff zu bekommen.

Tech Banquet reagierte umgehend auf seinen Anruf und schickte einen neuen Programmierer. Sie hatten James gefeuert, nachdem Bran dessen Verhalten und das Eingreifen der Polizei beschrieben hatte. Das war wenig überraschend. Aber einige der Probleme, die heute Morgen aufgetreten waren, hörten sich merkwürdig bekannt an.

Wie war es möglich, dass das Programm dieselben Zicken machte, nachdem Ireland es neu geschrieben hatte? Es gab keine direkte Verbindung zu *Tech Banquet* – das Programm lag auf den Servern des Clubs. Nichts von dem, was hier los war, ergab einen Sinn.

Der neue Programmierer brachte den ganzen Tag damit zu, sich die fehlerhaften Bestellungen und den Code, den Ireland geschrieben hatte, anzuschauen. »Die Anrufe kommen aus dem gesamten Stadtgebiet und selbst vom Nordrand des Sees«, sagte der Mann. »Bekommen Sie normalerweise auch Bestellungen von so weit entfernt rein?«

»Üblicherweise nicht. Hier und da kommt das schonmal vor, aber normalerweise nur zur Abendschicht.«

Der Typ rieb sich das Kinn. »Das ist komisch.«

»Was ist komisch?« Eigentlich war alles an diesem Tag mehr als komisch, fand Bran.

»Zusätzlich zu den Bestellungen, die von untypischen Orten aus aufgegeben wurden, sind einige der aufgelisteten Telefonnummern identisch, nur die Adressen unterscheiden sich. Und die Rechnungen stimmen nicht mit den Abbuchungen überein. Es wurde jeweils ein kleines bisschen mehr abgebucht als der Rechnungsbetrag.«

»Also erstatten wir den Leuten auch noch mehr, als das Essen gekostet hat?«

»Nun, ja, aber nicht sehr viel. Meist handelt es sich um Beträge um einen Dollar.«

Bran atmete tief ein. »Also genau wie beim letzten Mal.« Wieso zum Teufel hatte er dieses gottverdammte Scheiß-System bloß gekauft? »Können Sie das reparieren?«

»Auf jeden Fall, aber das geht nicht über Nacht. Ich brauche ein bis zwei Wochen dafür.«

»Und *Tech Banquet* kommt für die Ausgaben auf?«

Der Typ hatte unruhige Füße, genau wie Jacky heute Vormittag. »Genau genommen, nein. Mein Chef sagte, dass Sie eine Subunternehmerin angestellt haben, die von außen hinzukam und das Programm umgeschrieben hat. Wir werden Ihnen meine Arbeitsstunden in Rechnung stellen müssen.«

»*Tech Banquet* hat sie als Subunternehmerin eingestellt«, widersprach Bran. Aber er hatte sie empfohlen ... und sie bezahlt. *Verdammte Scheiße.* Der Programmierer hob entschuldigend die Hände. »Ich bin nur der Überbringer schlechter Nachrichten.«

Bran stürmte aus dem Restaurant und hastete hinüber in die Lounge, wo sich heute Abend seine Brüder zur üblichen Runde trafen. Er musste sich ihrer Kritik stellen. Seine Brüder würden alles andere als erfreut sein. Aber niemand war wütender als Bran selbst.

———

»Schon wieder?«, fragte Levi.

Bran kippte sein Bier und zog den Schirm seiner Kappe tiefer. Wenn er mit seinen Brüdern abends unterwegs war, blieb er am liebsten inkognito – rund ums Resort trieben sich zu viele Groupies herum, die auf die wohlhabenden Söhne neugierig waren, die den Laden geerbt hatten. Inzwischen war Hunt der einzige von ihnen, der diese Lage noch ausnutzte, und Bran wollte nichts damit zu tun haben. Die letzten Male hatte er vergessen, seine Kappe zu tragen, weil er sich keine Gedanken mehr um Groupies machen musste, seit er Ireland an seiner Seite hatte. Aber heute Abend brauchte er die Deckung, die seine Kappe ihm bot, sowohl physisch als auch psychisch.

Das geballte Gewicht der Blicke seiner Brüder drückte ihn beinahe zu Boden.

»Verdammt, Bran, wir haben die Finanzen des Clubs gerade erst aus den roten Zahlen geholt, und nun das?« Das war Wes. Er hatte ihnen im letzten Jahr den Arsch gerettet, als er das PGA-Turnier an Land gezogen hatte. Wes war auch optimistisch, dass man erneut an sie herantreten würde, um das Event auszurichten. Nur nicht in diesem Jahr.

Wes wandte sich an Levi und Emily. »Wie schlimm ist es?«

»Finanziell nicht gravierend«, erwiderte Levi, »aber es könnte unserem Ruf schaden, in jedem Bereich einen exzellenten Service zu bieten.«

»Es ist ein nerviger Stolperstein, aber damit kommen wir klar«, urteilte Emily. »Wir haben neue Programme, auf die unsere Gäste und Kunden sich freuen. Und dank Club Kids werden wir die nächsten zwei Sommer ausgebucht sein.«

»Nur dass die neuen Kunden sauer sind, weil wir ihre Bestellungen durcheinandergebracht haben«, murmelte Levi.

Sie hatten die Entscheidung, in den Restaurantbetrieb zu investieren, gemeinsam getroffen, und Bran wollte nicht zulassen, dass sein knüppelharter, älterer Bruder ihm jetzt die alleinige Schuld gab. »Die meisten dieser Bestellungen waren zum Mitnehmen oder Liefern. Das betrifft unsere Restaurantgäste ja dann gar nicht.«

Adam krempelte die Hemdsärmel hoch, nachdem er seine Anzugjacke über die Stuhllehne gehängt hatte. »Das ist doch wenigstens ein Trost.«

»Genau«, ätzte Bran. »Tu du nur so, als würde es dir etwas ausmachen. Je schlechter Club Tahoe dasteht, desto besser läuft es für Blue Casino.«

»Hey, Dummschwätzer«, schoss Adam zurück. »Mir gehört ein Teil von Club Tahoe. Ich habe jeden Grund, mir Sorgen um die Ertragskraft des Resorts zu machen.«

Hunt hob eine Hand. »Jetzt kommt mal alle wieder runter. Bran, du hast es verkackt, aber wir biegen das wieder gerade. Das tun wir doch immer.«

»Was soll das denn jetzt wieder heißen?«, grollte Bran. »Ich bin nicht das schwarze Schaf dieser Familie.«

Hunt beugte sich mit Härte im Blick nach vorn. »Habe ich irgendwie angedeutet, dass dem so wäre? Ich weiß, dass ihr alle denkt, ich wäre der gefährliche Quertreiber, aber keiner von euch ist ein Engel.«

Keiner erwiderte etwas auf Hunts Kommentar. Wahrscheinlich, weil es der Wahrheit entsprach.

Hunt war derjenige der Brüder, der sich am häufigsten Ärger einhandelte. Aber Hunt war auch derjenige, der sich das Kinderprogramm ausgedacht hatte, das momentan als Arschretter gelten durfte, weil es zahlreich neue Kundschaft brachte. Also hatte er insofern recht, dass sie immer auf ihm herumhackten. Das lag aber auch daran, dass er immer noch ständig die alten Spielchen mit Frauen trieb, sobald er nicht arbeitete. Das war ein gefundenes Fressen.

»Tut mir leid«, meldete sich Bran wieder zu Wort. »Ich bin sauer auf mich selbst, nicht auf dich ... euch. Ich habe mir in letzter Zeit zu viele Freiheiten genommen, und das bricht mir jetzt das Genick.«

»Freiheiten?« Emily sah Levi an.

Der schüttelte nur den Kopf und blickte verwirrt drein.

»In meinem Privatleben«, schickte Bran erklärend hinterher. »Ich habe den Club nicht wie sonst an erste Stelle gestellt.«

»Bran«, mischte Wes sich ein, »das macht doch keiner von uns. Du darfst doch ein Privatleben haben. Schließlich«, – er ließ den Blick um den Tisch schweifen, um die anderen miteinzubeziehen – »freut es uns doch alle, dass du endlich eins hast. Ireland ist ein tolles Mädchen.«

»Ireland?«, wiederholte Emily. »Die Programmiererin?« Sie sah erneut Levi an. »Wieso hältst du mich bei sowas denn nicht auf dem Laufenden?«

»Ich wusste das doch gar nicht.« Levi funkelte die anderen an. »Hört auf, mich in Schwierigkeiten zu bringen.«

»Ist doch nicht unsere Schuld, wenn du dich nicht für Brans Liebesleben interessierst«, meinte Wes abfällig.

Adam nippte an seinem Martini. »Hayden hat sie verkuppelt. Meine Frau hat das echt drauf.«

Hayden mochte geholfen haben, Irelands Arbeitszeiten etwas zu verkürzen, damit sie nebenher für Club Tahoe tätig werden konnte, aber der Bootsausflug hatte die Sache ins Rollen gebracht. Die Arbeit an dem Programm hatte das Feuer nur weiter geschürt.

Mehr war gar nicht nötig gewesen. Nur Nähe. Wenn Ireland in seiner Nähe war, fiel es ihm schwer, sie wieder gehen zu lassen. Aber jetzt hatte er alles vermasselt.

»Tja«, sagte Bran. »Aber jetzt muss ich ihr sagen, dass ihr Programm uns gerade 10.000 Dollar und den guten Ruf unserer Restaurants gekostet hat.«

Adam zog die Schultern ein. »Willst du unbedingt in der Hundehütte schlafen, oder was? Ich würde es mit einer anderen Taktik versuchen.«

Bran funkelte ihn an. »Was habe ich denn für eine Wahl? Entweder so, oder wir zahlen *Tech Banquet* Gott weiß wieviel, um das Programm noch einmal umzuschreiben.«

»Ireland ist verflucht schlau«, widersprach Adam. »Ich habe keine Ahnung, was mit dieser Software los ist, aber sie wird sie reparieren. Sie macht einen Wahnsinnsjob bei Blue. Mein Boss lobt sie in den allerhöchsten Tönen.«

Bran zog sich den Schirm seiner Kappe noch tiefer in die Stirn. Er wusste nicht, was er glauben sollte. Er wusste nur, dass Ireland das Programm neugeschrieben hatte und Club Tahoe jetzt noch mehr Probleme am Hals hatte als zuvor.

KAPITEL 28

Brans Brüder verließen die Lounge eine Stunde später, aber Bran blieb noch. Er musste Ireland anrufen. Er hatte das den ganzen Tag vor sich hergeschoben. Zuerst, weil er Krisenmanagement betreiben musste. Dann, weil er jetzt nicht mit ihr über die Software-Probleme sprechen wollte. Er hatte gestern Abend großen Mist gebaut. Und jetzt musste er ihr sagen, dass das Programm, das sie geschrieben hatte, ein ebenso großer Misthaufen war? Kein Mann bei klarem Verstand wollte in so einer Situation stecken, und Bran war vor allem eins: äußerst pragmatisch.

»Hey«, sagte er, als sie sich meldete.

»Hi.« Sie klang niedergeschlagen. Was er zu sagen hatte, würde sie auch nicht fröhlicher stimmen.

»Wie lief dein Tag?«, fragte er.

»Ich kann nicht klagen. Und deiner?«

Wunderbar, ihre Beziehung war innerhalb von 24 Stunden auf Smalltalk zusammengeschrumpft. »Nicht so gut.«

»Ja, ich war ziemlich aufgebracht nach gestern Abend.«

Bran räusperte sich. »Ich auch, aber ... das ist nicht der

einzige Grund, warum ich einen schlechten Tag hatte. Wie sich herausstellt, hat das Programm, das du geschrieben hast, heute Vormittag völlig gesponnen. Wir haben es runtergefahren, und ich habe die Firma angerufen. Es wird Wochen dauern, das wieder hinzukriegen.«

»Moment mal, was?«

»Das Programm hat heute Morgen ganze 200 Bestellungen fehlgeleitet.«

»Das ist unmöglich«, erwiderte sie.

»Ich weiß nicht, was ich dir sagen soll. Aber so war es.«

»Ich komme gleich rüber.«

Bran setzte sich gerader hin. »Das brauchst du nicht. Ich habe schon einen Programmierer von TB da, der sich darum kümmert.«

»Also feuerst du mich?«

»Natürlich nicht. Aber ich habe dich über *Tech Banquet* eingestellt, und die haben jemand anderen geschickt.«

»Wieso hast du mich denn nicht zuerst angerufen? Ich habe das Programm schließlich geschrieben.« Weil er ein verfluchter Angsthase war?

»Das ist doch Schwachsinn«, schimpfte sie. »Und gestern Abend war auch Mist. Aber darüber kann ich mir jetzt keine Gedanken machen.«

Normalerweise machte Irelands Zorn ihn total an. Aber in diesem Moment spürte er lediglich, wie ihm eng ums Herz wurde. Er verärgerte sie nicht gern.

»Tu mir einen Gefallen«, sagte sie. »Sorge dafür, dass mich jemand reinlässt, damit ich mir anschauen kann, was los ist. Ich bin in 20 Minuten da.«

»Ich weiß etwas Besseres. Ich werde dich selbst reinlassen.«

Sie seufzte. »Na schön, aber es geht mir jetzt nicht um

uns und um das, was gestern Abend passiert ist. Es geht um das Programm.«

»Einverstanden«, erwiderte er. Aber es ging um mehr als das Programm. Es ging um alles, aber er wollte jetzt nicht in dieses Wespennest stechen.

———

WIE HATTE er es wagen können, sie außen vor zu lassen, als es heute Morgen massive Probleme gab? Und das nach seiner armseligen Reaktion auf ihren Unfall gestern Abend? Ireland wollte Bran am liebsten erwürgen.

Da hätte er auch gleich ihr die Schuld geben können, weil sie ihn gestern Abend nicht daran erinnert hatte, ein Kondom zu benutzen. Eine Frau konnte sich ebenso leicht im Moment verlieren wie ein Mann! Es lag an seinem verflixten Mund. Was er mit seiner Zunge angestellt hatte, resultierte in einem orgasmischen Leerlauf in ihrem Kopf. Wie sollte eine Frau denn unter solchen Umständen rational denken?

Sie hatten einen Fehler gemacht. Sowas kam vor. Aber sie waren schließlich erwachsene Menschen. Bran war so auf seine Vergangenheit fixiert, dass er nichts anderes sah. Er sollte sie unterstützen, statt die Sache nur auf sich selbst zu beziehen. Und jetzt hatte er sie übergangen, obwohl es um ein Programm ging, das sie geschrieben hatte.

Ihr Code war fehlerfrei. Sie hatte alles mehrmals überprüft, bevor sie die Software live geschaltet hatte. Das bedeutete nicht, dass ihr nicht doch etwas entgangen sein konnte. Aber sie einfach übergehen und stattdessen *Tech Banquet* anrufen, ohne sie überhaupt zu befragen? Traute er ihr denn gar nichts zu?

Es war spät, kurz vor zehn, aber Club Tahoe schlief

nicht. Ebenso wenig wie die anderen Casinos in South Lake Tahoe. In der Lobby herrschte noch geschäftiges Treiben, als Ireland sie durchquerte und zum seezugewandten Ende des Resorts eilte, wo sich das *Prime* und die um diese Uhrzeit geschlossenen Boutiquen befanden. Sie wollte die Tür des Steakhauses öffnen, aber die war verschlossen.

Bran blickte von einem Tisch in der Nähe des Eingangs auf, an dem er vor dem geöffneten Laptop saß. Er stand auf und kam herüber, schloss ihr die Tür auf.

Ihr Herz pochte ihr bis zum Hals, als sie ihn sah. Ein Teil von ihr wollte ihn umarmen, der andere wollte ihn schubsen.

Sie zeigte auf den Computer. »Macht es dir etwas aus, wenn ich deinen Laptop benutze? Ich nehme an, der ist mit dem Server verbunden?«

Er musterte ihr Gesicht, als wolle er ergründen, was ihr durch den Kopf ging. *Viel Glück dabei,* dachte sie.

»Ja, sicher«, sagte er schließlich und trat beiseite.

Ireland setzte sich an den Tisch und zog ihren Kopf-hörer aus der Tasche. Sie musste sich konzentrieren, um herauszufinden, wo das Problem lag. Dazu war sie aber nicht fähig, solange Bran vor ihr stand und sie anstarrte. Also machte sie Musik an und versuchte, Bran und den Wirrwarr der Gefühle, den er in ihr hervorrief, auszu-blenden.

Sie spürte es dennoch, als er sich entfernte und irgendwo weiter hinten im Restaurant verschwand.

Sie blickte auf und sah, wie er sein Büro betrat. Ihre Schultern sackten herunter, und ihre Augen brannten. »Verdammt.«

Sie hatte zu ihm gesagt, dass sie nicht über den gestrigen Abend reden wollte. Dass sie nur hier war, um sich um die Software zu kümmern. Aber tief in ihrem Innern wollte sie, dass er sie festhielt. Dass er ihr sagte, dass alles gutwerden würde. Also praktisch genau das, was er gestern Abend versäumt hatte. Und heute Abend wieder.

Am Telefon hatte er besorgter wegen der Software-Probleme geklungen als wegen ihrer Beziehung.

Nicht schon wieder. Sie war auch wichtig, und sie würde sich diesen Mist nicht noch einmal von einem Kerl gefallen lassen.

Sie hatte geglaubt, dass Bran anders wäre, aber gerade jetzt benahm er sich wie jeder andere Mann, mit dem sie je etwas angefangen hatte – völlig selbstbezogen. Gestern Abend hatte er nur an sich gedacht. Und heute hatte er zwar angerufen, um zu hören, wie es ihr ging, aber er war offensichtlich komplett abgelenkt und auf die Restaurants fokussiert.

Wenn es das war, was er wollte, in Ordnung. Sie würde sein verfluchtes Programm reparieren und ihn dann hinter sich lassen. Sie musste.

Ireland kniff die Augen fest zusammen, um die blöden Tränen zurückzuhalten, die ihr über die Wangen laufen wollten, und öffnete den Code. Sie bemerkte sofort einige Zeilen, die anders aussahen als das, was sie vor Wochen geschrieben hatte. Sie durchsuchte den Server nach dem Backup, das sie für alle Fälle gespeichert hatte, und konnte es nirgends finden. An dem von ihr gewählten Speicherplatz war es nicht vorhanden, und als sie den Cloud-Dienst durchsuchte, den Club Tahoe verwendete, war es dort auch nicht aufzufinden.

Gut, dass sie das Backup auch noch an einen zusätzlichen Cloud-Dienst geschickt hatte, der über knallharte Sicherheitseinstellungen verfügte.

Ireland öffnete das verfügbare Backup und verglich es mit dem momentan gespeicherten Programm. Wie erwartet stimmten die beiden Versionen nicht überein. Jemand hatte das Programm, das sie geschrieben hatte, ausgetauscht.

Und die Gründe, warum jemand so etwas tun würde, wurden immer mehr. Keiner davon positiv.

Ireland stand auf und ging zu Brans Büro hinüber. Die Tür stand offen, und er saß mit geschlossenen Augen zurückgelehnt in seinem Chefsessel. Die prägnanten Wangenknochen lenkten ihren Blick auf seine vollen Lippen. Ihr dummes Herz flatterte.

Wieso konnte ihr Herz nicht ein einziges Mal schlauer sein?

Bran hatte sie nicht an die erste Stelle gesetzt, als etwas Wichtiges vorgefallen war. Zweimal hintereinander. Als wäre gestern Abend nicht schlimm genug gewesen. Er war doch angeblich ihr fester Freund. Stattdessen hatte er sie ausgeschlossen. Eine solche Beziehung wollte Ireland mit niemandem führen, und schon gar nicht mit Bran, dem Mann, mit dem sie alles teilen wollte.

Er musste gespürt haben, dass sie da war, denn er öffnete die Augen und sah herüber.

»Hat irgendjemand Zugriff auf das Programm gehabt? Also auf den zugrundeliegenden Code?«

Er schüttelte langsam den Kopf, als müsse er erst darüber nachdenken. »Nein. Nur du und der neue Angestellte, den TB heute geschickt hat.«

Ireland hatte den Beweis auf dem Rechner, dass ihre Software abgeändert worden war. Aber nun musste sie herausfinden, warum. Sie drehte sich um und wollte zum Computer zurückkehren.

»Warte«, sagte Bran und erhob sich vom Stuhl. »Was ist denn los?«

Sie blieb nicht stehen. »Jemand hat das Programm durch ein anderes ausgetauscht.«

»Wer würde denn so etwas machen?«

Sie blieb stehen und fuhr herum. »Denkst du, ich hätte etwas damit zu tun gehabt?« Okay, das war eine allzu empfindliche Reaktion gewesen. Sie war müde und traurig und darüber hinaus mindestens ebenso ratlos wie alle anderen, was hier eigentlich vor sich ging.

Sein Gesichtsausdruck war schockiert. »Nein. Absolut nicht.«

Ireland setzte sich wieder und öffnete ein Fenster am Laptop. »Dann lass mich meine Arbeit machen. Ich muss sehen, ob ich herausfinden kann, wer das getan hat.«

»Ireland.«

Sie riss ihren Blick vom Bildschirm los und blickte in das Gesicht, das sie liebte, auch wenn sie es gar nicht wollte. Es tat zu weh, den Mann anzusehen, an den sie glaubte, der aber nicht an sie glaubte. »Ja?«

»Danke.« Er meinte es aufrichtig, aber Ireland konnte nur daran denken, was sie heute verloren hatte.

KAPITEL 29

Ireland durchsuchte den Server nach einem digitalen Fingerabdruck, der ihr verraten würde, wer das Online-Bestellprogramm ausgetauscht haben mochte. Aber wer es auch gewesen war, er hatte seine Spuren verwischt. Sie konnte nichts finden. Abgesehen von der offensichtlichsten Verbindung zum Schuldigen.

Der Code war so abgeändert worden, dass das Geld einen sinnlosen Umweg über Europa machte, genau wie bei dem ursprünglichen Programm, das James geschrieben hatte. Ireland war sicher, dass sie bei einer Durchsicht der Buchführung feststellen würde, dass bei diesen Transaktionen Geldmittel abgeschöpft worden waren.

Es war schon nach ein Uhr nachts, und Ireland war erschöpft. Sie ging erneut in Brans Büro und fand ihn schlafend an seinem Schreibtisch. Sie berührte seine Schulter und schüttelte ihn sachte, ließ dann die Hand wieder sinken.

Bran rieb sich über das Gesicht. »Alles in Ordnung?«

»Kommt darauf an. Euer System wurde gehackt, und an

dem Programm, das ich geschrieben habe, wurde herumgedoktert, einige Abschnitte wurden umgeschrieben.«

»Na toll.« Er schüttelte den Kopf. »Aber wir können es wieder durch das ersetzen, was du geschrieben hast, und dann erneut online gehen, oder?«

»Das könntest du tun ... aber du würdest riskieren, dass es wieder gehackt wird. Jemand hat Zugriff auf eure Server, und es sieht ganz danach aus, als würde derjenige auf diese Weise Geld abzweigen.«

Er ließ den Kopf hängen und seufzte. »Das hat der andere Typ auch gesagt.«

»Ich glaube, dass es James war.«

»Wie bitte?«

»Jemand, der das Passwort kennt, hat Abschnitte des Programms umgeschrieben und die Kreditkartenabrechnungen umgeleitet. Aber es ist schlampig gemacht, und ich glaube, dass das Programm bis zu einem gewissen Grad deswegen Fehlfunktionen zeigt.«

Brans Kiefer arbeitete. »Ich hätte das Passwort ändern sollen, nachdem James gefeuert wurde. Das war ein echter Anfängerfehler.« Seine Augen verengten sich zornig. »Beim ursprünglichen Programm gab es ebenfalls Diskrepanzen in der Buchhaltung. Glaubst du, dass das geplant war?«

Ach, jetzt fragte er sie nach ihrer Meinung? Nachdem er ihr nicht genug vertraut hatte, um sie wegen dieser Situation direkt anzurufen?

Sie zuckte die Achseln. »James ist ein arroganter Wichser, dem es nicht gefallen hat, dass jemand sein Programm angerührt hat, und dann hast du dafür gesorgt, dass er gefeuert wurde. Es gibt also mehrere Gründe, wieso ein Mann wie er dem Club Geld stehlen würde.«

»Guter Punkt.«

»Aber um deine Frage zu beantworten, ja, nachdem ich

gesehen habe, dass es durchaus ein Muster ist, dass niedrige Geldbeträge ›versehentlich‹ zu viel abgebucht wurden, glaube ich schon, dass es sich um kriminelle Machenschaften handelt. Ich muss tiefer eintauchen, um es mit Sicherheit sagen zu können. Was ich heute Abend gefunden habe, mag erklären, wer das getan hat, weil sich die Spur des Geldes nach demselben Muster zurückverfolgen lässt wie in James' altem Programm. Aber das erklärt nicht die ungewöhnliche Anhäufung hunderter Online-Bestellungen. Ich muss das noch genauer untersuchen.«

»Aber nicht mehr heute Nacht«, entschied er. »Ich kann nicht fassen, dass ich dich hier so lange festgehalten habe.«

Irelands Kopf pochte, und ihr Hintern war schon vor Stunden taub geworden. Sie war so entschlossen gewesen, das Problem mit der Software zu lösen, dass sie gar nicht auf die Zeit geachtet hatte. »Ich werde morgen wiederkommen.«

Bran stand auf und kam näher. »Ireland, du brauchst das nicht zu tun.«

Sie trat zurück. »Doch, das muss ich. Du hast nicht an mich geglaubt. Und jetzt muss ich mich einem Kerl beweisen, dem ich vertraut habe. Einem Mann, von dem ich dachte, er sei mein Freund.«

»Ich habe an dich geglaubt, ich war nur ...«

»Nur was?«

Er rieb sich die Augen. »Die Wahrheit?«

»Die würde ich vorziehen, ja«, erwiderte sie.

»Ich wusste, dass du nach gestern Abend aufgebracht warst. Ich nahm außerdem an, dass du das Problem aus Versehen verursacht hast, weil du ja das Programm geschrieben hast.« Er drückte mit Daumen und Zeigefinger auf seine Nasenwurzel. »Ich kann einfach – ich kann meine Brüder nicht enttäuschen. Ich muss dafür sorgen, dass die

Restaurants den Club mittragen, statt ihn in den Ruin zu treiben.«

Ireland zog sich die Tasche höher auf die Schulter. »Also hast du angenommen, dass das Problem bei mir lag, und hast mich kurzum ersetzt.«

Er steckte eine Hand in die Hosentasche. »Du weißt, dass ich darin nicht besonders gut bin.«

»Worin denn? Technik oder Beziehungen?«

»Beides, was inzwischen wohl offensichtlich ist«, gab er zu. »Ich weiß nicht, was ich mir dabei gedacht habe, als ich dich gefragt habe, ob du meine feste Freundin sein willst. Ich bin kein zuverlässiger Partner.«

Ihre Kehle wurde eng, und einen Moment lang konnte sie nicht sprechen. »Du hast mich nie gefragt.«

»Verzeihung?«

»Du hast mich nie gefragt, ob ich deine Freundin sein möchte, du hast einfach gesagt, dass ich es wäre.«

»Richtig. Ich habe gar nicht in Betracht gezogen, was du wolltest«, bestätigte er.

Sie verdrehte die Augen. »Ich wollte doch deine Freundin sein. Du musstest nicht fragen, weil unsere Gefühle füreinander nicht ausgesprochen werden mussten.«

Er blickte zu Boden und schüttelte dann den Kopf. »Ich mag dich, Ireland. Genug, um zu wissen, dass ich dir nicht geben kann, was du verdienst.«

Sie schluckte gegen den Kloß in ihrer Kehle an. »Da bin ich ja froh, dass du das für mich herausgefunden hast. Mein Gehirn ist so klein, ich wäre womöglich niemals darauf gekommen, dass du mir nicht guttust, wenn du es mir nicht gesagt hättest.« Sie stürmte aus seinem Büro und quer durch das Restaurant in Richtung Ausgang. »Das habe ich damit nicht gemeint«, rief er ihr nach. »Deine

Intelligenz ist eins der Dinge, die ich an dir am meisten liebe.«

Sie blieb an der Tür stehen und biss sich auf die Lippe, um die Tränen zurückzuhalten, weil sie jetzt nicht vor ihm weinen wollte. »Ich komme morgen wieder, um mir die Bestellungen noch einmal anzusehen.«

Bran sagte kein weiteres Wort. Und Ireland verließ das Lokal.

———

WES BETRAT *Prime* mit Harlow auf dem Arm. »Wie hast du das System so schnell wieder hochfahren können?«, fragte er Bran, der an der Bar saß und sich die Dienstpläne seiner Mitarbeiter ansah.

»Das war Ireland. Sie hat gestern Abend herausgefunden, was nicht stimmte, und kam heute Morgen vorbei, um unser Sicherheitssystem auf Vordermann zu bringen. Wir waren gehackt worden.«

Wes drückte Harlows Köpfchen gegen seine Brust und bedeckte ihr anderes Ohr mit der Hand. »Scheiße, was zur Hölle? Müssen wir jetzt auch noch jemanden für die Computersicherheit einstellen, oder was?«

»Ireland sagt nein. Sie hat eine Sicherheitssoftware installiert, die so streng ist, dass ich heute Vormittag eine Stunde damit zugebracht habe zu lernen, wie man sie benutzt, und mir komplizierte Passwörter einzuprägen.«

»Sehr praktisch, eine Freundin wie deine zur Hand zu haben.«

»Sie ist nicht meine Freundin«, antwortete Bran mit trockener Kehle.

Wes warf ihm einen überraschten Blick zu – und gleichzeitig griff Harlow nach seiner Nase. Was Bran dann doch zum Schmunzeln brachte. Sie hatte es also nicht nur auf seine Nase abgesehen.

Wes löste sanft ihre scherenartigen Finger. »Seit wann? Sag' nicht, du hast sie gehen lassen. Sie war doch was Besonderes.«

»Sie verdient jemanden, der für sie da sein kann, auf sie aufpassen kann – der alles für sie ist.«

Wes hielt Harlow erneut die Ohren zu. »Redest du dir diesen Scheißdreck selbst ein? Komm schon, Bran, was ist los? Wenn ich mich nicht irre, und das tue ich nur selten, dann bist du doch in Ireland verliebt.«

Bran ballte die Hände zu Fäusten. »Bist du aus einem bestimmten Grund hergekommen, oder wolltest du nur über mein Liebesleben sprechen?«

Wes hob Bran das Baby entgegen. »Dass du wenigstens zugibst, ein Liebesleben zu haben, ist ja bereits ein Fortschritt. Pass' mal eine Sekunde auf Harlow auf. Ich muss pissen gehen.«

Bran küsste Harlow mehrfach auf die weiche Wange, während Wes stehenblieb und glotzte.

»Geh schon, Mann«, schimpfte Bran. »Nach der Woche, die ich hinter mir habe, brauche ich ein bisschen Harlow-Zeit.«

»Dann ruinier' doch die Sache mit Ireland nicht so überstürzt«, gab Wes zurück. »Vielleicht willst du selbst irgendwann mal eins.« Er blickte auf seine Tochter.

»Ein Kind?«

»Ja, ein Kind, du Dödel. Und glaub' mir, das willst du mit einer Frau erleben, die du liebst. Ireland ist die einzige Frau, in die ich dich je ernsthaft verliebt gesehen habe. Verkack' das bloß nicht.«

Hastig bedeckte diesmal Bran Harlows Ohren. »Du und dein Mundwerk.« Er ging mit ihr auf die Bar zu, um vor den

Angestellten mit seiner süßen Nichte anzugeben. Und um möglichst schnell von Wes und seiner Psychoanalyse wegzukommen.

»Hey«, rief Wes, während er langsam rückwärts in Richtung WC ging. »Ich will sie aber zurück, wenn ich fertig bin. Du wirst sie nicht in Beschlag nehmen.«

Bran ignorierte ihn und paradierte Harlow weiter vor allen Menschen, die im *Prime* arbeiteten. Sie kannten sie alle, aber jeder liebte den Moment mit der süßen Kleinen.

Als Vater packte Wes mit an und kümmerte sich, was Bran mit Stolz erfüllte, denn man musste bedenken, dass sie nie ein vernünftiges Vorbild gehabt hatten. Selbst, wenn ihr Vater da gewesen war, war er mit dem Kopf doch immer woanders gewesen. Aber Wes war ein guter Vater, der Bran und seinen Brüdern zeigte, wie man es richtig machte. Das bedeutete noch lange nicht, dass Bran glaubte, dass die Zukunft auch für ihn Kinder bereithielt, was immer Wes sagen mochte.

Und dann fiel ihm Ireland wieder ein. Und die Tatsache, dass sie vergessen hatten zu verhüten.

Ireland hatte recht. Die Wahrscheinlichkeit, dass sie schwanger war, weil sie ein einziges Mal nicht verhütet hatten, war nicht allzu hoch, aber möglich war es dennoch. Auf alle Fälle musste er dringend mit ihr reden. Er hatte sich gestern Abend planlos und ungeschickt verhalten, aber er musste das besser hinkriegen. Sie verdiente etwas Besseres.

Bran hielt Harlow enger im Arm. Er würde sich alle Mühe geben, der bestmögliche Vater zu sein, wenn es denn so käme. Aber er wollte kein ungeplantes Kind. Er wollte in der Lage sein, seinem Kind und seiner Frau alles zu geben.

Ein paar Minuten später erspähte Bran Wes, der sich inzwischen mit dem Restaurantmanager unterhielt. Die beiden waren gute Freunde. Bran drehte sich mit Harlow auf dem Arm von den beiden weg, damit Wes sie ihm noch nicht abnahm.

Und stand plötzlich direkt vor dem Mädchen, dessen Leben er ruiniert hatte.

Vor der Frau – sie war jetzt eine Frau. Und sie stand neben einem Mann, während sie ein kleines Kind an der Hand hielt – drei, vielleicht vier Jahre alt?

»Bran.« Delaney wandte sich an den Mann an ihrer Seite. »Kevin, das ist Bran. Wir waren zusammen auf der Highschool. Schön, dich zu sehen«, sagte sie dann lächelnd zu Bran.

Der schob Harlow ein wenig zur Seite und schüttelte Kevins Hand. »Nett, Sie kennenzulernen.« Er sah Delaney an, musterte ihr Gesicht, spürte die Ungläubigkeit, die sich wohl auf seinem spiegeln musste. Sie sah weder unglücklich noch vom Leben gebeutelt aus. Sie wirkte glücklich. »Wie geht es dir?«

»Wirklich gut«, erwiderte sie und hob den kleinen Jungen auf den Arm. »Das ist mein Sohn, Miles.« Miles legte den Kopf auf der Schulter seiner Mutter ab. »Miles, willst du Bran guten Tag sagen?«

Der Kleine murmelte etwas, das ungefähr wie ein Hallo klang, und Bran stellte ihm im Gegenzug Harlow vor.

»Ist sie deine Tochter?«, fragte Delaney.

Bran blickte auf Harlow hinab und begriff, wie das aussehen musste. »Meine Nichte. Sie ist Wes' Tochter.«

Delaney fragte, was Wes machte, und da tauchte der Genannte auch schon auf und nahm ihm Harlow ab, verflixt.

»Hierher hast du sie also entführt«, sagte er, nachdem er Kevin vorgestellt worden war und Delaney die Hand geschüttelt hatte, die er ebenfalls noch aus der Schule zu kennen schien.

Wes wusste zwar, dass Bran während der Schulzeit ein Mädchen geschwängert hatte, aber Bran hatte ihm nie erzählt, wer das gewesen war.

»Ich mache mich mal besser auf den Weg«, verkündete Wes dann. »Kaylee wartet in der Golfboutique auf mich, weil sie Harlow zu ›Meine erste Musikstunde‹ bringen will.« Er ließ seine Tochter in seinem Arm hoppeln, und Harlow quiekte vergnügt. »Schön, dich wiedergesehen zu haben, Delaney. Kevin.« Wes schüttelte ihrem Mann die Hand, und dann marschierte er mit Harlow von dannen.

Bran blickte sich um. »Wartet ihr auf einen Tisch?«

Delaney nickte. »Ich habe Geburtstag, und wir wollten uns etwas Besonderes gönnen.«

Ortsansässige kamen häufig zu besonderen Gelegenheiten in die Restaurants von Club Tahoe. Es war beruhigend zu wissen, dass der Aussetzer diese Woche ihren guten Ruf noch nicht völlig ruiniert hatte.

Bran winkte einen Kellner heran, der auch sofort auf sie zu kam.

»Geben Sie ihnen einen der reservierten Tische«, wies Bran den Kellner leise an, und der führte Delaney und ihre Familie zu ihrem Tisch.

Danach versuchte Bran weiterzuarbeiten, musste aber die ganze Zeit über Delaney nachdenken. Er hatte sie nach dem Schulabschluss nie wiedergesehen und deshalb angenommen, dass sie die Stadt verlassen hatte. Vielleicht stimmte das ja auch. Ihr ausgerechnet heute zu begegnen, fühlte sich an, als hätte sich der Kreis geschlossen, nur schlimmer. Er war noch ein Teenager gewesen, als er Delaney geschwängert hatte. Zehn Jahre waren vergangen, und er konnte nicht sicher sein, ob er nicht erneut eine ungewollte Schwangerschaft verursacht hatte.

Er hatte doch Grundsätze. Regeln, die sicherstellten, dass er diesen Fehler nie wieder machen würde. Und er hatte die Regeln ignoriert, um mit Ireland zusammen zu sein. Weil er sie liebte.

Fuck.

Auf dem Weg nach draußen bedeutete Delaney ihrem Mann und Sohn mit einer Handbewegung, dass sie schon vorgehen sollten, und kam zu ihm.

»Danke für das Mittagessen«, sagte sie. »Das war sehr großzügig.«

Bran hatte ihre Rechnung übernommen, weil das das Mindeste war, das er tun konnte. »Herzlichen Glückwunsch zum Geburtstag. Ich habe mich immer gefragt, wie es dir wohl gehen mag.«

Sie streckte die Hand aus und drückte seinen Arm. »Wirklich gut. Bei dir alles okay?«

Es war eine einfache Frage mit einer einfachen Antwort, aber aus irgendeinem Grund brachte er die Worte nicht über die Lippen. »Ich wollte dir nur sagen, dass es mir leidtut. Alles, was du in der Schule wegen mir durchmachen musstest. Ich glaube, das habe ich dir nie gesagt.«

Ein trauriges Lächeln huschte über ihr Gesicht. »Doch, das hast du tatsächlich. Sogar mehrmals. Mir tat es auch leid. Aber das Leben hat es gut mit mir gemeint. Ich habe eine zweite Chance bekommen, und ich hoffe, das war bei dir auch der Fall.«

Er *hatte* eine zweite Chance bekommen. Mit Ireland. Und er hatte es verkackt.

Vorgestern Abend hatte er die Nerven verloren. Er war nicht für Ireland dagewesen, genauso wenig wie er damals für Delaney dagewesen war. Auch damals hatte er Panik bekommen.

Bran lächelte, um seine Gedanken zu verbergen. »Es ist alles gut. Es war schön, dich wiederzusehen.«

Delaney zögerte einen Moment, als könne sie seine Gedanken spüren. »Pass auf dich auf, Bran«, sagte sie schließlich mit einem traurigen Lächeln, bevor sie zu ihrer Familie aufschloss.

Delaney hatte das alles hinter sich gelassen. Und Bran ja auch. Die Sache mit Ireland hatte er instinktiv fixmachen wollen, nachdem er erst einmal aufgehört hatte, sich gegen die Anziehung zu wehren. Und in dem Moment, als etwas schiefging, war er sofort abgehauen.

Ireland musste von ihm hören, dass er für sie da sein würde, ganz egal, was geschah.

Und dass er sie liebte.

KAPITEL 30

Ireland saß an der Küch500insel und arbeitete am Computer, während Cali und Jaeg Kisten voller Zeug hinaustrugen, die sie zum Haus seiner Eltern bringen wollten. Für die Hochzeit am Wochenende. Sie waren die Zeremonie heute bereits einmal vor Ort durchgegangen, und nun war alles bereit.

Irgendwie kam die Hochzeit nun für alle etwas plötzlich. Cali hatte das Datum vorverlegt, aber Ireland nahm an, dass sie sich überfordert fühlte, weil die Sache mit Bran diese Woche einen enormen emotionalen Tribut gefordert hatte. Sie hatte nicht nur ihren Liebespartner verloren, sondern gleichzeitig auch einen Freund. Bran hatte sich in ihr Leben geschlichen und war zu dem Menschen geworden, dem sie von ihrem Tag erzählen und mit dem sie ihre Nächte verbringen wollte. Sie brauchte ihn immer noch. Ein Abgrund tat sich auf, wo eigentlich ihr Herz sein müsste.

Was Ireland und Bran gemeinsam aufgebaut hatten, war an jenem Abend, als sie ohne Verhütung miteinander geschlafen hatten, zerbrochen. Ein relativ magerer Grund für ein Paar, sich zu trennen, schien ihr. Aber bei Bran hatte es einen Nerv getroffen. Er hatte sein Leben auf dem Beschluss aufgebaut, nie wieder einen solchen Fehler zu machen, aber dann war es doch passiert. Mit ihr. Also war sie nun Teil seines schlimmsten Albtraums.

Für Ireland hatte Bran die Trennung vollzogen, als er sie so behandelt hatte wie jeder andere Mann, mit dem sie je beruflich zu tun gehabt hatte – er hatte ihre Expertise infrage gestellt, als die Software versagte, und angenommen, dass sie etwas falsch gemacht hatte. Und er hatte ihr sogar ins Gesicht gesagt, dass er das Resort und seine Brüder an die erste Stelle setzen müsse.

Sie verstand Familientreue, aber was war mit ihr? Wo stand sie auf seiner Prioritätenliste?

Selbst, wenn Bran sich entschuldigen sollte, Ireland hatte sich geschworen, nie wieder mit einem Mann zusammen zu sein, für den sie bestenfalls zweitrangig war. Der sie nicht respektierte. Bran schien jeden romantischen Traum zu erfüllen, den sie jemals gehabt hatte. Aber letztendlich war er wie alle anderen Männer, mit denen sie ausgegangen war.

Und außerdem hatte er die Sache beendet. Es war gar nicht an ihr, irgendetwas zu unternehmen.

Eine Träne rollte ihre Wange hinab und verschwand im Rahmen ihrer Brille.

Sie wischte sich übers Gesicht und atmete tief ein. Sie würde es überleben. Es war nur Liebe – die beste von allen, für einen Augenblick. Sie hatte eine wunderbare Zukunft gesehen, und nun fragte sie sich, ob sie sich das alles nur eingebildet hatte.

Mit einem Knarzen ging die Haustür auf. »Hallo!«

Ireland drehte sich langsam mit dem Barhocker um und funkelte ihren älteren Bruder an. »Du hättest schon vor Stunden auftauchen sollen.«

Er schwang die kleine Reisetasche von der Schulter und ließ sie auf den Boden fallen. »Hey, ich bin doch da. Wo bleibt die liebevolle Begrüßung? Hast du eine Vorstellung, wie schwer es war, mir ein paar Tage frei zu nehmen?«

»Morgen ist Wochenende. Du hast dir einen Tag freigenommen.«

»Ganz genau.«

Ireland rieb sich die Schläfen. Ihre Brüder machten sie wahnsinnig, und sie wusste nicht, ob sie Gabes Verhalten heute ertragen konnte.

Er musterte sie. »Was ist denn los mit dir? Du siehst aus, als müsstest du dich gleich übergeben.«

Sie funkelte ihn an. »Danke sehr.«

Gabe begrüßte Jaeg mit einem Fistbump. Der war hereingekommen, als er gehört hatte, dass Gabe da war, und reichte ihm gleich ein Bier.

»Siehst du?«, wandte Gabe sich an Ireland. »So begrüßt man seine Gäste. Danke, Mann.«

Dann umarmte er Cali, die mit einem weiteren Karton voller Hochzeitskrempel in die Küche kam. »Was kann ich tun, um zu helfen? Sieht ja fast aus, als würdet ihr umziehen.«

»Beinahe«, stimmte Jaeg zu. »Wir bereiten die Hochzeit vor. Was hältst du davon, mit mir zum Haus meiner Eltern zu fahren, um Sachen hinzubringen? Cali könnte eine Pause gebrauchen.«

»Aber klar doch«, sagte Gabe und nahm dann einen Karton, auf den Jaeg zeigte. Aber zuerst kam er herüber und küsste Ireland auf die Stirn.

Naja, gut, ihr Bruder war gar nicht so schlimm. Er liebte sie; er konnte bloß manchmal selbstbezogen und nervig sein. Aber das war wahrscheinlich normal, denn ihre anderen beiden Brüder waren genauso.

Die Männer begannen, Kartons zum Pick-up hinauszutragen, und Cali ließ sich auf die Couch fallen. »Ich kann nicht mehr denken. Mein Hirn ist aufgeweicht. Ich weiß genau, dass ich irgendwas vergessen werde.«

Ireland stand auf und ging in die Küche, holte die beiden Weinhalter aus der Schublade und eine Flasche Weißwein aus dem Kühlschrank. Sie goss zwei Gläser ein, kam zur Couch zurück und reichte Cali ihr Glas, zusammen mit ihrem glitzernden Weinhalter. Cali hängte sich das Teil um den Hals und stellte das Glas hinein.

Cali nahm einen Schluck. »Ah, das ist besser. Dein Bruder hat übrigens recht. Du bist heute nicht ganz du selbst.«

»Bran und ich haben Schluss gemacht.«

Cali setzte sich mit einem Ruck gerade hin und verschüttete beinahe ihren Wein. »*Was?* Wann denn?«

Ireland setzte sich neben sie und lehnte sich auf der Couch zurück. Sie starrte zur Decke hinauf. »Ich schätze, offiziell gestern, aber es ging alles schon einen Tag vorher den Bach runter.«

»Was ist denn passiert?«

»Ist eine lange Geschichte. Sagen wir einfach, es ist immer dasselbe mit mir und den Männern.«

Cali blinzelte. »Aber mit Bran war es doch anders. Er schien so gut zu dir zu passen.«

Ireland fuhr mit dem Finger über den Rand ihres Weinglases. »Er ist ja auch ein guter Kerl. Er hat bloß eine Menge Stress in seinem Leben.«

Cali zog die Brauen zusammen. »Das hat aber doch jeder. Aber du warst für ihn da, als er im Club Hilfe brauchte. Und du bist auch sonst ganz großartig, deswegen verstehe ich das nicht.«

Ireland zog ein trauriges Gesicht. »Das mit dem Club

zählt doch nicht. Er hat mich dafür bezahlt, dass ich ihm helfe.« Sie starrte in ihr Weinglas. »Zu seiner Verteidigung, uns ist da was Erschreckendes passiert. Bran denkt vielleicht, dass ich schwanger bin.«

»Was zur ... was?! Bist du schwanger?«

»Meine Periode ist unregelmäßig, also war ich gleich heute Morgen beim Arzt. Wir haben bis zu meiner letzten Periode zurückgerechnet, und ich habe zur Sicherheit auch noch einen Test gemacht. Der Arzt glaubt nicht, dass die Chance besteht, dass ich schwanger sein könnte.«

Calis Schultern sanken herab, aber dann kniff sie misstrauisch die Augen zusammen. »Du wirkst gar nicht erleichtert.«

»Ich bin vor allem aufgebracht. Wir hatten einen Streit wegen der möglichen Schwangerschaft, und deswegen haben wir Schluss gemacht. Ich weiß nicht mal wirklich, wieso es direkt darauf hinauslief, dass wir nicht mehr zusammen sind, aber Bran hat gesagt, er müsse sich auf seine Brüder und den Club konzentrieren.« Sie presste ihre Finger gegen die geschlossenen Lider.

»Oh, Ireland.« Cali rieb ihre Schultern und rückte näher heran. »Hast du ihm schon gesagt, dass du nicht schwanger bist?«

Ireland schüttelte den Kopf.

»Er sollte das aber wissen«, beharrte Cali.

Ireland atmete zitternd aus. »Du hast recht.«

»Am besten sofort. Wo ist dein Telefon?«

Ireland stand auf und ging zur Kücheninsel hinüber. Sie nahm ihr Telefon in die Hand und kehrte zur Couch zurück, tippte eine Nachricht, hielt aber dann inne. Sie war zu feige.

Cali beugte sich über ihre Schulter und las mit. »»Sieht

aus, als hätte James die Bestellungen veranlasst.‹ Was für Bestellungen?«, wollte Cali wissen.

»Der ursprüngliche Programmierer der Restaurant-Software für Club Tahoe war ein Soziopath. Er hat versucht, Bran zu ruinieren. Die Polizei ist inzwischen mit dem Fall betraut. Da kommt einiges zusammen, nachdem ich wegen des Angriffs auf dem Parkplatz Anzeige erstattet habe und wir nachweisen können, dass er über das Programm Geld abgezweigt hat. Sie haben jetzt einen externen Experten hinzugezogen, der sich alles anschaut, was James in den vergangenen Jahren für *Tech Banquet* programmiert hat. Anscheinend hat er überall Schlupflöcher eingebaut, um eine Menge Geld von einer ganzen Reihe von Firmen abzuzweigen. Club Tahoe war nur der erste Kunde, der ihn auf frischer Tat ertappt hat.«

»Und das ist dir zu verdanken«, stellte Cali fest.

Ireland zuckte die Achseln. »James war kein sehr guter Programmierer. Er wäre irgendwann aufgeflogen.«

»Also gut, Bran hat eine Menge am Hals. Die Cade-Brüder haben alle Hände voll zu tun mit diesem Resort, aber das entschuldigt noch lange nicht, dass Bran dich nicht zu schätzen weiß.«

Cali beugte sich zu ihr hinüber und las Irelands nächste SMS mit, während sie sie eintippte. »Der Arzt sagt, ich bin nicht schwanger.« Cali schüttelte den Kopf. »Und du denkst nicht, dass es besser wäre, ihm das am Telefon zu sagen?«

Ireland ließ den Kopf nach hinten gegen das Sofapolster sinken. »Wir haben Schluss gemacht. Alles, was er wissen muss, ist, dass er nicht Vater wird.« Bei den letzten Worten brach ihre Stimme, und die Tränen flossen ungehindert über ihr Gesicht.

Cali zog sie in eine feste Umarmung, bei der ihre beiden Weingläser gegeneinander klirrten. »Es tut mir so leid.«

»Mir auch.«

»Wolltest du denn ein Baby haben?«

»Was?« Ireland wischte sich übers Gesicht. »Nein. Aber ich wollte Brans Unterstützung. Ich wollte, dass er auch an mich denkt und nicht nur an sich selbst.«

»Und nichts anderes verdienst du. Gib dich nicht mit weniger zufrieden.«

»Das werde ich nicht«, erwiderte Ireland. »Ich will eine Beziehung wie die von dir und Jaeg. Es tut mir leid, dass ich dich an deinem besonderen Tag so runterziehe.«

»Der ist doch erst morgen, also mach dir keine Sorgen deswegen. Ich will jetzt nur, dass es dir gut geht.«

Ireland lächelte. »Das wird schon wieder. Wenn ich etwas gelernt habe, seit ich nach Lake Tahoe gezogen bin und diesen Neuanfang gewagt habe, ist es, dass ich die Hoffnung auf mein ›Glücklich bis ans Ende ihrer Tage‹ nicht aufgebe.«

Cali hob ihr Glas. »Mögen wir beide glücklich bis ans Ende unserer Tage sein.«

KAPITEL 31

Cali betrachtete sich im Ganzkörperspiegel. Sie trug das allerschönste Kleid, das Cali je gesehen hatte. Es war gerade wie eine Säule geschnitten, schulterfrei mit Nackenträger und perlenbesetzter Taille, und es passte perfekt zu Calis zierlicher Figur. »Mir wird schlecht.«

Ireland nahm ihr rasch den Brautstrauß ab. »Du wirst jetzt nicht kotzen. Du heiratest gleich deinen Kerl.«

Cali drehte sich zu ihr um. »Echt jetzt. Ich glaube, ich werde ohnmächtig.«

»Ich weiß, was du brauchst.« Ireland blickte sich um, suchte nach etwas.

»Einen Kotzeimer?«

»Einen Tequila.«

»Bist du irre?«, fragte Cali. »Dann muss ich ja erst recht kotzen.«

Ireland verzog den Mund. »Du hast recht. Tequila ist blöd. Hat einen schlechten Ruf und macht Kater. Aber etwas anderes zu trinken.« Sie zeigte mit dem Finger auf Cali. »Geh' nicht weg, ich bin sofort zurück.«

»Warte! Lass mich nicht allein.« Cali hielt Gens Hand, die ihren Ausbruch wie üblich stoisch ignorierte.

»Ich halte sie fest, wenn nötig«, verkündete Gen. »Hauptsache, du bringst etwas Starkes mit.«

»Hauptsache, du bringst genug für uns alle mit«, mischte sich Kerstin, Jaegs Schwester, ein.

»Alles klar!« Ireland rannte zur Tür hinaus. Das Ankleidezimmer der Braut war eigentlich das Schlafzimmer von Jaegs und Kerstins Eltern.

Sie ließ den Blick durch den Korridor des dreistöckigen Hauses schweifen und erhaschte einen Blick auf Gabe, der mit einer gutaussehenden Blondine flirtete. »Gabe«, flüsterte sie ihm laut zu.

Er blickte in ihre Richtung, sagte etwas zu der Frau und kam dann so gemächlich herüber, als würde er einen Sonntagsspaziergang machen.

»Brauchst du irgendwas, Schwesterchen?«

»Wieso flirtest du mit einer anderen Frau? Was ist mit Jennifer?«

Gabe wandte den Blick ab. »Wir haben Schluss gemacht.«

»Wirklich?«

»Es war an der Zeit«, gab er zurück, aber er wirkte zornig.

Ireland schüttelte den Kopf. Sie konnte sich jetzt nicht um ihn und um Calis Ausraster gleichzeitig kümmern. »Okay, na gut, Cali braucht augenblicklich einen Schnaps. Kannst du den Barmann bitten, eine Runde Pfefferminzschnäpse fertigzumachen?«

Gabe zog die Schultern ein. »Warum denn Pfefferminz?«

»Damit ihr Atem nicht nach Alkohol riecht, wenn sie die Gäste begrüßt.«

»Hast du die Schlange an der Bar gesehen? Es wird gar

niemandem auffallen, dass sie getrunken hat. Die sind doch selbst schon alle angesoffen.«

Ireland verschränkte die Arme. »Was empfiehlst du dann?«

»Mach dir darüber keine Gedanken.« Er tätschelte ihr den Kopf, was sie furchtbar nervig fand. »Ich kümmere mich um alles. Du siehst zu, dass Cali ruhig bleibt.«

»Warte«, sagte sie, als er sich umdrehte und losmarschieren wollte. »Wie geht's Jaeg?«

»Der ist total entspannt.«

»Wirklich?«

Gabe lachte leise. »Nein. Er macht Kniebeugen, um seine Unruhe in den Griff zu kriegen, während Adam sich nur Sorgen macht, dass er mit seinen Muskeln die Säume seines Anzugs platzen lässt.«

Das könnte sogar wirklich passieren, dachte Ireland. Wer hätte gedacht, dass Hochzeiten so stressig sein konnten?

Einige Minuten später klopfte es an der Tür des Brautzimmers. Ireland rannte zur Tür und machte auf.

»Eure Schnäpse sind da.« Gabe versuchte, einen Blick in den Raum zu erhaschen.

Ireland nahm ihm das Tablett ab und schob ihn zurück. »Niemand bekommt die Braut vor der Zeremonie zu sehen.«

Gabe verdrehte die Augen. »Das gilt doch nur für den Bräutigam. Cousins zählen nicht.« Er schien aber vor allem Jaegs Schwester in den Blick zu nehmen, die genau sein Typ war. Und offenbar in Gefahr, da er nun wieder Single war.

Ireland starrte auf das Tablett in ihrer Hand. »Was ist das?«

»Lemon Drops. Die gehen runter wie Öl. Gib Cali einfach nicht zu viele davon.«

»Danke«, sagte Ireland und versperrte ihm erneut die Sicht, indem sie ihm die Tür vor der Nase zumachte.

Dann verteilte sie die Shots und hob ihr eigenes Schnapsglas. »Auf einen wunderschönen Tag.«

»Auf meine beste Freundin, die ihren Traummann gefunden hat«, sagte Gen.

»Auf meine Tochter und Jaeg«, sagte Maddie, Calis Mom. Sie war hinzugekommen, nachdem Gen ihr eine SOS-Nachricht geschickt hatte, damit sie half, Calis Nerven zu beruhigen.

»Auf meinen Bruder, der die perfekte Frau für sich gefunden hat«, sagte Kerstin.

»Darauf, dass ich nicht ohnmächtig werde«, sagte Cali und kippte ihren Shot hinunter. Sie verzog erst das Gesicht und grinste dann. »Gib mir besser gleich noch einen.«

———

IRELAND HATTE Calis Alkoholkonsum auf zwei Shots begrenzt, und das erwies sich als perfekt. Calis Nerven beruhigten sich endlich, und ihre Wangen bekamen wieder Farbe. Sie strahlte, als sie gemeinsam in den elterlichen Garten gingen, wo die Zeremonie stattfinden sollte.

Und dann entdeckte Ireland Bran.

Er saß mit drei seiner ansehnlichen Brüder und deren Lebensgefährtinnen vorn auf der Seite des Bräutigams. Zur Hochzeit trugen alle Abendgarderobe, und alles, was sie sehen konnte, waren sein dunkelblondes Haar und die Tatsache, dass seine breiten Schultern den Smoking perfekt ausfüllten, aber das reichte ja auch. Sie hätte ihn überall erkannt.

Jetzt flatterten ihre Nerven. Gut, dass sie selbst auch zwei Shots getrunken hatte.

Gemeinsam mit Gen und Kerstin schritt sie langsam den Mittelweg entlang, auf den Pastor zu. Hunderte weißer Stühle waren auf dem großen Rasenstück von Jaegs Eltern aufgestellt worden, mit Blick über den See.

Purpurne Blumen-Arrangements schmückten die Stühle am Ende jeder Reihe, und vorn befand sich ein Bogen aus ebenfalls purpurnen Blumen, unter dem Cali und Jaeg sich das Eheversprechen geben sollten. Der Himmel war blau, und die Luft roch nach Kiefern und Rosen. Kurz gesagt, Aussicht und Kulisse waren atemberaubend.

Cali hatte die richtige Entscheidung getroffen, ihre Hochzeit auf dem Anwesen von Jaegs Eltern zu feiern. Das Haus war riesig und das Gelände drumherum spektakulär – groß genug, um ein Zelt für die mehr als 200 Gäste aufzustellen, die es geschafft hatten zu kommen.

Ireland hatte die vorderen Reihen erreicht, und Bran blickte auf und fing sofort ihren Blick ein. Sie zitterte und setzte ein gezwungenes Lächeln auf.

Es war Calis Hochzeit; es ging heute nicht um sie und Bran.

Kerstin, Gen und Ireland nahmen ihre Plätze zur Linken des Pastors ein, während Jaeg, Adam, Gens Freund Lewis und Calis Bruder Tyler sich rechts aufstellten.

Jaeg spähte über den Rasen hinweg zum Haus, scheinbar eifrig darauf wartend, endlich seine Braut in Augenschein zu nehmen. Ireland wusste genau, wann er sie erblickte, denn ein unglaublich strahlendes Lächeln breitete sich auf seinem Gesicht aus.

Die Gäste drehten ihre Köpfe, als Cali am Arm ihrer Mutter den Mittelgang entlangschritt. Maddies Haar hatte einen ganz ähnlichen Rotton wie Irelands. Calis Dad, Irelands Onkel väterlicherseits, hatte keine roten Haare, aber die waren auch in seiner Familie dominant, wie Ireland bestätigen konnte. Mit Rothaarigen auf beiden Seiten hätten Cali und Tyler eigentlich feuerrot sein müssen, aber aus irgendeinem Grund hatten beide eine weit dezentere Haarfarbe als Ireland. Calis Vater hatte sich schon früh aus ihrem Leben verabschiedet, und dass Maddie ihre Tochter nun zum Altar führte, war die perfekte Geste, um ihre mütterliche Aufopferung heute zu ehren.

Ireland warf einen Blick in Brans Richtung, aber statt die wunderschöne Braut zu betrachten, starrte der Ireland an und sah alles andere als glücklich aus.

Nachdem Ireland gestern Abend die SMS abgeschickt hatte, hatte Bran geantwortet und gesagt, dass er reden wolle. Aber Ireland fühlte sich emotional zu aufgewühlt und angreifbar, und sie wollte am Abend vor der Hochzeit außerdem für Cali da sein. Sie hatte nicht zurückgeschrieben und sich stattdessen vorgenommen, sich irgendwann nach der Hochzeit bei ihm zu melden.

Gabe hatte Jaeg mitgenommen, um zu trinken und Männersachen zu machen, und die beiden waren den ganzen Abend unterwegs gewesen, während Ireland und Cali den Abend mit Gen und ein paar anderen Freundinnen von Cali verbracht. Sie hatten Wein getrunken und Filme aus den 80ern angeschaut. Aber Ireland hatte die ganze Zeit an Bran gedacht.

Sie wusste nicht, warum er mit ihr reden wollte oder was da noch zu sagen wäre. Sie hatten Schluss gemacht und würden kein Kind bekommen. Erledigt.

Ireland schluckte den Kloß in ihrem Hals und lächelte gegen den Schmerz an, als Jaeg sein Gelübde sprach.

»Ich verspreche, unseren Hund Buddy ebenso sehr zu lieben wie ein menschliches Kind, obwohl ich hoffe, dass wir davon irgendwann auch eins bekommen.« Das

Publikum lachte leise. »Und ich verspreche, dich jeden Tag meines Lebens zu lieben, zu beschützen und für dich zu sorgen.«

Die verfluchten Tränen standen schon wieder in Irelands Augen. Jages Worte waren so süß und so aufrichtig. Er sah Cali, wie sie wirklich war, und er liebte sie mit all ihren Eigenheiten. Das war es, was auch Ireland sich wünschte.

»Ich verspreche, mich um dich zu kümmern, wenn du einen Männerschnupfen hast«, sagte Cali während ihres Gelöbnisses, und die Gäste lachten erneut. »Und dich in all deinen kreativen Projekten zu unterstützen.«

Cali beendete ihre Gelübde, dann sagte der Pastor noch ein paar Worte, und dann küsste Jaeg auch schon die Braut.

Cali und Jaeg waren verheiratet. Verheiratet.

Cali war nicht die erste von Irelands Cousinen, die den Bund der Ehe schloss, aber sie war ihr Liebling. Und Ireland freute sich unbändig für ihre liebenswürdige Cousine, die Möchtegern-Kupplerin.

Die gesamte Hochzeitsgesellschaft strahlte, als Cali und Jaeg den Mittelgang hinaufschritten. Die Gäste klatschten und jubelten.

Sie verbrachten gefühlt eine halbe Stunde damit, Fotos zu machen, die sie vor der Hochzeit nicht machen konnten, weil ja die Braut fehlte. Dann begaben sich alle ins Zelt, um zu feiern.

»Ireland.«

Ihre Schultern versteiften sich, und ihr Herz begann zu flattern. Sie würde Brans Stimme überall erkennen. Und sie sandte ein Prickeln ihr Rückgrat hinunter. Die Art Prickeln, die weich in den Knien machte. Würde er immer diesen Effekt auf sie haben?

Sie drehte sich um. »Hallo. Tut mir leid, dass ich gestern

nicht mehr geantwortet habe. Ich war damit beschäftigt, Cali zu helfen.«

Ihr dabei zu helfen, Wein zu trinken und Filme zu schauen, dachte Ireland. Aber in Wahrheit war auch das wichtig, denn Ireland wäre unter allen Umständen in der Nacht vor der Hochzeit für ihre Cousine da gewesen, ganz gleich, was geschah.

Er stopfte die Hände in die Taschen seiner Smokinghose. »Ich wollte mit dir über das sprechen, was geschehen ist.«

»Ich bin nicht schwanger, also gibt es nichts, worüber du dir Sorgen machen müsstest«, erwiderte sie leise und versuchte sich an einem Lächeln, aber ihre Stimme zitterte.

»Nicht das – naja, das auch –, aber ich wollte über den Abend reden, als wir vergessen haben zu verhüten. Ich habe mich nur darum gekümmert, wie es mir geht, dabei ging es doch um uns beide. Ich hätte für dich da sein sollen.«

Dem würde sie nicht widersprechen. »Das hättest du. Aber du hast eindeutig klargemacht, dass du andere Prioritäten hast.«

»Auch darüber wollte ich sprechen. Das war eine scheiß Aussage und ein Beispiel dafür, wie ich in alte Muster verfalle, sobald es schwierig wird. Ich will für meine Familie da sein, aber nicht auf deine Kosten. Niemals.« Er fuhr sich mit der Hand über das Gesicht. »Von dem Augenblick an, als wir uns geküsst haben, warst du für mich die meine. Ich bin furchtbar schlecht in Beziehungen. Ich habe es verkackt und dir wehgetan, aber ich werde tun, was immer nötig ist, um es wiedergutzumachen.«

Ireland hatte für die vorbeigehende Gen ein Lächeln aufgesetzt, aber bei Brans letzten Worten fuhr ihr Kopf herum. »Was?«

Bran nahm ihre Hand und verschränkte ihre Finger

ineinander. »Ich weiß nicht, was ich mir dabei gedacht habe, all das wegzuwerfen, was wir haben.«

»Aber ... was, wenn du irgendwann wieder ein Idiot bist und deine Meinung änderst?«

»Ich bezweifle nicht, dass ich von Zeit zu Zeit ein Idiot sein werde, aber ich verspreche dir, dass ich meine Meinung nicht ändern werde. Ich hoffe, dass du mir das nächste Mal ins Gesicht sagst, wenn ich mich wie ein Arsch verhalte, und mir deine kämpferischen Worte um die Ohren haust.«

»Das ist meine Spezialität.«

Er lachte. »Als ob ich das nicht wüsste. Also, was sagst du? Gibst du mir eine zweite Chance?«

Ireland starrte auf ihre Hand in seiner. »Das ist nicht das, womit ich gerechnet habe, als du sagtest, du wolltest reden. Ich dachte, du würdest mir sagen, wie froh du bist, dass ich nicht schwanger bin.«

»Das bin ich.«

»Wie bitte?«

»Ich bin froh, dass du nicht schwanger bist, weil ich nicht möchte, dass es ein Unfall ist, wenn wir uns entscheiden, Kinder zu haben. Ich will, dass du weißt, wie gern ich mit dir Kinder hätte, und wie hart ich an mir arbeiten werde, um der beste Vater zu sein, der ich zu sein vermag.«

Heilige Scheiße. »Du willst Kinder haben?«

»Mit dir?«, sagte er. »Ja. Besonders, wenn wir kluge, rothaarige Temperamentsbolzen bekommen.«

Ireland schluckte. Geschah das gerade wirklich?

Was er gesagt hatte, war alles, was sie je von ihm hören wollte, und mehr. Und dennoch hatte er die Hoffnung auf eine gemeinsame Zukunft erst vor wenigen Tagen abgewürgt. »Du hast mir wehgetan, und ich weiß nicht, ob ich dir vertrauen kann.«

KAPITEL 32

Ireland folgte den anderen Hochzeitsgästen ins Zelt und begab sich zum Tisch des Brautpaars, sah aber alle paar Minuten zu Bran hinüber, der seinerseits ihren Blick suchte. Als sie auseinandergegangen waren, hatte er nicht gerade zufrieden damit gewirkt, wie sie die Dinge stehengelassen hatte, aber er hatte auch keinen Druck gemacht.

Jetzt gerade unterhielt er sich mit der Frau, die neben ihm saß, und diese lächelte und berührte seinen Arm.

Ireland hätte die Frau am liebsten geschlagen. Aber es war gar nicht nötig, wie ein Höhlenmensch zu reagieren, denn Bran zeigte keinerlei Interesse. Die hitzigen Blicke, die er quer durch das Zelt sandte, waren allein für sie bestimmt. Zu seiner Tischnachbarin war er lediglich höflich, und dagegen konnte Ireland wohl kaum etwas sagen. Er war ein guter Mann.

Ein guter Mann. Und er wollte sie zurück. Er hatte seine Fehler zugegeben und wollte es noch einmal versuchen.

Aber würde er zu ihr stehen, egal, was geschah? Sie war ein mehrfach gebranntes Kind, sowohl im Beruf als auch im

Privatleben. Sie würde es nicht verkraften, wenn Bran sie erneut hängenließ.

Ireland tanzte mit dem Bräutigam und der Braut, unterhielt sich mit Verwandten auf beiden Seiten der Familie. Hunt produzierte sich auf der Tanzfläche, war bei jeder schönen Frau sofort zur Stelle und bat sie zum Tanz. Auch Kerstin. Was wiederum dafür sorgte, dass Gabe finster dreinblickte und den Unterkiefer zur Seite schob.

Interessant.

Gabe wurde nie wegen einer Frau eifersüchtig, war es auch bei seiner Ex Jennifer nie gewesen. Und soweit Ireland wusste, war Gabe Kerstin vor dieser Hochzeit nie vorgestellt worden.

Vielleicht hatte Irelands arroganter Bruder endlich eine Frau gefunden, die er wollte, aber nicht haben konnte?

Ireland ging hinüber zum Tisch, wo der Champagner stand, dachte über das Liebesleben ihres Bruders nach und hörte plötzlich, wie jemand ihren Namen erwähnte.

»Ireland ist eine gute Mitarbeiterin, aber das Software-Desaster im Club Tahoe hat dem Vorhaben, sie ein System für das Casino in Las Vegas programmieren zu lassen, in den Augen unseres Generaldirektors doch einen ziemlichen Dämpfer verpasst«, erzählte Adam gerade Levi. »Das wurde jetzt bis auf Weiteres auf Eis gelegt.«

Ireland versteifte sich. Von ihrem Vorgesetzten hatte sie nichts dergleichen gehört. Aber das Programm, das sie für Club Tahoe geschrieben hatte, hatte ja wirklich gesponnen, auch wenn das nicht ihre Schuld war. Allein bei dem Gedanken, dass ihre Arbeit bei Club Tahoe den guten Ruf, den sie sich hier in Lake Tahoe erworben hatte, befleckt hatte, drehte sich ihr der Magen um.

»Wie war das gerade?« Bran löste sich aus einer anderen

Runde, die nur anderthalb Meter entfernt im Gespräch war, und gesellte sich zu Adam und Levi, die mit dem Rücken zu ihr standen. Offenbar hatten sie nicht gewusst, dass sie ganz in der Nähe war, und auch Bran schien sie nicht zu bemerken.

Adam zuckte die Achseln und zog den Ärmel seiner Smokingjacke gerade. »Ireland ist ein nettes Mädchen, aber die Firma wird es jetzt eher nicht riskieren, sie mit der Aufgabe zu betrauen. Die suchen sich jemanden, dem sie vertrauen können.«

»Die können ihr ruhig vertrauen«, insistierte Bran. »Ireland ist eine brillante Programmiererin, und Blue kann sich glücklich schätzen, sie an Bord zu haben. Wisst ihr was, wenn die sie nicht zu schätzen wissen, dann wird Club Tahoe sie einstellen.«

Ireland klappte der Unterkiefer herunter, und sie starrte Bran an, der in diesem Moment hochschaute und sie endlich entdeckte.

Bran blinzelte und wandte den Blick ab. Er fuhr sich mit der Hand durchs Haar und stürmte davon.

Ireland sah ihm nach, wie er mit großen Schritten den Garten durchquerte.

Er hatte sie verteidigt.

Das hätte er nicht tun müssen. Er wusste ja nicht, dass sie das Gespräch mitanhörte.

Ireland hatte sich mitverantwortlich dafür gefühlt, wie die Sache mit James gelaufen war. Der ehemalige Angestellte von *Tech Banquet* war ein Mistkerl, aber ihre Gegenwart in seiner Domäne hatte ihn noch mehr auf die Palme gebracht.

Ireland durchquerte den Garten, konnte Bran aber nirgendwo entdecken. Sie wollte ... Sie war nicht einmal sicher, was sie wollte. Aber er hatte sie verteidigt, und das bedeutete ihr viel. Er wusste ja nicht, ob sie ihm eine zweite Chance geben würde. Sie wusste es selbst nicht. Dennoch hatte er sie vor seiner Familie in Schutz genommen, vor den Brüdern, von denen er noch vor wenigen Tagen gesagt hatte, dass sie an erster Stelle kamen.

Und wenn Bran ernsthaft gewillt war, ihr Priorität einzuräumen ... Nun, das änderte alles für sie.

Ireland eilte kurz zu Cali hinüber, um zu sehen, ob die irgendwas brauchte, und verschwand dann aus dem Festzelt und schlüpfte ins Haus. Sie brauchte Raum für sich. Um einen klaren Kopf zu bekommen. Um Brans Verhalten zu verarbeiten.

Sie stieg die Treppe hinauf und betrat ein Bad im ersten Stock. Die Langs hatten erstklassige mobile Waschräume neben dem großen Festzelt aufstellen lassen, aber ein solcher Wagen, so sauber er auch sein mochte, bot ihr nicht die Ruhe, die sie gerade brauchte.

Sie stützte sich mit beiden Händen auf dem Waschtisch auf und starrte ihrem Spiegelbild in die Augen. »Heilige Scheiße.« Hatte sich je ein Mann so für sie eingesetzt, wie Bran das eben getan hatte? So wie er kurzen Prozess mit James gemacht hatte, als der sie auf dem Parkplatz so unsanft behandelt hatte?

Bran war mehr für sie dagewesen, als sie ihm bisher zugutegehalten hatte – sie umsorgt, sie geliebt, sie die Seine genannte. Ja, er hatte auch Mist gebaut, aber Ireland hatte ihrerseits gleich das Schlimmste angenommen, als Bran innerlich einen Schritt zurück gemacht hatte. Für ihn stand viel auf dem Spiel, wenn er sich um seine ›Karriere‹ und die seiner Brüder sorgte.

Er verdiente eine zweite Chance. Sie beide verdienten eine zweite Chance.

Ireland wurde es zum ersten Mal seit dem furchtbaren

Abend bei Bran wieder warm ums Herz. Sie zitterte vor Aufregung und Beklommenheit, denn ganz gleich, was geschah, Liebe war immer ein Sprung ins Ungewisse, der auf Vertrauen beruhte. Aber wenn Bran willens war, es zu versuchen, dann war es das wert.

Die Tür ging auf – und dann ebenso schnell wieder zu. Aber zuerst schlüpfte Bran hindurch ins Badezimmer.

Ireland fuhr mit rasendem Herzen herum. »W-was machst du denn hier?«

»Dich suchen.« Er streckte den Nacken, sein Gesicht angespannt. »Die Szene draußen tut mir leid. Ich wollte dich nicht in Verlegenheit bringen, aber Adam hatte sowas von unrecht. Er kennt ja noch nicht einmal alle Einzelheiten der polizeilichen Ermittlungen gegen James, und ich konnte diesen Blödsinn nicht unkommentiert lassen. Du arbeitest unglaublich hart und bist schlauer als wir fünf zusammen.«

Ireland starrte auf seinen markanten Kiefer, der genau auf ihrer Augenhöhe lag, dann wanderte ihr Blick zu den aufrichtigen, blauen Augen. »Du hast mich an die erste Stelle gesetzt.«

»Das werde ich immer tun.«

Ihre Gefühlte ließen sie erzittern. Sie streckte die Hand nach dem Revers seiner Smokingjacke aus und zog ihn mit einem Ruck zu sich, küsste ihn, bevor er ein weiteres Wort sagen konnte.

Bran brauchte nur eine Millisekunde, bis er reagierte, seine Arme um sie schlang und den Kuss erwiderte.

Er löste seine Lippen von ihren. »Wofür war das denn? Nicht, dass ich mich beklagen würde.«

»Der war unvermeidlich.«

»Habe ich das nicht mal zu dir gesagt?«

Den Kuss im Wasser hatte Bran damals vor Wochen mit

denselben Worten gerechtfertigt. »Du hast es ganz richtig gesagt«, stellte sie fest.

Er senkte seinen Mund wieder auf ihren und ließ eine Hand hinunter zu ihrem Hintern gleiten, den er durch das seidige, asymmetrische Kleid hindurch packte, das Cali für die Brautjungfern ausgesucht hatte. »Habe ich schon erwähnt, wie schön du in diesem Kleid aussiehst?«

Sie grinste. »Es gefällt dir? Ergibt meine Beschreibung jetzt mehr Sinn?«

»Nee. Aber es spielt auch keine Rolle, was du anhast. Du siehst in allem schön aus – auch wenn du mir nackt am allerbesten gefällst.«

»Hast du das eben draußen ernst gemeint? Dass wir es nochmal versuchen sollen?«

Er lehnte sich nach hinten und sah ihr in die Augen. »Ich war ein Idiot. Wirf mir das nicht vor. Ich liebe dich, Ireland, und ich will, dass wir es zusammen schaffen.«

Ein Lächeln breitete sich auf ihrem Gesicht aus. Liebe war leichtsinnig, aber es gab niemanden, mit dem sie lieber leichtsinnig sein wollte, als ihr gar nicht so mönchischer Freund, der sein Bestes gab, sich um die Menschen zu kümmern, die er liebte. Letztendlich saß Brans Herz am rechten Fleck, und das war es, was zählte. »Ich will auch, dass wir es noch einmal versuchen.«

Er schloss die Augen und stieß lange den Atem aus. »Gottseidank.« Er küsste sie, und Ireland schlang die Arme um seine Schultern.

Sie ließ ihre Hände seinen kräftigen Nacken hinaufgleiten, wo die Haut weich war und ihre Finger sich in seinem seidigen Haar vergraben konnten. »Ich habe eine Idee.«

»Hmm«, machte er und küsste immer wieder ihre Lippen, verteilte sanfte Bisse und vermaß ihren wunderbaren Hintern mit seinen großen Händen.

Sie nahm an, dass seine einsilbige Reaktion heißen sollte: »Was schwebt dir denn vor?«

»Bisher wurden wir in Waschräumen und Büros jedes Mal unterbrochen«, sagte sie.

Seine Hände auf ihrem Hintern erstarrten.

»Was meinst du, sollen wir einen dieser kleinen, geheiligten Räume, die wir offenbar so gern mögen, einweihen?«

Bran streckte die Hand nach hinten aus und schloss blindlings die Tür ab, hob sie dann auf den Waschtisch. Er fuhr mit den Händen an ihren Beinen entlang, hinauf bis unter ihr Kleid. »Dafür liebe ich dich. Für deine großartigen Ideen.«

Ireland zupfte an seiner Smokingjacke und zerrte sie von seinen Armen, machte sich dann an seinem Hemd zu schaffen.

»Du brauchst mir das alles nicht auszuziehen, damit wir zur Sache kommen«, gab er zu bedenken.

»Ich will aber den heißen Körper meines Kerls sehen«, erwiderte sie.

Er schenkte ihr ein schiefes Lächeln und half ihr dabei, sein Hemd auszuziehen, hängte es dann an den Türknauf. »Du darfst mich gern bewundern, aber dein Kleid muss auch runter.«

Und so fanden sie sich nackt im Badezimmer im ersten Stock wieder.

Bran küsste ihre Brüste, und seine Finger glitten an ihren Beinen hinauf. »Du bist schon ganz feucht.«

Er war ein unanständiger Junge. »Sehr feucht«, hauchte sie.

Bran gab ein Knurren von sich und schob ihre Beine auseinander. Dann suchte er hastig seine Smokinghose und zog knisternd ein Kondom aus der Tasche. Innerhalb weniger Sekunden drang seine Erektion in sie ein, füllte sie komplett aus.

»Ich liebe dich«, wisperte sie.

Er küsste ihre Wange, ihre Augenlider und dann ihren Mund, während er sich gleichzeitig komplett in ihr versenkte. »Nicht so sehr, wie ich dich liebe. Es tut mir leid, dass ich dir wehgetan habe.«

Sie legte den Kopf in den Nacken und spürte ihn ganz tief in sich. »Das ist längst verziehen. Und jetzt mach' dich wieder an die Arbeit.«

Bran schlang einen Arm um ihren Rücken, um sie zu stützen und im richtigen Winkel zu haben.

Sex in dieser Position erreichte irgendeine erogene Zone tief in ihrem Innern, denn bevor sie wusste, wie ihr geschah, klammerte sie sich keuchend an ihn und stand kurz vor dem Orgasmus.

Bran beugte sie noch weiter nach hinten, hielt sie mit seinen starken Armen und leckte immer wieder über ihren Nippel. Dann begann er, daran zu saugen.

Dann passierte es. Irelands Orgasmus traf sie mit der Wucht eines heranbrausenden Lastwagens. Ihr Körper wand sich in Zuckungen, ihr Verstand schwebte irgendwo in den Wolken.

Sie hörte und fühlte, wie Bran nur wenige Momente später selbst zitternd Erlösung fand, während sie langsam wieder vom Himmel herabschwebte.

Ireland küsste seinen Scheitel, während sein Gesicht in ihrem Ausschnitt vergraben war, nachdem er in postkoitaler Schwere auf ihr zusammengesunken war. »Das hat Spaß gemacht.«

»Hmm.«

Wieder die einsilbige Reaktion. Sie würde ihm Zeit lassen, sich zu erholen.

Sie blieben aneinandergeklammert, bis Ireland befürchtete, dass ihr Hintern für immer die Dellen der Waschtischkante tragen würde.

Dann zogen sie sich wieder an, und Bran glotzte ihr auf den Arsch.

»Fang' nicht gleich wieder von vorne an«, mahnte sie.

»Was denn? Ich habe dich vermisst«, verteidigte er sich. »Kannst du mir das verdenken?«

Sie schlüpfte in ihre hohen Schuhe und fiel Bran dann in die Arme. Hier gehörte sie hin. »Nein. Weil ich auch nicht aufhören konnte, an dich zu denken.«

Sie kehrten zur Hochzeitsfeier zurück, wo niemand etwas bemerkt hatte, und mischten sich auf der Tanzfläche unter Freunde und Familie, um den Abend zu genießen.

Bran hielt Irelands Hand und lächelte, wann immer sich ihre Blicke trafen. Sie teilten das süßeste Geheimnis von allen.

»Na also«, sagte Adam, der von der Seite auf sie zukam, während Hayden sich davonmachte, um sich mit jemand anderem zu unterhalten.

»Was meinst du denn jetzt damit?«, wollte Bran wissen.

»Mein Plan ist aufgegangen. Du und Ireland seid wieder zusammen.«

Bran ließ ihre Hand los und schlag den Arm um ihre Schultern. »Wovon zur Hölle redest du?«

Adam schüttelte den Kopf. »Die Cade-Sturheit hat mal wieder alles überschattet. Also habe ich einfach laut genug gesagt, dass der Generaldirektor von Blue Ireland von dem Projekt abziehen würde.«

Ireland blinzelte. »Er hat gar nicht seine Meinung geändert, und ich soll nach wie vor für das Casino in Vegas arbeiten?«

Adam griff nach einem der Nachtisch-Häppchen auf

dem Tablett eines vorbeigehenden Kellners. »Ach was. Der Mann vergöttert dich. Er hat gar keine Ahnung, was im Club los war – und dein Fehler war es doch sowieso nicht.«

»Du hast mich ausgetrickst«, stellte Bran fest.

Adam aß genüsslich die Süßigkeit. »Ja. Und es hat funktioniert.«

Bran zog die Brauen zusammen. »Es hat geholfen. Ich hatte aber schon vorher versucht, sie zurückzugewinnen.«

Adam zuckte die Achseln. »Ihr braucht euch nicht zu bedanken. Aber euren Erstgeborenen müsst ihr nach mir benennen.«

»Was, wenn es ein Mädchen ist?«, ging Ireland dazwischen, die seine Scherze plötzlich amüsant finden konnte, nachdem sie nun wusste, dass ihr Ruf bei Blue nicht beschädigt war.

Adam schien darüber nachzudenken. »Adamina klingt doch echt niedlich.«

Hayden kam zu ihnen und legte einen Arm um Adams Taille. »Was treibst du schon wieder?«, wollte sie wissen.

Adam gab ihr einen Kuss auf die Lippen. »Wir rennen uns nur ein bisschen die Köpfe ein. Du weißt doch, wie wir Cades sind.«

»Du meinst bockig, stur und arrogant?« Sie wandte sich an Bran und Ireland. »Ich hoffe, er macht nicht schon wieder Probleme.«

Ireland sah Bran an und wurde rot, als sie die Szene im Badezimmer wieder vor Augen hatte. Sie räusperte sich. »Überhaupt keine Probleme, nein.« Sie blickte Adam an. »Da Bran es ganz sicher nicht sagen wird: danke.«

»Gern geschehen. Vergiss nicht«, sagte Adam, während er sich schon abwandte, um mit Hayden weiterzuziehen, »Adamina. Das wird ein neuer Trend bei den beliebtesten Babynamen.«

Bran schüttelte den Kopf. »Blödmann.«

»Aber recht hatte er«, wandte Ireland ein, nachdem Adam und Hayden gegangen waren. »Ich musste aus deinem Mund hören, dass du für mich da bist. Ich brauchte den Schubser.«

Bran schlang die Arme um sie, hielt sie eng an sich gepresst, sodass alle im Zelt es sehen konnten. »Ich werde immer für dich da sein.«

KAPITEL 33

Ireland betrat das *Prime* und hielt im vollbesetzten Restaurant Ausschau nach ihrem Freund. Sie entdeckte Bran mit einer Gruppe von Gästen, denen er lächelnd Champagner einschenkte.

Seit der Hochzeit vor vier Wochen war Ireland glücklicher als je zuvor in ihrem Leben, sowohl im Job als auch privat. In den vergangenen Wochen hatte sie Bran dabei geholfen, sein Haus wohnlicher zu machen, und sie hatten beinahe ihre gesamte Freizeit miteinander verbracht, besonders während der zweiwöchigen Flitterwochen.

Ihnen wurde währenddessen auch zunehmend klar, dass Ireland sich eine eigene Wohnung suchen musste. Sie konnte nicht auf Dauer das Haus der Neuvermählten mit Beschlag belegen. Noch etwas, das sie auf ihre To-do-Liste setzen musste, während sie die Arbeit und die Freizeit mit ihrem Freund jonglierte.

Bran kam zu ihr herüber. »Hallo, Schönheit. Bereit, ins Schwitzen zu kommen?«

Ireland trug Elasthan. Niemand sah in solche Klamotten gepresst gut aus, aber Bran war total scharf darauf, dass sie zusammen trainierten. Er wollte, dass Ireland Kraft aufbaute, falls sie sich je wieder gegen einen Typen wie James verteidigen musste. »Bereit bin ich. Aber ich kann nicht versprechen, dass ich sehr sportlich bin.«

Er griff nach ihrer Hand. »Ich nehme dich so hart ran, dass du darum betteln wirst, dass ich aufhöre.«

Sie beugte sich näher zu ihm. »Das klingt unanständig.«

»Ich kann nichts dafür, dass ich sofort an andere Dinge denke, wenn ich dich in hautenger Kleidung sehe.« Er ließ den Blick bewundernd an ihr hinabwandern. »Bringen wir den Besuch im Fitnesscenter hinter uns, damit wir zu mir nach Hause fahren und eine andere Sportart betreiben können.«

»Du bist ein unanständiger Junge.«

»Bin ich. Gib mir fünf Minuten, damit ich dem Manager für den Rest des Abends die Verantwortung übertragen kann. Ich bin gleich zurück.«

Ireland wartete draußen, spazierte ein Stück den Strand entlang, um auf den See hinauszuschauen, während sie auf Bran wartete. Hunt war noch im Club Kids beschäftigt. Sie nahm an, dass es noch nicht spät genug war, als dass die Eltern ihre Sprösslinge vom Tagesprogramm abholen mussten.

Es dauerte nicht lange, dann stand Bran neben ihr. »Hey, ich habe dich gar nicht kommen sehen.« Irelands Lächeln erstarb. »Alles in Ordnung?«

Brans Gesicht war gerötet, und er starrte auf das Wasser hinaus. »Ich habe gerade einen Brief bekommen.«

Sie schaute zum Restaurant zurück. »Hier?«

Er nickte. »Die ehemalige Sekretärin meines Dads ist aufgetaucht und hat ihn vorbeigebracht. Er ist von meinem Vater.«

Ireland wusste nicht viel über Brans Vater, abgesehen

davon, dass er Club Tahoe aufgebaut und kaum Zeit mit Bran und seinen Brüdern verbracht hatte.

»Das verstehe ich nicht«, sagte sie. »Wieso sollte die Sekretärin deines Vaters dir ausgerechnet jetzt einen Brief von ihm überbringen? Wieso nicht direkt nach seinem Tod?«

Er nahm ihre Hand in seine und stieß einen Seufzer aus. »Esther hat Jahrzehnte mit meinem Vater gearbeitet. Sie war mehr als eine Sekretärin; sie war wie eine zweite Mutter für uns. Und was den Zeitpunkt angeht, lies einfach den Brief.« Er reichte ihr ein Blatt Papier, das zweimal gefaltet gewesen war. Das Datum lag fast auf den Tag genau zwei Jahre zurück.

Lieber Bran,

um dich habe ich mir Sorgen gemacht, mein Sohn. Nach dem, was in der Highschool passiert ist, warst du nicht mehr derselbe. Ach, du hast geglaubt, ich hätte nichts davon gewusst, dass du ein Mädchen geschwängert hast? Ich mag ja selten genug zu Hause gewesen sein, aber das heißt nicht, dass ich euch Jungs nicht im Auge behalten habe.

Fünf Jungs. Fünf von eurer Sorte. Ich hatte alle Hände voll zu tun. Weswegen ich auch immer ein Auge auf euch hatte, selbst wenn ich nicht bei euch sei konnte. Ich musste doch sichergehen, dass ihr alle am Leben bleibt, denn sonst hätte eure Mutter mich im Jenseits gleich noch einmal umgebracht.

Kurz gesagt hoffe ich, dass es dir gut geht, wenn du diesen Brief erhältst. Ich hoffe, du machst dich nicht länger wegen der Vergangenheit fertig. Und ich hoffe, dass die Frau, in die du dich verliebt hast, versteht, was für ein liebevoller, fürsorglicher Mann du unter der harten Schale bist.

Falls du dich fragst, wieso du diesen Brief erst jetzt bekommst, nun, das ist einfach. Esther hat genaue Instruk-

tionen erhalten. Ihr Jungs bekommt alle an dem Tag einen Brief
von mir, an dem ihr euch verliebt – oder eben kurz darauf. Also
sag' es nicht deinem Bruder weiter, der als nächstes an der Reihe
ist. Wenn ich raten müsste, würde ich sagen, dass Hunt der
letzte ist, aber ich habe mich auch schon früher geirrt.

In Liebe,

Dad.

Tränen glitzerten in Brans Augen, und er blinzelte dagegen an. »Unser Zerwürfnis war schon ziemlich gravierend, aber ich habe nie gewusst, dass er auf seine Weise auf uns aufgepasst hat. Wir haben alle geglaubt, dass wir ihm gleichgültig wären.«

Ireland nahm ihn in die Arme.

»Im Rückblick kann ich ihm noch nicht einmal die alleinige Schuld geben«, erklärte er. »Du hast selbst erlebt, wie meine Brüder und ich sein können. Wir sind dickköpfig, und als Teenager haben wir gegen alles rebelliert – kein Wunder, dass der alte Herr Spione hatte, die uns im Auge behielten. Der einzige, der sich meinem Vater untergeordnet und für ihn gearbeitet hat, war Adam, der Schleimer.

Ich habe in einem Restaurant in der Stadt gekellnert und Kurse am Community College belegt. Habe in zwei Jahren meinen Abschluss gemacht und bin abgezischt, um ein Restaurant zu führen. Dort habe ich jahrelang gearbeitet und gedacht, dass ich nicht mehr im Leben erreichen will. Und dann ist Dad plötzlich gestorben, und mit einem Mal waren meine Brüder und ich für Club Tahoe verantwortlich. Ich habe mich darauf eingelassen und die Restaurants übernommen, aber ich hätte nicht gedacht, dass es mir Spaß machen würde. Ich sah es eher als Strafe für meine Sünden.«

Er drehte sich um und sah sie an. »Im Club zu arbeiten

war genau das, was ich brauchte, um aus meiner Ecke zu kommen, in der ich es mir gemütlich gemacht hatte. Und es hat auch dich in mein Leben geführt. Wenn ich hier nicht arbeiten würde und Hunt bei diesem Bootsausflug vertreten hätte, dann hättest du dich mir auf dem Boot auch nicht an den Hals geworfen.«

»Mich dir an den Hals geworfen?«

Bran grinste und küsste sie. »Mein Dad hat mir das schönste Geschenk gemacht. Er hat mir dich beschert. Könnte man so sagen.«

Sie umarmte ihn ganz fest. »Dann bin ich deinem Vater dankbar, denn du bist der beste Mann, der mir je begegnet ist. Ich werde immer dankbar sein, dass ich dein wahres Ich sehen durfte. Den Mann, den du hinter deiner Cade-Sturheit und deinem Stolz versteckst.«

Er zog die Brauen zusammen. »Bei dir klingt das so schlimm.«

»Was soll ich sagen? Ich stehe auf Strafen. Hast du nicht irgendwas von Bestrafung im Fitnesscenter gesagt?«

»Das habe ich, nicht wahr?« Seine Augen funkelten.

EPILOG

Ireland kuschelte sich auf der Couch an Bran. »Du hast einen sehr guten Geschmack, was Möbel angeht.«

Er schnaubte. »Du hast doch die Möbel ausgesucht.«

»Habe ich das? Ich dachte, du hast zumindest geholfen.«

»Dir ist schon klar, dass ich dich damals nur mitgenommen habe, damit du aussuchst, was dir gefällt, und mich öfter in meiner Höhle besuchen kommst.«

»Ich fasse es nicht, dass du so etwas tun würdest«, erwiderte sie, lächelte dabei aber.

Er beugte sich über sie und hob ihre Beine an, bis sie sich flach nach hinten fallen ließ. Dann kam er über sie. »Und nun sieh dir an, wo das hingeführt hat. Du lebst mit mir zusammen, und wir haben gleich Sex auf meiner neuen Couch.«

»Unserer Couch. Und wir haben dieses Möbelstück längst eingeweiht, so wie wir alle unsere Möbel eingeweiht haben.«

»Wir hatten noch nie auf der Schlafzimmerkommode Sex. Aber du hast natürlich recht, es sind unsere Möbel. Es gibt nichts in meinem Leben, das ich nicht mit dir teilen will.«

Sie grinste, weil Bran ihr das jeden Tag aufs Neue klarmachte, mit all den kleinen Dingen, die er tat, um sie glücklich zu machen. »Es gibt einen Grund, warum wir noch keinen Sex auf der Kommode hatten. Es ist körperlich unmöglich.«

Er verzog den Mund zu einem Grinsen. »Was ist mit Sex im Stehen, gegen die Kommode gelehnt? Oder ich könnte im Handstand …«

Sie grub ihre Finger in seine Seite, und er krümmte sich und bekam ihre Hände zu fassen, hielt sie über ihrem Kopf fest. »Hörst du auf«, schimpfte sie.

Er küsste sie. »Versprich mir, dass du es versuchen würdest, oder ich kitzle dich, während du dich nicht wehren kannst.«

Ireland lachte, befreite ihre Hände aber aus seinem Griff, da er sie nicht sehr festhielt. Sie schützte ihre kitzligen Stellen. »Was, wenn ich den Handstand machen möchte?«

Seine Augen weiteten sich, und dann stand er plötzlich auf und zog sie ebenfalls auf die Füße. »Los, ausprobieren.«

Ireland kicherte den ganzen Weg die Treppe hinauf und ins Schlafzimmer, das sie mit Bran teilte.

Der Kommoden-Sex war tatsächlich nicht möglich, denn Bran machte einen Handstand – er hatte darauf beharrt – und kippte beinahe wie ein gefällter Baum um, sobald sie seine Erektion auch nur berührte.

Er hob sie einfach hoch und trug sie zum Bett, wo sie sich mehrmals hintereinander liebten.

Für immer vereint.

————

Liebe Leserinnen,

ich hoffe, euch hat Bran und Irelands Geschichte in *BRANS VERFÜHRUNG* gefallen. Schon bald folgt das nächste Buch der Reihe über die Cade-Brüder, *HUNTS BEKEHRUNG.*

Hunt Cade findet sein Gegenstück in Abby, einer alleinerziehenden Mutter, deren Sohn Zeit im Club Kids verbringt. Und wisst ihr, was man über Frauenhelden sagt? Je schlimmer sie sind, desto tiefer fallen sie ...

Alles Liebe,

Jules

HUNTS BEKEHRUNG

Er war ein Frauenheld, bis er die eine fand, die es mit ihm aufnehmen kann...

Hunt Cade liebt Frauen. *Alle Frauen.*

Sein Leben ist in Ordnung. Er hat sein Boot, trinkt abends gern mit seinen Brüdern ein kaltes Bier, und ständig spazieren wunderschöne Frauen in sein Resort Club Tahoe. Und landen in seinem Bett.

Aber dann erinnert ihn ein Neuzugang im Kinderprogramm von Club Tahoe daran, wie es sich angefühlt hat, ohne Vater aufzuwachsen. Und die Mutter des Kindes, Abby, macht ihm auch ganz schön zu schaffen.

Das letzte Mal, als Hunt sich mit einer Frau eingelassen hat, von der er eigentlich die Finger lassen sollte, hätte das beinahe das Verhältnis zu seinen Brüdern ruiniert. Sie sind die einzige Familie, die er besitzt.

Hunt weiß, dass er sich von Abby fernhalten sollte ... aber er war noch nie gut darin, sich etwas zu versagen, das er wollte.

Wollt ihr Hunts Geschichte lesen? Dann holt euch jetzt
HUNTS BEKEHRUNG!

BÜCHER VON JULES BARNARD

Keine Regeln

Vermieter küsst man nicht (Band 1)

Mitbewohner küsst man nicht (Band 2)

Die Cade-Brüder

Levis Versuchung (Band 1)

Wes' Herausforderung (Band 2)

Brans Verführung (Band 3)

Hunts Bekehrung (Band 4)

Die Männer aus Lake Tahoe

Er ist tabu (Band 1)

Er ist unwiderstehlich (Band 2)

Seine zweite Chance (Band 3)

Mehr als nur Freunde (Band 4)

Er ist mein Feind (Band 5)

ÜBER DEN AUTOR

Jules Barnard ist *USA Today*-Bestsellerautorin und schreibt Liebesromane und Romantic Fantasy. Zu ihren Contemporary-Reihen gehören die *Men of Lake Tahoe* und die *Cade Brothers*, die nun erstmals auch auf Deutsch erscheinen. Ganz gleich, ob sie über sexy Kerle in Lake Tahoe oder eine Feenwelt schreibt, die sich auf einem College-Campus verbirgt, Jules' Geschichten machen sofort süchtig und sind voller Herz und Humor.

Wenn Jules nicht in der Jogginghose am Schreibtisch sitzt oder sich mit Schokolade fürs Schreiben belohnt, verbringt sie ihre Zeit mit ihrem Mann und den zwei Kindern in einer Kleinstadt an der Küste Kaliforniens. Auf ihre Fähigkeit, auch auf dem Laufband oder beim Kochen lesen zu können, ist sie mächtig stolz. Manchmal brennt dabei allerdings auch das Abendessen an.

Bleib informiert! Melde dich für Jules' Newsletter.

Oder scanne den QR-Code mit der Kamera deines Handys, um zur Anmeldung zu gelangen:

www.ingramcontent.com/pod-product-compliance
Lightning Source LLC
Chambersburg PA
CBHW032349310726
48973CB00007B/1922